U0934950

丝绸女子

[美国] 盖尔·月山 著
黄英利 译

WOMEN
OF
THE SILK

Gail Tsukiyama

译林出版社

图书在版编目(CIP)数据

丝绸女子 / （美）月山（Tsukiyama, G.）著，黄英利译. —南京：译林出版社，2014. 6
（盖尔·月山作品）
书名原文：Women of the silk
ISBN 978-7-5447-4179-8

Ⅰ. ①丝… Ⅱ. ①月… ②黄… Ⅲ. ①长篇小说-美国-现代 Ⅳ. ①I712.45

中国版本图书馆CIP数据核字（2013）第186447号

著作权合同登记号 图字：10-2011-458号

书　　名	**丝绸女子**
作　　者	［美国］盖尔·月山
译　　者	黄英利
责任编辑	王　维
原文出版	St. Martin's Griffin, New York
出版发行	凤凰出版传媒股份有限公司 译林出版社
出版社地址	南京市湖南路1号A楼，邮编：210009
电子邮箱	yilin@yilin.com
出版社网址	http://www.yilin.com
经　　销	凤凰出版传媒股份有限公司
印　　刷	江苏凤凰通达印刷有限公司
开　　本	880毫米×1230毫米　1/32
印　　张	8.5
插　　页	2
字　　数	181千
版　　次	2014年6月第1版　2014年6月第1次印刷
书　　号	ISBN 978-7-5447-4179-8
定　　价	32.00元

译林版图书若有印装错误可向出版社调换
（电话：025-83658316）

目 录

献给我的妈妈，

是她教会我拥抱过去。

传语风光共流转，暂时相赏莫相违。

——杜甫《曲江二首》（其二）

第1章

1919 / 佩佩

佩佩对疼痛的最初记忆来自于妈妈。当时她只有三四岁。那时发生的事情，现在正再次发生。妈妈痛苦的呻吟把她从梦中唤醒。但她依然紧闭着双眼。尽管如此，她还是能“看到”妈妈的那幅绢画，画上有五只白色的小鸟，其中三只栖息在开满白花的枝丫上，另外两只正展翅飞翔。这是他们家唯一漂亮的东西。即使在黑暗中，她也能看到它。每当她问很多问题，关于这幅画，或关于其他事情时，她父母就会很恼火。爸爸会用舌头发出一连串不耐烦的声音，妈妈会说她想得太多太远了。因此，佩佩只得像她天生寡言少语的姐姐丽丽一样，能不说话就不说话。

妈妈的呻吟声越来越大。佩佩睁开眼，看到摇曳的烛光下，爸爸正坐在门边。他长长的腿伸直，一条腿压在另一条上交叉着，一只手摸着他唇上稀薄的胡子。佩佩看了一眼丽丽，她像往常的每个夜晚一样，正坐在角落里缝补破旧的衣服。

佩佩的妈妈在另外一个房间。那个房间用一面深色的厚重帘子与别的房间隔开了。接生婆程妈与她在一起。呻吟声和沉重的喘息声继续着。接生婆低声地说着什么，给妈妈鼓劲儿。上一次出现这种情形时，他们有了一个小妹妹，妈妈则又瘦了一圈。

那个小妹妹哭啊、哭啊，不停地哭着。不论妈妈怎样哄她，她都不肯吃奶。连续很多天，妈妈把她抱在怀里摇着，从一个房间走到另一个房间，她的脚印在他们家肮脏的地上　出了一条窄窄的小路。爸爸从村里一个老妇人那里买了一些草药熬汤。这些草药在煎煮时散发出一股烤焦的树叶的味道。婴儿还是坚决不喝。不久，小妹妹哭得筋疲力尽，最后就躺在妈妈怀里不动了。不一会儿，佩佩的爸爸就抱起小妹妹出了家门。当他回来时，就像是遭受过袭击的野兽，脸上有掩不住的悲伤。他是独自回来的，小妹妹不见了。

"小妹妹呢？"佩佩问。

"和前面那个一样，得病死了。"爸爸说，"如果是男孩，就不会这样了。"

佩佩的妈妈木然地站着，身体轻轻地前后摇晃。她的衣服敞开，头发少见地凌乱不堪，抿紧的嘴唇上有几条细细的皱纹。佩佩从没见妈妈哭过，她知道这不合常理。实际上妈妈很痛苦，即使在她对爸爸的话点头赞同时，也能看到她的痛苦，她只是不表现出来而已。

妈妈的呻吟充满了绝望。佩佩知道家里马上又要添一个小孩了。桌子离门帘只有几步之遥，佩佩轻轻地移动着，免得惊动爸爸。上次妈妈生小孩时，有一个月的时间，爸妈不允许她们姐俩进妈妈的房间。据说这是为了不惹怒老天爷。不过她觉得如果她只偷看一小会儿，老天爷是不会生气的。

佩佩撩起门帘。妈妈的小床两侧都点着一支蜡烛，狭小的空间里满是蜡烛的特殊气味。程妈的身边也点着蜡烛。她正弯着身子，给妈妈打气："使劲，玉笙，使劲，对，就这样。现在，大口吐气。"妈妈半躺半坐在木板搭成的小床上，上面铺了一层薄薄的褥子。她靠在墙上，支着双膝，两腿朝两边撇开着。她的身下，垫着一张很大的褐色的纸。那张纸随着妈妈的身体前后左右地蹿动着，程妈要不时地调整一下纸的位置。在程妈的指导下，妈妈的呻吟逐渐变成一次次的叫喊。之后，她把头向后仰着，沉重地喘息着。那声音就像是佩佩听到狗在渴极了时的呼吸一样，她不知道妈妈是不是想喝水。但即使佩佩想说话，她也只是张大了嘴巴，什么也说不出来。佩佩被妈妈的痛苦吓着了。妈妈看起来已是疲惫至极，虚弱不堪，她的手指紧紧地抓着蚊帐。然后她再一次聚集起力量，重新抬起身来，又喊了一声，努力了一次。

"好，玉笙，"程妈说，"看到孩子的头了，孩子出来了，孩子出来了。"佩佩发现，妈妈的两腿间，出来了一个孩子的头。随着妈妈的每次用力，一个黑黑的、湿乎乎的、丑八怪一样的东西慢慢地出现了。她想再走近一点看得清楚一些，但她双腿发软，迈不动脚步。当佩佩转过身，想与丽丽分享这一发现时，她发现丽丽正在使劲闭着眼睛，不过她的手却还在继续缝补衣服。

"孩子是脸朝上出来的。"程妈说，声音里有一丝担忧。只一会儿，孩子的头就全都出来了，闭着的眼睛像一条黑线，鼻子扁扁的、小小的。妈妈再一用力，孩子的整个身体就跟着出来了。然后是妈妈的身体流出来的一摊血水。

"玉笙，是个女孩儿。"程妈检查着孩子的身体，轻声说。

新出生的小妹妹大声地哭着。程妈用一把锋利的剪刀剪断了连接孩子的脐带。“她看起来挺好的。”程妈把孩子擦洗干净，把她放到佩佩妈的怀里。妈妈似乎已经耗尽了力气，脸上有一丝不易察觉的忧伤，但她还是露出疲惫的笑容，迎接她的第五个女儿。

还没等佩佩移动脚步，她就感到爸爸的手抓紧了她，把她推到一边。开始她以为爸爸会因为她偷看而惩罚她，但随后发现爸爸根本没注意她。他身上的烟味和汗味使这个狭小而闷热的房间让人窒息。

“是个儿子吗？”他问。

没人回答。佩佩转向丽丽，丽丽只是低头看着肮脏的地面，程妈忙着清理现场，把刚才用过的所有东西都卷到那张大纸里，以便把它们一起埋掉。佩佩以前就见她这样做过。

“为什么要把它们埋掉？”上次见她这样做的时候，佩佩问。

“因为它们很脏。”程妈轻轻地把那一卷东西放进她刚挖好的一个小坑里，说道。

“为什么是脏的？”

“因为它本来就是脏的。”程妈说，“我们绝不能让老天爷看到它。总有一天你会明白的。”

爸爸俯身看着孩子，看到新生儿很健康，就揭开包裹着她的毯子。没发现儿子的特征后，他的嘴里又响起了那种他一不高兴就会发出的声响，然后闷闷不乐地离开了。佩佩赶紧躲到一边，免得被他看见。

妈妈把孩子重新包好，轻轻地亲了亲孩子的脸蛋。

“下一个会是个男孩。玉笙，你就等着看吧。”

“不会再有下一个了。”妈妈说。

~ 玉笙 ~

孩子出生后的一个月里，玉笙和孩子一起待在房子的那个小隔间里。在这段不洁的时间里，为了至高无上的老天爷，她没洗过澡也没洗过头。程妈从村里买了一些草药做成汤，玉笙慢慢地恢复着体力。像往常一样，她的三女儿佩佩有很多问题："为什么妈妈一个月都不能出门？""她如果出门会怎么样？"这个总问问题的孩子，最让玉笙放心不下。

"为什么老天爷不想看到小孩子？"

"因为我们都不干净。"妈妈回答。

"那一个月后就干净了？"

"对。"

"我小时候也不干净吗？"

"对。"

"为什么？"佩佩不甘心地继续问。

"因为所有跟生孩子有关的东西都是脏的，包括生完孩子以后的一个月。得了，别问了。赶快走吧。"她指着门说，让佩佩赶紧出去。"这段时间你得帮着爸爸干点活，别问那么多问题。"玉笙一遍又一遍地嘱咐着佩佩。佩佩绕着桌子走着，手指在桌面上画着一个个小圆圈。

玉笙觉得这一个月的时间过得很慢。以前生完那几个孩子后，她都是手忙脚乱地忙乎着孩子的事，就连已经到另外一个世界的那两个女儿也没让她消停过。可是，这个被称作玉玲的才出生的小丫头，却安安静静的，大多数时间都在睡觉，让她觉得有些不适应。

第一周过后，玉笙把家里所有东西都从头到尾地擦洗了一遍。然后她变得心神不定，为自己不能帮丈夫摘桑树叶，也不能帮着把它们装到筐里而内疚。她的丈夫老鲍要把装到筐里的桑树叶拿到市场上去卖。尽管丈夫什么也不说，但玉笙知道，对他而言，这不是件容易的事。她在一张纸上画叉数着日子，还好，只剩下两天了，然后她就可以从这种束缚中解脱出来了。

其他的东西都是一成不变的。每天早晨，当家人还在睡梦中时，玉笙就已起床了。她做的第一件事就是点火熬粥，这点米粥要帮他们熬过一整天，直到晚饭。吃过早饭，玉笙会烧点水泡茶。每当锅里的水沸腾，发出一阵阵轻轻的低语、温暖的蒸汽在屋内弥漫时，往往是玉笙思维最清晰最活跃的时候。

有时她会想起曾经美好的时光。这些回忆总是在最不可思议的时候来惊扰她——有时是在她低头搅动锅里的稀粥的时候，有时是在她摘桑树叶的时候，总之都是在她忙于手头活计的时候。玉笙依然会被自己曾经漂亮过的想法吓一跳。那些时光仿佛已经很久远。跟她丈夫不同，她曾经有过姣好的容颜，皮肤细腻，身材也很好，但这些年没日没夜的辛苦劳作把她完全变成了另一个人，无论是内心还是外表。她骨架很小，这使她在生孩子时异常艰难。尽管她曾经祈祷老天爷能保佑她顺利生产，但是生这最后一个孩子一点也不比生第一个容易。

靠近屋子最边上的角落，睡着她的两个女儿，丽丽和佩佩，她们在爸爸搭起的简易床铺上蜷曲着。尽管她们俩有很多不同之处，但她们以一种奇特的方式彼此关心着。部分原因可能是因为她与老鲍之间很少交流，与女儿们也很少交流。老鲍很少关注女儿们，而她自己在过去的几年里也并没有给她们多少影响。她知道她们总有一天要离开，而过多的关心与情感流露会使别离更艰难。对丽丽来说，问题不大，她很安静，把一切都藏在内心。但是佩佩却令人头疼，她很敏感，总是在寻求各种问题的答案，玉笙不得不斥责她，让她安静下来。玉笙相信这样对她以后的生活会有好处。找到一个值得托付终身的男人很难，而大多数家庭都不喜欢女人有自己的想法。很多时候玉笙都希望这两个女儿里能有一个儿子，好让这一切有点价值，让老鲍引以为傲。

门帘动了一下，玉笙抬起头来。老鲍从门帘后走了出来。他一宿没睡，睁着眼躺到天亮，而玉笙则闭着眼装睡。当她高大的、饱经风霜的丈夫来到她身边，在桌边坐下时，他们俩都没说话。结婚这些年来，他们只在必要的时候说一两句话。老鲍从来都是惜字如金，能不说的话绝对不说。

鲍钟和玉笙是由两家父母订的娃娃亲。在他们还是孩子时，一个算命先生根据他们的生辰八字，把他们撮合到一起。然后还没到十六岁，玉笙就嫁到了鲍家。离开了南海温暖的家，来到了离得不远的在广东省的鲍家，她希望在鲍家能得到相同的温暖与幸福。那时她并不知道她的新家会如此遥远。不知道那些充满了欢声笑语的晚饭时间已经永远离她而去了。从嫁入鲍家的那一刻起，她就不再是从前的那个她了。

老鲍是她见过的最高的男人，比她爸爸至少高出一个头。他比村里的渔民都高出很多。他曾经告诉玉笙，他身材高大是因为他是客家人的后代，客家人是从北边迁移过来的。老鲍的爷爷在太平天国的后期和最后一批移民一起迁移到南方。老鲍从小到大听说过很多相关的故事，在他们结婚后的最初岁月里，他也给玉笙讲述过一些。他的爷爷天生是个斗士。有一次，一个不喜欢客家人的村民砍掉了他爷爷左手的两根手指。尽管鲜血从伤口处直往外涌，他爷爷还是把那个村民打得血肉模糊。然后他捡起两根手指，若无其事地扬长而去。老鲍告诉玉笙的一些比较隐秘的事情之一是他爷爷总是把那两根坏死的手指放在挂在脖子上的袋子里，常常对自己曾经的勇猛与顽强津津乐道。客家人和其他居住在南方的人不同，他们身材高大、骨骼强壮、个个虎背熊腰。他们还使用自己的语言。尽管玉笙的婆婆是广东人，但她丈夫身上的客家人的特征却很明显。她的女儿们，丽丽和佩佩也比她认识的其他孩子高出很多。佩佩在八岁时，就已经和大她两岁的姐姐丽丽一样高了。

老鲍的家庭和玉笙的家庭很不相同。老鲍的家几乎连最基本的生活条件也没有。玉笙家虽然不比他家富裕，但她却一直习惯于拥有几样奢华的东西，她一直还记得当她还是孩子时，丝绸被盖在身上时的顺滑与舒适，父母的房子虽然简陋，但墙壁上总是贴着漂亮的花花绿绿的墙纸。和其他女孩不同，玉笙从小就跟着妈妈学习，学着读写一些最简单的词汇，就像当年外婆教妈妈一样。但她对老鲍家的情况却是一点心理准备也没有。开始，她觉得他能够与他的家庭分开单过是一件很体面的事情。这种情况很少有，而且值得庆幸，因为毕竟她听不懂他爸爸说的客家话。老鲍的妈妈在她进门前不久去世了，所以也没有婆婆给她一些必要的指点。

开始玉笙以为老鲍的蓬头垢面、邋里邋遢是因为没有女人帮着收拾的原因。但她渐渐发现根本不是那么回事。她最不能容忍的是，老鲍一直像动物一样地生活着。当她从门前经过时，那股恶臭让她忍无可忍。粪便放在床边的瓦罐里，又厚又脏的蜘蛛网到处都是。看见摆在桌子上已经发酵的酸臭食物，玉笙就忍不住作呕。他的床上，放着一条破破烂烂、肮脏不堪的毯子，这是他床上的所有家当。老鲍用一贯最简单的话语，带着她看完了这一切，没有丝毫的难为情。老鲍是在男人的世界里长大的，一直是靠最基本的必需品生存着，他把所有的精力都用在了桑树林和鱼塘上。没过多久玉笙就意识到采摘绿色的桑树叶，把它们包好放到草篮子里将成为她终生的劳作。对老鲍而言，那些桑树林和池塘里的鱼，永远都是第一重要的。

婚后的生活没什么改变，只是脏乱的情况和令人作呕的恶臭渐渐地改善了。即便如此，老鲍也没说一个字，似乎也没注意到有什么不同。最初的几个月，对玉笙来说，是很艰难的。白天她要不停地洗洗涮涮，晚上还要满足丈夫的生理需要。那是怎样的一种痛啊！他进入她身体时的那种痛楚让她恐惧，她却连喊都不敢喊。尽管如此，玉笙永远也不会对丈夫说不，她怕那样会惹恼老天爷，给她的家庭蒙羞。无奈之下，她就在白天拼命地干活，把自己累得筋疲力尽，一点也不想动，同时希望她的丈夫也能这样。她的努力很有效。晚上不论是臭虫在她的腿上吸血还是臭虫发出的难闻气味，都不能把她从沉睡中唤醒。只有当她怀了孩子，及其之后的几个月里，老鲍才不再碰她。现在她很确定，她已经生完了最后一个孩子，不会再生了。她感到自己已经被掏空了。

这些年来，玉笙变得像她丈夫一样沉默。她学会了把一切都隐藏起来。她让自己忘掉曾经的少女时代。经年累月的室外劳作，采集桑树叶、清理潮湿肮脏的鱼塘，已经风干了她的生命，使她对生活不再有任何新奇的渴望。她关于另一种生活的全部记忆都被封存在床尾的一个木箱子里。偶尔，当她一个人在家的时候，她会打开木箱，在强烈的樟脑味中，拿出她用一层层白纸仔细包着的东西：

她妈妈给她做的红色丝绸连衣裙，她外婆给她的带蕾丝的手绢。那个时刻往往是她最寂寞最孤独的时刻。尽管佩佩在很多方面更像她爸爸，但从佩佩身上，玉笙看到了自己已失的快乐。佩佩的举动经常把玉笙带回到往昔的生活中。从佩佩那里，她能看到她自己最大的希望和最深切的恐惧。

老鲍坐在玉笙的对面，喝着热茶。他看着睡在角落里的两个女儿，然后转向玉笙。玉笙知道他心里正在盘算着什么事情，但她什么也没说。

“这个孩子挺能睡啊。”老鲍小声说。

“对，她真挺能睡。”玉笙说，想起另两个孩子出生后带给她的困扰，“但是你好像没睡好？”

“没睡好。今年收成不好。等黄先生来收货的时候恐怕会有麻烦。”

丈夫说话的时候，脸色很难看。他黑色的眼睛越过她看向别处。她赶紧站起来，往碗里盛了一些粥。

“再过一两天，我就又可以帮些忙了。”玉笙终于说。

“没什么需要帮忙的。都完事了。”

“我可以帮别人缝补衣服或洗洗东西什么的。”

“谁能用你啊？你刚刚生完孩子，不能离开她。况且，其他人家的情况也不好。”

她沉默着。

“等这个月过完，我们就到镇上去找算命先生。”老鲍说，低头看着桌子。

以前他们提过这件事，但也只提过一次。她从不愿相信老天爷会如此残忍，将她两个女儿的命运交到一个瞎眼老人的手上。

但玉笙还是点着头表示同意。

~ 算命先生 ~

佩佩喜欢到镇上去。她妈妈梳洗一新，总算带着她们离开了家。总是沉默寡言的爸爸说他们要到镇上庆祝一下。就连安安静静的丽丽也在要走的那天早上兴奋地在屋子里走来走去。

妈妈给她们梳头时，两个姑娘都不住地晃动着，没一个能坐得住。

“好好坐着，不然就哪儿都不去。”妈妈说，强迫她们安静下来。

佩佩的爸爸借了一头牛和一辆车，让妈妈和新生婴儿坐着，她和丽丽则轮换着坐在妈妈身边。小婴儿玉玲，被一床灰毯子紧紧地捆在妈妈胸前。他们带了一些米饭和蔬菜好在路上吃，爸爸许诺她们说，如果她们乖乖地听话，每个人都能得到一颗糖果。

佩佩对镇子充满期待，虽然那不过是一些搭起的楼房，坐落在人来人往的路上。但在镇子的远处，有一座大一些的、装修还算可以的礼堂，那是先人留下的。佩佩只进去过一次。妈妈跟她说，人们到礼堂里，会点起细细长长的香，纪念他们死去的亲人。那些香闻起来香香甜甜的。

当镇子终于进入视线的时候，佩佩从移动的车上跳下来，跑到了前面。在镇子边上，她停下来，等着家人。有一个老妇人坐在一间小屋前，在一个木质纺线锤上纺着线。

“爸爸，那个女人在做什么？”佩佩在她爸爸走近时问道。

“她在纺丝。”她爸爸回答，“快点过来，要不就把你落下了。”

佩佩听出来爸爸话里的严厉，但她从不像丽丽那样怕爸爸，即使在他非常生气，拿着木棍打她的时候，也是如此。每次打完她，爸爸都会离开家去林子,妈妈就会安慰她，提醒她要记住她说的话。“这是个教训。”妈妈总是说，可实际上佩佩一直也没明白是什么教训。不过她倒是知道了应该在什么时侯停止向爸爸发问。

当他们向镇子里走的时候，佩佩蹦蹦跳跳地跟着车走着。很快他们就被拥挤着前往集市的人潮包围了。迷路的狗、走失的猫在高高的装满了鸡的竹笼子间乱蹿。这些狗叫着，追赶着惊恐的鸡群，一片片鸡毛在热乎乎的空气中慢慢地飞舞着。

集市上卖的东西让佩佩由衷地兴奋。她喜欢摩肩接踵的人群和闹哄哄的气氛。她看着坐在各自摊位前，出售形形色色商品的男男女女。

有一些人朝他们挥着手打招呼。

“过来看看吧，我肯定会给你最好的价钱。”

“全广州最好的笛子。”有一个人喊道。

“小姐！到这儿来！我给你看看面相，你看着给点就行。”

他们都在那里：代写书信的人、草药商、红娘以及巫师。佩佩很佩服他们的耐性与持久性。丽丽过来挽住她的胳膊。再往里走，就是各种各样的蔬菜与水果，还有热汤馄饨。佩佩跟在父母身后，跌跌撞撞地四处张望着，希望能看到她和丽丽都想要的糖果。他们周围弥漫着诱人的食品的味道。

她爸爸放慢了脚步，最后停了下来。在两只柳条箱后，坐着被爸爸叫作算命先生的人。他是佩佩见过的最老的人，长长的白胡子飘在胸前。他的手指很长，但有些弯曲变形，手里拿着一支毛笔，在他面前的一张白纸上写着什么。他停下笔，朝着父亲点了下头，但他的双眼好像都是闭着的，应该什么也看不到啊。当算命先生温和地笑着，擎着笔打招呼的时候，佩佩一直在看着他。她爸爸开始说话时，丽丽更紧地抓着佩佩的手。

“这是我的大女儿。”爸爸说，把丽丽推到前面。

“过来，孩子，不用害怕。”算命先生说，“我只是想看看你的命运会怎样。”

丽丽听话地走了过去，坐在他对面的一只凳子上。她爸爸靠近了一些，告诉算命先生丽丽出生的年月日。算命先生听着，轻轻地点着头，在丽丽面前抬起他长长的变形的手指，慢慢地成小弧形地移动着，把手一点点地靠近，直到他的手指停在丽丽的脸上。他用手指轻轻地在丽丽脸上移动，从她的额头到下巴，然后把手拿开。他沉默了一会儿，喃喃自语着。

“这个女儿会结婚成家，会生两个儿子。”算命先生最后说。透过黑暗，他看向他们。“她会有一些疾病，但会活下来。”

然后就轮到了佩佩。爸爸使劲把她推到前面。他给出了她的出生日期，算命先生像睡着了一样，低着头，然后开始了和丽丽一样的过程。当他的手指碰到她的脸时，她感到一阵刺痛。结束的时候，佩佩抬起头看着爸爸。爸爸站在一旁，专注地看着算命先生，那神情和他看着他的鱼塘和桑树林一样。

“爸爸，我们可以马上走了吗？”佩佩小声地问。

“别说话，丫头。”他厉声说。妈妈和丽丽安静地站在他身后。

“这个孩子有些奇特，”算命先生坐直了身子，用手捋着胡子，“我看见她的生命中有很多数字，加起来可能有几里长。”

佩佩的爸爸低头看着她。“她会结婚吗？”他问。

算命先生把他的头从一边转向另一边，捋着另一绺胡子，然后慢慢说："这个我还看不清。"

"那她是没有结婚的命吗？"她爸爸继续问道。

"会有人爱她，"算命先生用缓慢平静的语气继续着，"而且不止一个，不过很难成就婚姻。"

"我懂了。"她的爸爸赞同地说。

除了糖果，佩佩什么也不想。她看着爸爸从一个小皮革口袋里拿出两个银币，放到算命先生的手里。

从镇里回来后，老鲍几乎没说话，直接就去看他的鱼塘了。玉笙和女儿们赶紧回家准备晚饭，她们的声音缓慢地在空气中回荡着。

老鲍低头看着下面巨大的河滩地。焦橙色的土地上纵横交错着无数的水道，看起来像是一张网。他爷爷喜欢靠近水边的地，河口的三角洲提供着充足的水源和湿润的沙质土壤，这些都有利于鱼的繁殖和桑树林的发展。通常鲜鱼和桑树叶都被包装好，通过水路运到集市。然后以最高的价格卖给蚕主。这种做法已经延续了上百年，成了惯例。只是最近几年水灾不断，他们没有多少东西能拿到市场上出售了。

老鲍热爱这片肥沃的土地。他像他的爸爸和爷爷一样在这里辛勤地劳作着。孩童时代，他就无数次地听过，当年他爷爷站在这片土地上，只看了一眼，就双膝跪下，把先辈的尸骨重新掩埋在这里。老鲍一直希望能有个儿子，好把这片土地世代传下去，但随着第五个女儿的降生，他知道这一天似乎永远也不会来了。

天空变得越来越黑，一抹淡淡的月光照着空空的池塘。更糟的是，除了惨淡的收成，军阀们还对所有东西开始征税，从大米到蜡烛，甚至还有窗户和桌椅。老鲍只能庆幸他家的房子没有带玻璃的窗户。

老鲍皱着眉头叹着气。他必须做出决定。对目前的处境，他一筹莫展，只能等待好年头的再次到来，而这意味着他必须得有一个女儿做出牺牲。但至少他还有一丝欣慰，觉得女儿在一定时候还有点用处。算命先生已经基本明确地预示了佩佩不能结婚的命运。那她该怎么办？在这个世界上，一个不结婚的女人，没有丈夫和孩子的照顾，就等于一无所有，老了更没有依靠。

老鲍听水道上的其他人说，大镇子上，有人在用蒸汽设备生产丝绸。这些丝绸厂会接收没有结婚的或无处可去的姑娘们在那里工作，工钱很高。有很多没结婚或不想结婚的姑娘在那里，为自己也为家人挣一份工钱。

天完全黑了下来，已经看不清他的土地。老鲍转过身，朝家里走去。没有别的选择。这是一个艰难的决定，因为佩佩快乐活泼，充满幻想，可能最接近他对儿子的向往。而且，看起来他客家人的血液在佩佩的身上流淌得最为顺畅而明显。他对着阴影看了最后一眼，终于下定了决心：把佩佩送去丝绸厂。

玉笙把孩子放到床上睡觉。她自己悄悄来到另一个房间，小心翼翼以免吵醒老鲍。他睡得正香。他已经有很多天没睡过好觉了。她把蜡烛放到桌子上，微弱的烛光摇曳跳跃着，在桌上形成一片阴影。两个女儿睡在屋子的角落里，烛光照不到她们。

暗淡的烛光下，玉笙倒了一杯茶。她坐下来，往返镇子上的旅途劳累还没有完全消除。既然她又能去桑林帮忙，她确定事情会越变越好。同时她也确定地知道，她丈夫已经决定要把佩佩送走。

玉笙喝着茶，闭上了双眼。她女儿身上永远不会有什么需要破解的奥秘。从她们降生人世的那一刻起，她们的命运就已经注定。

如果玉笙可怜她们，那她也要同样地可怜她自己。可这根本改变不了任何事情。这对佩佩可能是个机会，她也许会高兴地去往她将要去的地方，给她自己一种好一点的生活。

玉笙还是禁不住想，如果她能给丈夫生个儿子，给他延续香火，情况可能就会不一样了。她不止一次地跟丈夫说过，让他像很多男人那样，再娶一个二房，或许能给他生个儿子，但他总是沉默不语。

玉笙站起来。没带蜡烛，她走向昏暗烛光中的女儿。像往常一样，她们还是盖着一床毯子，挤在一起睡着。佩佩总是把胳膊搭在丽丽身上，蜷曲的腿顶着她的胸口，头枕在丽丽的肩膀上。而丽丽总是直着身子睡觉，老老实实的很少动。她们有一点小弯的黑发披散着，像纠缠在一起的网。从头发上，玉笙分辨不出她们谁是谁。即使玉笙试着把佩佩的身体扳直，早上她肯定又会张牙舞爪地睡回到以前的姿势。玉笙把她们的毯子往上拉了拉，把挡在她们脸上的头发拨开。她能对她们做的，只有这些。

第二天早上，佩佩在丽丽的前面跑下山坡，然后停下来等她。丽丽总是慢腾腾的，跑也跑不快。夏天的时候，如果爸爸坐船去了市场，不在旁边斥责她们，她们就会在鱼塘边玩耍。那天早上，爸爸很早就离开了家，佩佩已经醒了，但躺在床上装睡。爸爸妈妈又像往常一样小声嘀咕了几句，然后就不再说什么了。

有时候，爸爸会做一些事情，好让她们知道他并没有只是把她们看成是讨厌的丫头片子。昨天在镇上，看过算命先生后，她爸爸给她和丽丽每人买了两块糖，而不是原先说的一块。佩佩马上放到嘴里一块，开始吸吮着它的香甜。在回家的路上，她把第二块放到舌头上，一点一点地细细地品尝着，希望这块糖果能在她嘴里停留得尽可能久一些。

直到第二天早上，佩佩才发现丽丽的糖果一块都没吃。她用纸把它们紧紧地包着放在衣服口袋里。当丽丽看到佩佩在等她时，就走得更慢了。

“给我一小块呗？”佩佩问。

丽丽绕过她走向鱼塘，她知道佩佩特别能缠人，不得到她想要的东西不会罢休。

“你自己不是有嘛。”丽丽答道。

“我都已经吃完了。”她说，在丽丽身后跳着，“就一点，好不好？”

丽丽摇着头说不行。

佩佩对着丽丽吐了吐舌头，然后朝鱼塘跑去。鱼塘和鱼塘里的一切一直是她的最爱。她放慢速度，靠近水面，希望能抓住一条把这里当成家的小鱼。水面上波澜不惊，佩佩有些不耐烦起来，往里面扔了一块石头，然后拿起一根木棍开始搅动鱼塘的水。水灾前，她能看到上千条黑色的影子在水里蹿来蹿去，黑色的水面上会冒出一串串白色的气泡，但现在，鱼塘里一片死寂。

佩佩又拿起一块石头扔向鱼塘时，丽丽过来蹲到她身边。水面荡起一圈圈涟漪，她的倒影和丽丽的倒影一起在这些涟漪里跳跃着。在暗沉沉的水面上，她们看起来如此相像：梳着一样的辫子，穿着一样的蓝色棉布衬衫。她们都有一双圆圆的黑眼睛，不过丽丽的眼睛在眼角处微微上扬。佩佩喜欢丽丽的眼睛。

尽管她们外表很像，但在所有其他方面，都完全不同。肩并肩地坐在一起，佩佩能听到丽丽均匀的呼吸，能感受到她内心的平静。丽丽的双手静静地放在膝盖上，而佩佩的手则在摸着旁边的地面，寻找着任何能使鱼塘的水飞溅的东西。丽丽的面容很肃穆，她不敢去看。

佩佩又往水里扔了一块石头，然后把手伸了进去，把整个衣袖都弄湿了。“我在想它们会怎么看咱们？”她问。

“谁？”

“鱼。”

丽丽低头看着池塘，水面一片平静。“我觉得它们根本不会思考，它们只是四处游着，直到被抓住为止。”

“咱们看起来肯定像是大大的怪物，从上面盯着它们。”佩佩说，往后伸了伸腰，“我打赌它们肯定会想一些事情。”

“什么事情？”丽丽问，其实她也知道佩佩只是在逗她玩。

“关于它们的家庭，关于有什么好吃的？”

“你净在那说傻话。”丽丽说，站起身来，沿着池塘边走着，“咱们最好在爸爸回来前回家。”

“他不会回来这么早。”

“那就随你的便吧。”丽丽说，说话的语气让佩佩明白，毕竟她才是老大，是姐姐。

当佩佩就快到山坡时，听到妈妈在喊她们。在她前面不远处，她看到丽丽正在爬起来。她喊着丽丽让她等她一会儿，她拍打着衣服，用衣袖擦去脸上的脏土。

她们一起走向妈妈。妈妈脸上没有一点笑容。一看见她们，她就冲着佩佩嚷道：“你看看你啊，衣服脏成什么样子了？你为什么就不能像你姐姐一样干干净净的？现在我又不得不给你洗衣服，还得给你点教训！”

佩佩什么也没说。她们在妈妈的怒视中走进家门。佩佩脱掉她的夏装，她妈妈拿去洗完晒上。这一天余下的时间里，她只能穿着又厚又不舒服的冬衣做家务，然后坐下来读书写字。

在夜晚安静的时间里，或者当爸爸在池塘里忙碌的时候，妈妈会教她们读书写字。有一次，当她们正在上课时，爸爸回来了。他看了她们一会儿，什么也没说。妈妈没有抬头，继续讲着课。只是在他又悄悄地离开家的时候，她才停顿了一下，轻轻地叹了口气，又继续讲课。

“坐好。”妈妈说，她们坐在她对面的木桌子旁，不安地扭动着身体。

每当妈妈认真地在纸上写字的时候，佩佩都入神地看着。那些纸都是从镇上买来的，很珍贵。她最爱看妈妈写字。她的手上下移动着。有时佩佩真想伸出手去碰一下妈妈舞动的手指，但她不敢。

妈妈只教她们一些最基本的东西，她反复地跟她们说：“对女孩子来说，太多的知识只会让她们伤心难过。特别是像你这样对什么都好奇的人。”她说，把目光转向佩佩。

那天晚上，爸爸回家后，对妈妈耳语了几句，就离开她们，拉上了门帘。佩佩第一次发现爸爸眼角的皱纹，他的肩膀像是被什么无形的东西压着，重重地耷拉着。

“爸爸怎么了？”她问，抬头看着妈妈。

“他累了。他今天走了很多的路。”

“他去哪儿了？”佩佩坚持问道。

“很远的地方。”她妈妈说，有些不耐烦，接着便转过身去，不想再回答她的问题。

当她们最后躺到床上时，佩佩觉得松了口气。她希望，妈妈在第二天就能把火消了，不再生气。佩佩静静地躺着，听着丽丽平稳的呼吸。有时她想，如果她也能像丽丽一样，每天都能不惹麻烦地顺利度过，事情会是什么样子？佩佩转向丽丽，只能看到姐姐掩在暗影里跟她很相似的脸。不过即使在准备睡觉时，她也禁不住想笑，她姐姐最后还是把那块糖果给了她。

第2章

1919 / 佩佩

佩佩觉得有人碰她的胳膊，醒了过来。她睁开眼睛，昏暗的烛光下，她好不容易才看到是爸爸站在她床头前。她用手背揉了揉眼睛，又看了一遍。满脸严肃的爸爸还站在那儿。当他弯下身，靠近她时，她能闻到他身上咸咸的味道，混合着鱼塘的腥味和身上的汗味。

“你得马上起来了。”他低声说，以免惊醒丽丽。

“为什么？”在爸爸还没来得及将手指放到她的嘴唇上制止她时，她问。她快速地轻轻地坐起身，马上感到了早晨空气的清凉。

“你和我得去赶路了。”爸爸回答她。

佩佩看到妈妈坐在爸爸身后的木桌旁，像块石头一样一动不动。佩佩穿上她的夏装。衣服还没有干透，它的最后一丝湿气让她打了一个冷战。她看到爸爸跟妈妈说了句什么，然后出去了。佩佩穿好衣服，坐到桌前，妈妈很快给她端了一碗粥过来。

“我们要去哪儿？”

好长一段时间妈妈才说：“你很快就会知道的。快点吃吧。”

佩佩低头看着那碗粥，喝了一大口。妈妈站在她身后，像每天早晨一样给她梳着头。然后把她的头发分成两股，编成了两根辫子。

“你去吗？”佩佩问。

“不去。”

“丽丽也不去？”

“不去。”

“为什么不去？”

“因为你爸爸决定要你去。”

佩佩转过身看着妈妈，妈妈的手温柔地放在她的肩头。但还没等佩佩捕捉到她非常熟悉的妈妈那忧郁的眼神，妈妈已经掉转身站到了炉火旁。

佩佩和爸爸在一片土黄色的泥路上走着。爸爸只顾大步朝前走，一言不发，把佩佩远远地落在后面。太阳升起来了，一束束光芒投射到广袤的田野上，使大地和水面都呈现出一种神奇交错的美丽，仿佛是它们都在瞬间相约而至。佩佩四处张望着慢慢地走着，偶尔弯腰拾起一块石头或采几枝野花，准备捎给丽丽和妈妈。有一两次，她停下来，想看看爸爸会不会折回来，确定她是不是还在跟着他，但他却一直连头也没有回一下，更不用说别的了。

早晨的阳光让她完全清醒过来，看到了她周围的一切。佩佩看着树上的小鸟，欢叫着从一个枝头飞到另一个枝头。它们好像也在看着她，它们的翅膀扑棱着，然后干净利索地收回到身体的两侧。远远的，目光所及之处，有一个农民在田里劳动，慢悠悠地跟在他强壮的大黑牛身后。不久，阳光变得灼热。由于一直想跟上爸爸的大步，她的双腿已经变得酸痛。不止一次，她使劲清着嗓子，希望能引起爸爸的注意，但他根本没在意，直到她气喘吁吁地撵上他，使劲地拉了拉他的衣袖。到了中午，佩佩走的路比以往任何时候都多得多了。

“爸爸，还有多远啊？”

爸爸清了清嗓子。“没有多远我们就到了。”

佩佩看着爸爸把背着的布口袋从一个肩膀换到另一个肩膀，只好顺从地跟着。渐渐地，他们从田野进入了更平坦、更多人居住的地方，路边有水塘还有粉刷得雪白的砖房。

他们终于在路边一棵大树的浓荫下站住。爸爸从布口袋里拿出两个粽子，把那个拳头大小的糯米团子也递给她一个。佩佩喜欢吃粽子。粽子里有咸猪肉、果仁和蛋黄。它们一起被荷叶包起来，看起来像个小礼物。通常，妈妈每年只在龙舟节那天包一次粽子。每到那时，她就会给她们重复屈原的故事：屈原是一个高官，因为不能对皇上尽责，就跳进汨罗江自尽了。以后的每一年，在屈原死去的那天，官员和百姓家都会包粽子，扔到江里。这样他就不会挨饿了。佩佩一边想着这个故事，一边享受着粽子的美味。爸爸吃完后，站起身来，看了看她，又开始上路了。

午后的阳光恣意地暴晒着尘土飞扬的大路，佩佩觉得双脚肿胀得难受。炽烈的阳光，加上不知终点的长途跋涉，使她全身都疲乏难耐，似乎没有任何东西能让她从这种极度的疲倦中解脱出来。但是当他们来到一处弯路时，佩佩发现他们下面有一条大河，大河的旁边，是一些她从没见过的高楼。他们来到那条大河边，她爸爸把布袋放下，说：“我们就在这等着。”

佩佩坐下来，惊喜地看着周围的水上生活。河水的味道和池塘不同。空气中有一种沉重的东西在游动，让人觉得除了腥味之外，似乎还有点别的什么味道，仿佛是留在夜壶中太久的粪便的臭味。佩佩皱了皱鼻子，但很快她就被来来往往的男人女人吸引住了。他们摇着半敞篷的小船——爸爸说是叫舢板——在河里穿梭着。他们站在船边，平衡着自己，还要用一根长长的竹竿，控制着小船，防止与其他船相撞。在一些停靠在河边的大一点的船上，她看到有些人家全家都在船上自如地活动着，好像在陆地一样。他们的声音听起来是一种很特别的熟悉味道，但又和她所了解的不一样。大小船只和谐地从一边划向另一边，互相躲避着，然后回来，随着沉闷的撞击声，停靠岸边。

河的对岸，停着更多这样漂浮的房子，那些船的黑色轮廓掩藏在它们后面那些高高的坚实的楼群里。而这样的大楼是佩佩以前从未见过的。每一栋楼看起来都能比她家乡镇子里的楼大十倍。

“爸爸，那是什么地方？”佩佩指着河对岸问。

“那是永吉镇。你愿意去那儿吗？”爸爸问。

“哦，愿意！”佩佩答道。很长时间以来，她第一次看见爸爸的笑容。

河对岸的楼房形状各异，大小也不相同。浓重的灰色烟雾透过屋顶长长的管子从那些大的楼房里飘出。

“那些楼里怎么会有烟雾？”佩佩问。

“那是些工厂，它们生产的产品能促进中国的发展，使中国更有活力。”爸爸回答，“你很快就会搞清楚了。”

佩佩静静地看着，充满好奇。

来接他们的船挺大。它停靠在岸边，先让一些乘客下船，然后佩佩和爸爸上了船。那艘船经过风吹日晒，已经油漆斑驳，急需重新刷漆，但对佩佩来说，这是所有她看过的船中最可爱的一艘。船慢慢地穿河而过时，佩佩紧紧地抓着船舷，炎热和周身的疲乏似乎都消失了，不再困扰她。相反，她想把这次旅程中的每一个细节都牢牢地记住，回家后好讲给妈妈和丽丽听。

永吉镇的大街很热很脏。佩佩从没见过这么多人一起挤在商店门前，高声地讨价还价。"太贵了，太贵了，我只能付你一半。"一个老妇人说。"你以为我昨天才出生的啊？"另一个声音喊道。佩佩看到光着膀子的老人和年轻人拉着板车或抬着轿子，熟练地在大街上躲避着如织的人流。她和爸爸穿过一排又一排灰色的大楼，这些大楼被四通八达但狭窄的通道分隔开。她拽着爸爸的衣袖，走向大街的深处，走向拥挤的人群。

他们从一条通道走入一条宽马路，马路上尘土很多，沿途种满了树木。佩佩爸爸低头看着她说："不远了，马上就到了。"

"我们要去哪儿，爸爸？你昨天是到这儿来的吗？"佩佩问。由于天气炎热，她嗓子发干，几乎说不出话来。

"不远了。"爸爸重复着，突然加快了脚步。

等到他们终于停下来时，佩佩发现他们面前是一扇巨大的木门，四周被石墙围着，而石墙后面的一切，她都无法看见。她爸爸拉了一下木门上的一条绳子，立刻就有铃声传来。他抖动一次，铃声就响一下。

"谁啊？"一个响亮的声音从门的那一侧传来。

爸爸清了清嗓子："鲍钟和他的女儿佩佩。"

沉重的木门很快被打开了。门后站着一个个头不高，身材胖胖的女人，她热情地微笑着，露出一口参差不齐的变了色的牙齿。

"我们一直在等你们。"她说，把门开得大一些，以便让佩佩和她爸爸进去。“路上很远很热吧？”她微笑着看向佩佩。

“是。”她爸爸回答。

大门内是一个大院子，有一张桌子，几个简单的凳子摆在桌子周围。

“我是叶姨，”笑容满面的女人对佩佩说，“请坐吧。”

这所房子是栋两层的红砖楼房，与外面的街道完全隔开了。这是佩佩见过的最大最漂亮的房子。她站在那儿看着搭建在一层楼房上的另一层楼房，旁边是平坦的宽宽的台阶，从这里就可以走到前门。她以前从未见过这样的东西。如果不是看到另一个女人正从开着的门后向这边窥视，佩佩还会继续打量着她恍如白日梦中出现的房子。

“阿梅。”叶姨用唱歌般的嗓音朝那个女人喊道。

随后，佩佩看到那个女人消失在房子里，然后端着三杯茶出来了。叶姨给他们做了介绍，阿梅是叶姨的厨师和管家。她看起来比叶姨年轻，身材也瘦一些，她有一只脚不太灵便，走路的时候有点拖地。

热茶缓解了佩佩喉咙的干渴。她抬起头看着爸爸，爸爸正低头慢慢地喝着茶，躲避着她探询的目光。佩佩不明白这些女人是谁，也不明白他们为什么要到这来，但她知道，她不应该问这些问题。所以她只是沉默地看着。叶姨看起来很友好，她嘴角带着笑，光滑的圆脸闪着兴奋的光泽。佩佩看到她紧紧扎在头顶上的那个发髻，直想笑。

“你想看看这房子吗？”叶姨问。

佩佩看着爸爸。他犹豫了一会儿，然后尴尬地站起来，点了点头。“我女儿愿意看看。”

“很好。”叶姨微笑着。

佩佩看到爸爸不安地在地上踱来踱去。他用一种极不自在的眼神看着她们，那种眼神是佩佩问他一些他不能回答的问题时才有的眼神。

“你好好地跟着叶姨。”爸爸说。

“你不一起来看吗？”

“不来。”他说，眼睛看着地面，“你要好好听话。”

“我会的，爸爸。”佩佩说。

“我相信佩佩会是个好姑娘。”叶姨说。她拉着佩佩的手，走上台阶，向房子走去。在最顶上的一级台阶上，佩佩转过身来。爸爸还站在桌子旁看着她们。

房子很大，里面挺凉爽的。一阵强烈的刺鼻味道直冲佩佩的脑门。叶姨说那是氨水味。楼下有四个大房间，其中一个是饭厅，里面有一张大圆桌。旁边是厨房，厨房比他们家整个农舍都大，角落里有一面已经褪色的屏风。屏风后面是一张床，阿梅就睡在那儿。

“这里是阅览室。”叶姨自豪地说。她打开了一扇门，呈现在眼前的是一个宽大的房间，通风很好，整齐的桌子闪着亮光，周围是带靠背的椅子。靠墙边是一排排的图书。“姑娘们在这里上阅读课。这里也是我们开会的地方，大家还可以在这里读书、写信，或接待家人朋友。”

佩佩点着头，跟着叶姨上了木楼梯。

“这里是小一些的姑娘们住的地方。大一些的姑娘们住在对面楼里。”叶姨说，迈进了一个长长的、开着门的房间。一排窄床靠墙放着，每张床边都放着一只篮子。和房子里的其他房间一样，这里东西不多，干净而整洁。

“喜欢吗？”叶姨问。

“喜欢。很好。”佩佩说，她记得爸爸说过要好好听话。“你有几个女儿？”

叶姨笑了。她温柔地挽起佩佩的胳膊。“我觉得你会喜欢这里的。”她走到房间尽头的一张床，拍了拍叠得整整齐齐的灰毯子，她说：“这就是你的床了。”

佩佩站着没动，也什么都没说。有一阵子，她以为自己听错了。一定是弄错了，因为爸爸就在楼下等她，他们马上就会一起回家的。

“我不明白。”她最后说。

“孩子，你现在要和我们待在一起了。这不会是坏事，我保证。”叶姨说，朝她迈近了一步。

“不可能，肯定是弄错了！我爸爸不会把我扔下的。”

佩佩转过身，随即下楼朝她爸爸走去。“爸爸，爸爸！”佩佩打开前门，大声喊着。院子里已经空无一人。惊恐与不安在她空空的胃里纠缠着，她跑下楼梯，穿过院子，向大门跑去。再一次来到炎热的、尘土飞扬的大街上，但她已看不到爸爸的身影。

～ 女工之家 ～

一阵浓浓的粥的香味充斥着房间，向她袭来。如果这是一场梦，佩佩应该挤在丽丽的身边醒来。可是当她睁开眼，她所看到的只是眼前的砖墙。强烈的氨水味让她觉得很不舒服。她不知道自己睡了多长时间。阳光依然透过窗户照进来，她旁边的床还是空的。佩佩想动一下，但她双腿酸痛，头痛得要裂开一样，这是以前从未有过的。但这种痛和她被遗弃在一群陌生人中间的痛相比，毕竟不同。

她想啊想啊，回想她以前做过的所有事情，想知道是哪一件事情让她得到这样的对待，这样的命运。

她试着不让自己哭，但泪水还是不由自主地流了下来，热热的。她闭上眼睛，看到妈妈站在她面前，那么清晰、那么痛苦，就像妈妈以前很多个早晨站在她床头一样。而一旦泪水奔涌而出，她就无法停止。她哭着，为妈妈，为丽丽。而其余的一切都已无法想象。

佩佩一直哭着，直到哭干了泪水，燥热使她全身如筛糠般颤抖。不知不觉中，她又昏昏睡去。等她醒来时，房间里一片漆黑，寒气袭人。她试着从床上坐起来，但感到轻飘飘的，头昏眼花。她只好又重重地倒在床上。这会儿，一束微弱的光从门底的缝隙透过来。她的身体还在哆嗦着，她听到了说话声，好像有人正从楼下上来。

三下轻轻的敲门声让她的心一沉。门慢慢被打开，明亮的光和一丝阴影进入了房间，她想可能是叶姨或者是梅姨。佩佩想努力坐直身子。当她的眼睛适应了光亮时，她看到拿着灯向她走近的是个女孩，像她自己一样瘦削，但好像比她大一些。

“你觉得好点了吗？”女孩问。她的声音平静而温和，让人很愉快。

“是的。”佩佩快速回答，尽管她的头还像针扎般疼。

女孩拿着灯向她靠近一些，佩佩可以看见她身上白色的棉布衣服，她前额的头发剪得直直的，贴在额头上。当她弯腰放下手里的灯时，一根粗粗的辫子滑到一侧。女孩温和的笑容遇上了她惊恐的注视，她黑亮的眼睛在白净瘦削的脸上友好地看着她。女孩的脸秀气而光滑，和她与丽丽的大脸盘截然不同，这是佩佩第一次看到这样美丽的面容。

“我叫阿琳。”女孩告诉她，“叶姨说，如果你好了，叫我带你去楼下见见其他人。”

她点点头，马上就要站起来，但房子又开始在她面前乱转。

“你还觉得头晕吗？”

“我晕过吗？”佩佩问。

“对啊，叶姨和梅姨发现你晕倒在街上，然后把你带回这里的。”

佩佩为自己的软弱而羞愧，她不敢看阿琳。

“我们很多人在刚到这里的时候，都有过一段很困难的时期，但都会过去的。”阿琳微笑着说。

“我这是在哪儿？”

“你在叶姨的女工之家。”

“我如果不想待在这儿呢？”

“恐怕现在没有选择了吧？”阿琳轻声说。

佩佩使劲地咽了口唾沫，坐了起来。有一会儿，她就保持着那个姿势，全身僵硬。她想动一动，但好像全身都疼。接着，阿琳什么也没说，过来拉起她的胳膊，帮着她站起来。站在阿琳身边，佩佩感觉有点尴尬，她的衣服由于长途跋涉已经脏得不成样子了。

“你想洗把脸吗？”阿琳问。

“是的，谢谢。”

阿琳让她坐到床上，一会儿就端着一盆水，拿着一条毛巾回来了。

“好了，这样就好多了。”阿琳轻轻地擦着她的脸说，把那条擦脏了的毛巾扔到盆里。“我们最好快点下去了。她们都在等咱们呢。”

她们一进饭厅，刚才吵吵闹闹的声音立刻停止了。坐在大圆桌旁边的姑娘们都好奇地打量着佩佩。她们看起来都一样，每人都穿着同样的白色衣服，前面刘海剪得很短很直，一条辫子搭在身后。当叶姨告诉她这些姑娘的名字时，她感觉她是在跟别人说话。佩佩静静地坐着，仿佛能听到自己的心跳。她努力控制着自己，不让自己哭出来，她在想着如何能冲出这里，跑出去，但在这黑黢黢的夜里，她如何才能回到家啊？

当梅姨拿过饭菜后，佩佩终于觉得有点放松了。姑娘们开始吃饭，没人再注意她。佩佩茫然地坐着，喝着茶，放在面前的饭她只吃了一点。

早上起来时，她已不大记得昨天晚上发生的事了。头脑清醒了很多，于是她开始放眼打量她睡觉的这个宽大的新地方。被扔到陌生人群中的恐惧与羞耻还没有消失，不过她还是禁不住对周围发生的一切充满了好奇。睡在她床边的那些姑娘们都已起床出去了，就好像她不存在一样。在一个圆脸的叫美丽的姑娘帮助下，佩佩得到了一个洗脸盆和一个当夜壶用的瓦罐。

美丽很友好，话也挺多，领着她一样样地做着。“你睡好了吗？”等佩佩都做完了，她问。

“睡好了。”佩佩几乎要为自己睡得太好而不好意思了。

“那就好。因为还有一整天等着你啊。快点来吧，不然我们就要晚了。”

她跟着美丽来到楼下饭厅，喝着粥，同时再次看到了那些好奇的目光。

吃完早饭，佩佩看到那些姑娘们几乎同时从座位上站起来。在谈笑声及木拖鞋发出的咔哒咔哒混合声中，她们收拾着自己的白铁饭盒，然后一群人一起走了出去。她还坐在那里，但因为有阿琳坐在她身边，所以觉得安心了一些。

“她们都上哪儿去了？”佩佩终于问。

“到丝绸厂上班。我们都在这儿上班，你也很快就要学着开始了。”阿琳说着站起身来。

“你要走了吗？”

阿琳微笑着拉起她的手。“今天我要带着你转一转，告诉你一些该做的事情。不过我要先给你拿套新衣服。”

佩佩低头看着自己身上的脏衣服，但她心里想的全是她姐姐丽丽，丽丽总是对她的问题避而不答，可阿琳却认真地听着，而且很耐心地回答着。尽管佩佩对这种强加给她的新生活有些抵触，但她也知道，把她送到这里，是爸爸的决定。她没有其他地方可去。在阿琳冷静平稳的话语声中，她放弃了所有反抗的想法。阿琳的善良友好对她是种莫大的安慰。

佩佩领到了一套白色的工装，衬衫的扣子很多，一直要扣到领口，还有一双和其他姑娘一样的木拖鞋。换好衣服后，她坐下来梳头。阿琳非常小心地解开了她的辫子。那还是她离开的那天早晨妈妈给她编的，现在感觉像是很久以前了。阿琳站在她身后，像她妈妈每天早晨做的一样，用梳子小心地梳开那些打结的头发，然后再用梳子全部顺一遍。佩佩甚至想象自己还是在家中，但当她转过身时，发现是阿琳在给她梳头。阿琳最后把她所有的头发拢在一起，从上到下地又细心地梳了一遍。她知道，妈妈从没有时间做得这么仔细。

叶姨沉重的脚步声在房子里响起，随着她在房间出现，房间里就到处都是那种浓重的氨水味和肥皂味。她笑的时候，那突出的牙齿就暴露在她闪着亮光的脸上。叶姨用她胖胖的手指划过佩佩的头发，说："噢，很可爱。"然后，她从口袋里拿出一把剪子，轻叹了一口气："我只剪一点点。"

佩佩往前倾了倾身子，转向阿琳，阿琳轻轻地点了下头。

"很快就好，你什么也感觉不到。"叶姨说。她用手抓起她前额的一大绺头发，快速剪掉，使短短的刘海直直地搭在她的前额。随后，阿琳用手把她的头发分成均匀的三股，把它们编成了一根粗粗的辫子。

"现在看看吧。"阿琳边说边递给她一个银色的小镜子。

佩佩拿起镜子，看到了镜子中自己忧郁的脸，被黑色的直直的刘海框住了，她的发型和这个女工之家里的其他姑娘完全一样了。

第3章

1919 / 佩佩

佩佩以前没见过这样的景象：雪白的大楼粉刷一新，有三间房那么高，至少十间房那么大。大楼的一侧还有两个规模和形状都一样的楼。她跟着阿琳走着，不时地抬头仰望那些大楼，阿琳说那就是永吉丝绸厂。

看到她惊奇的目光，阿琳拉起她的手，领她来到第一栋楼房里一个敞着门的大房间。房间里很热，佩佩马上感到有点透不过气来。房子上方的木椽上，吊着几个满是油污的风扇，但它们转得太慢了，根本不能缓解房间里的闷热。姑娘们站在几张长桌子后面，桌子上堆着小山一样高的白色的东西。当佩佩的眼睛慢慢地适应了屋里的黑暗后，她看到了赤裸裸的毫不客气的注视她的目光，听到了姑娘们大声的私语。尽管她穿着和她们一样的衣服，但她觉得自己依然是一个闯入她们世界里的陌生人。

阿琳向她靠了靠，小声说："别理她们。"

佩佩努力挤出一丝微笑，然后移开了目光。她觉得很疲倦很尴尬。

“那些是蚕茧。”阿琳说，指着堆满了一桌子的白色东西，“它们是纺丝的第一步。”

佩佩看了一眼拥挤的房间。到处都是布口袋。这些布口袋有三尺高，装满了白色的、花生壳大小的蚕茧。

“这是分茧工序，在这里姑娘们要把好的蚕茧和坏的分开。”阿琳解释着。

佩佩看到姑娘们把蚕茧放到桌子上摆平。她们的手快速地把变黑的蚕茧扔到一边，把好的放到小筐里。然后有一个姑娘把装满了蚕茧的小筐用推车推到另一个房间。

佩佩走出去，从敞开着的口袋里拿了一个蚕茧。她把它拿在手上，感觉它很轻、很柔弱。

“我可以拿一个吗？”她问。

阿琳点头说：“拿几个都行。”

蚕茧能有佩佩最长手指的一半大小。她摇了摇手里的蚕茧，里面已经死掉的被阿琳叫茧蛹的东西碰着它的外壳，发出空洞的声响。她拿手指在蚕茧外壳滑过。有点硬，有点不平，被细细的一层层的丝缠绕着。佩佩把它拿在手里像是得到的一个新玩具。

紧靠着选茧室的是一个更大的房间，里面浓浓的蒸汽像烟雾一样。佩佩皱了皱鼻子，揉了下眼睛。这些蒸汽闻起来挺好，几乎带点甜味。透过雾气，佩佩看到房间里摆着两排木头和水泥台子。台子上安置的金属臂在上下移动着，机器发出的平稳的噪音充斥着整个房间。在房间的尽头，有一个表情严肃的男人，手里拿着一根木棍，在房间里走来走去。

"那是厂主钟老板雇的一个经理。大体上说，他们还可以。他们对丝绸生产了解得很少。他们只是待在这里，确定我们在做该做的一切。"阿琳看着佩佩说道，"这边走。"她来到其中的一个台子旁。"这是我们的剥茧车间。这些丝非常细。有的时候在绕线筒上缠绕的时候，几乎都看不见。"

台子的一边，坐着一些年龄大点的姑娘，她们每人面前都有一个装满热水的金属盆。她们在缫丝。缫丝姑娘的对面，是一些年龄较小的姑娘，看起来不比佩佩大，她们站在一个个大容器前，手里拿着叉子，把送到她们面前的筐里的蚕茧翻转着好让它们被热水浸透。

"这些小姑娘们在煮茧，就是把蚕茧浸到热水里，直到蚕丝松了。这个工作是这个厂最重要的工作之一。她们必须要找到蚕丝的源头。"阿琳说。

当姑娘找到蚕丝的源头后，就会把已经泡软的蚕茧捞起来——这时的蚕茧看起来就像是浑身湿透的动物——然后把它放到坐在对面的姑娘面前的盆里。

佩佩小心翼翼地在湿漉漉的地上走着，来到盆前。她看到成打的蚕茧在水面上漂舞着。年龄大些的姑娘们从每一个蚕茧上找到蚕丝头，然后把它们一起拧成一条丝。佩佩离得太近，她的眼睛被热气熏得快流泪了。她想碰一碰那几乎看不见的丝线，但她的目光被那些姑娘快速移动的手指所吸引，她们在第一根丝快用完的时候，能眼疾手快地迅速接上另一根。

佩佩在过道里慢慢走着，离开了阿琳几步距离。阿琳停下来跟一个缫丝姑娘说着什么。佩佩发现那些姑娘们虽然没有停下手里的工作，但她们都在用眼角的余光看着她。她认出几个住在房子里的姑娘，但她低垂着眼睛不看她们。那些年龄更小的姑娘们，有的还够不着浸泡蚕茧的大盆，被热气熏得像已经快要支持不住了。

直到看到快乐的圆脸姑娘美丽，她才停下脚步。美丽点着头微笑着，继续搅动着热水里的蚕茧。

“等到习惯了就不难了。”美丽微笑着说，“但是你得小心点，别烫着自己。”

“看起来你已经很熟练了。”

美丽笑了起来。“我是比较慢的一个。这里有几个人速度很快的。不用多久你自己就能看到了。”

“你在这里很长时间了吗？”她问美丽，她的手指轻轻地摸着盆边。

“快到两年了。”美丽在翻搅新一拨的蚕茧，一股蒸汽冒起来。

“你喜欢这儿吗？”

“还不错。你慢慢就会习惯的。至少我父母不在眼前监视着我的一举一动。”美丽笑着，直到坐在对面的一个姑娘严厉地告诉她好好干活。“别理她。”美丽小声说，“她总是心情不好。”

“对不起。”佩佩说，赶紧离开了。

雾气腾腾中，姑娘们都穿着同样的衣服，很难区分出哪一个人来。她也很难再找到阿琳。过了好一会儿，佩佩看见阿琳和另一个姑娘一起从重重雾气中走来。从远处，就能看出她们俩应该是相同年龄，都是十四五岁的样子，不过那个姑娘更矮更胖一些，和阿琳在一起，她甚至有一些粗犷的感觉。她们走近时，佩佩看见了她方形的下巴和黑色的有些犀利的目光，她的眼睛里好像有一团火，使佩佩想转身跑掉。

“这是陈玲。”阿琳说，“如果你在这里有什么问题，就可以跟她说。”

佩佩害羞地点点头，不时地换着脚站着保持平衡。

“欢迎你，佩佩。”陈玲说，她很轻的声音，透过吵闹的机器声传来，“希望你会喜欢这里。”

佩佩低声说：“谢谢。”

陈玲停顿了一会儿。佩佩感到陈玲在注视着她的眼睛，似乎在探究她是否隐藏了她的真实想法。“如果你需要什么东西，可以来找我，我会很乐意帮忙。”陈玲最后说。

然后，还没等佩佩说什么，陈玲就陡然转身走开了。

“别担心。”阿琳说，“陈玲一贯就是这样。她和叶姨很不一样。”

“叶姨？”

“陈玲是叶姨的女儿——是叶姨的丈夫和他的第二个老婆生的，但也算是她的女儿。”

“叶姨有丈夫？”

阿琳笑了：“你还小，还有很多东西需要知道，需要学。”

从这个蒸汽弥漫的房间，阿琳领着她来到另一个房间，在这里，有一口巨大的铁锅正在烧着开水，这些开水要被送到金属的水槽里。蒸汽像一团团烟雾在房间里升腾、缭绕。有几个姑娘倾着身子靠在锅边，手里拿着木勺子，把热水舀到水桶里，这些水桶会被运到水槽边。突然佩佩想起了她的妈妈，总是小心翼翼地不让粥溢出锅外。她感到心里空落落的，使劲地控制着自己不哭出来。当这些姑娘们直起身来的时候，可以看到她们的脸一片通红，湿湿的头发紧贴着额头。

她们走出来，来到了一个小一点的房间。

“在这里，蚕丝会被分成不同的质量等级，以便卖出最好的价格。那些是最好的。”阿琳指着对面的屋子说。那间房子里，有很多木头桩子，那些最好的蚕丝都被悬挂在那里，它们看起来就像佩佩有一次在家乡镇子上看到的白人传教士的金色头发。

“质量差一点的丝也会被卖掉，或者放到一边做别的用，比如做床上用品或衣服的衬里。这里什么东西都有用。”阿琳说，声音里充满着掩不住的自豪。

佩佩在这个拥挤的房间里转着，靠墙放着很多筐，摞得很高，如果其中的哪一个摇晃着倒下，其余的也会随之倒下。佩佩朝阿琳看去，发现她也正在看着她，于是不太自在地移开了目光，把手紧贴在自己身体两侧。

当她们从大楼里出来的时候，外面的街道显得格外荒芜。强烈的阳光使佩佩不得不闭了一下眼睛。

“走这边。”阿琳说，挽起佩佩的胳膊，“我想在另一个地方再停一下。”

没走出多远，阿琳就放慢了脚步，然后转身走进了一间茶馆，茶馆远离大马路，位于安静的街道里。坐在茶馆里的镇上的男女们用粗野的眼光肆无忌惮地上下打量着她们。佩佩跟着阿琳来到后边的一张空桌子旁，远远地离开了那些目光。

“他们为什么那样看着我们？”她们坐下后佩佩禁不住问道。

“他们不知道更好的方式。”阿琳解释说，“我们在丝绸厂工作，以我们自己的方式生活，他们以为我们跟他们不一样。”

“那他们生我们的气吗？”

阿琳笑着轻声说：“他们不知道如何理解我们。”

然后，阿琳离开佩佩，去点了几样菜。它们一样一样地被送了过来：白色的带肉的叉烧包、透明虾饺、带牡蛎汁的炒面等。佩佩吃着，好像第一次知道自己有这么好的食欲，直到把盘子里所有的东西都吃光了。她从没吃过这么好吃的东西。

"你还想要点别的吗？"阿琳问。

佩佩坐直身体，感到一股热血冲上了脸庞。"不用，不用了。谢谢你。"

阿琳微笑着。"我知道一下子吃这些有点多，是吧？"佩佩点点头，心里想，阿琳真漂亮，她的皮肤白皙光滑，她的眼睛黑亮而友好。

"我也是一样。"阿琳继续说，"我第一次到叶姨这里时，比你现在的年龄大不了多少。最初的日子很难熬，好在都过去了。"

"需要多长时间？"佩佩问。她突然想知道，内心的那份痛楚什么时候会消失，什么时候她能不再想父母和丽丽，甚至还有那个她还没有记住模样的小妹妹。

"每个人的情况都不一样，"阿琳说，"你会发现，不久就会好起来的。"

"你也是这样吗？"

"对。"

"为什么我爸爸要把我扔到这里？"

"他一定是万不得已，没有别的选择。"阿琳轻声说。

"可是为什么呢？"佩佩使劲把涌上来的泪水忍咽回去。

"有的时候，事情没有按照原来计划的那样发展，这时总得要有人做出牺牲，以便让事情朝好的方向发展。你在这里工作挣的工资会给你的家庭很大的帮助。"

佩佩发出一阵轻微的声响，试图把阿琳说的话都贯穿到一起。

但她发现阿琳的话并没有给她多大安慰。心里的那份空虚，像一个裂缝，变得更大了。佩佩还是禁不住想：她一定是做了不可原谅的错事，才使父母如此恨她，把她扔到陌生的人群里不管了。

然后，她突然大声喊道："我绝不会遗弃我的女儿。"

"我知道。"阿琳柔声安慰着她，"试着去理解吧，这个地方没有那么好，可也没有那么坏。目前情况下就把它当成你人生的一个驿站吧。"

佩佩抬起头看着阿琳，慢慢有点明白她说的话了。佩佩想说点什么，但所有的话似乎都堵在了嗓子眼，她什么也说不出来。厨房传来的油烟使她头疼，也使她胃里难受。几乎是一下子，过去两天发生的事情全都浮上心头，这些记忆就像是叶姨的氨水味，强烈地刺激着她。她用手在口袋里摸索着蚕茧那干干的壳。她们周围，是一阵阵的低语和碗盘的碰撞声。

叶 姨

梅姨几乎要把叶姨给烦死了。她每周都至少要抱怨一次那些蔬菜"太老了"。梅姨说："简直是像我一样老。你看看，我可没法吃这些东西。"她拍着那些带着绿帮的白菜说。

"那你为什么还要买啊？"叶姨揶揄道，"就是为了发牢骚吗？"

"是那个老邢头，是他骗了我。"

"老邢头老眼昏花的，眼睛都要瞎了。是你选了你想要的东西，怎么能说是他骗你呢？"

"是他把这些东西递到我手上的。"梅姨说，拿起另外一些白菜，递给叶姨。“他用手一摸就知道哪个好，哪个坏。他太狡猾了。”

“哎呀……”叶姨叹着气，把手放到了头上。

“狡猾的东西。”梅姨继续说着。向叶姨发泄着不满。通常如果还有别人在场，梅姨会保持沉默。她用另外一些方式来吸引别人的注意：怀疑的目光或是狠劲摔门。

最开始，是叶姨发现了在大街上以乞讨为生的梅姨。梅姨从女工之家创立之初就和她在一起。为了挣得一份栖息之所，梅姨做起了叶姨的厨师及管家，那时叶姨根本不知道她能不能做饭，能不能收拾好房间。实际上，她很同情梅姨，所以开始关注她，经常看着她从一条街转悠到另一条街，她总是高傲地扬着头。和其他栖身在大街上的人不同的是，梅姨总是让自己尽可能干净利索些。

有一次叶姨看到梅姨扒拉着垃圾桶找吃的。当她找到一些残羹剩饭的时候，她仔细地把它们包到手绢里。然后不是自己吃掉，而是把它们喂给了一只饿得气息奄奄的狗。叶姨终于走近她，梅姨怀疑地打量着她，往她站立的旁边地上吐了口痰。看到叶姨没有要走的意思，梅姨放下她的行李，听着叶姨跟她说些什么。

“我需要一个厨师。”叶姨说。

“跟我有什么关系？”梅姨问。

“如果你想要这份工作，那就是你的了。”叶姨回答。

“为什么？”梅姨眯缝起眼睛看着叶姨。

“因为我会为你提供一个温暖的房间和一张睡觉的小床。”

梅姨换了下姿势：“你怎么知道我会不会做饭？”

“我不知道。”叶姨说。

“你怎么知道我不会把你的东西卷跑？”

“我不知道。”

梅姨乐了。嘴里掉了几颗牙齿的地方露出几个黑洞。她拿起行李，跟着叶姨来到了女工之家。

如果没有梅姨的帮助，叶姨可能做不到今天这样。上一次，叶姨想雇一个新厨师，梅姨生气地拒绝了。“不行！”她厉声说，“阿梅是这里唯一的厨师，除非你觉得我做得不好。”叶姨又不得不花几个小时的时间来安抚她。这么多年过去了，梅姨对露宿街头始终还心有余悸，害怕有一天再回到街上。她几乎不相信任何人，甚至连叶姨也不例外。

叶姨被送到丝绸厂时只有七岁。她在女工之家一直待到十二岁，然后被家里安排嫁人。像很多姑娘一样，叶姨也是被迫嫁人的。她爸爸知道，如果不能把女儿们嫁出去，那他的儿子们就娶不了媳妇。叶姨离开丝绸厂后，被卖给了一个勤劳的农民。在这个男人之前，她见过的所有男人就是她的爸爸和哥哥。这个农民为人很好，看到她那么恐惧，就没有强迫她做什么。他只是笑着说：“以后有的是时间，都能补上。”他们婚后的头三天晚上，他对能摸一摸她的身体，也让她摸一摸自己的身体就很满足了。当他突然想抓住她的时候，她感到很害怕，但是当他拉着她的手，并把它长时间地放在他身体的某个部位时，他的身体就会立即绷紧，接着就会弯成拱形，伴随着一阵低声的呻吟，仿佛很痛苦。这时他就会放开她，让她去睡觉。

结婚前，叶姨听女工之家的一些年龄大的姑娘们说过婚后生活的一些故事。“有些姑娘被打得痛苦不堪只好屈服，”她们说，“但更惨的是那些‘石女’，她们被婆婆硬逼着喝一些苦药。因为不能尽一个妻子的义务，她们从早到晚都要承受人们的奚落和审视。

我希望没有人会承受这样的命运，包括我最痛恨的敌人。”

根据习俗，叶姨被准许在结婚三天后回到娘家。她很清楚，如果她能获准离开那个农民，她就绝不会再回去。谁也说不准什么时候他就会强迫她圆房。她再也不能忍受和他睡在同一张床上。她当时就决定重回姐妹之家，保持独身。她真的重新回到了丝绸厂，继续工作了。她丈夫和他的家人开始不同意。她从来就不是一个有魅力的女人，但在丝绸厂工作可以更大地发挥她的作用，她可以挣钱维持他们的生活，她给她丈夫又买了一个老婆，负责他们、还有他们孩子的生活。作为回报，叶姨就可以保持独身了，她丈夫的第一个女儿陈玲，在达到一定年龄后，也可以到她这里来。

叶姨知道她很幸运。即使是现在她也相信她的好运源于女工之家的这些姑娘们，是她们给她的小饰物让她避开了她丈夫的进一步举动，她把它们藏在他看不见的地方。现在她也把这些小饰物和一些干草药仔细地包好放在她的枕头底下。

过去的这些年里，叶姨遇到了很多困难，有她自己创办女工之家时的艰辛，还有支持丈夫家开销的压力。她超负荷地工作着，从丝绸厂的姐妹们那里一点点地筹钱，直到她有了足够运营的资金。然后姑娘们来了，一个一个像无家可归的小猫，她们的身影和欢声笑语开始填充着这些空间。陈玲不久也来了。叶姨是她的另一个妈妈。陈玲还是一个小女孩，可她看起来却已经很是沧桑了。

晚饭后叶姨看到陈玲在阅览室里把那些珍贵的书从书架上拿下来。陈玲的身材像她一样圆滚滚的。想一想真是很神奇，陈玲的血管里，没有一滴叶姨的血，可是她们两人却是如此相像。除了这些书，她从没看到陈玲用手抚摸过任何东西。阅览室里，姑娘们轻声地低语着，等着陈玲来给她们读观音的故事。观音是大慈大悲的女菩萨。她的故事是姑娘们最爱听的。

“观音不顾家里人的坚决反对，决定当尼姑。”陈玲热情地读着。她的声音回荡在房间里。陈玲很有演讲的天赋。叶姨一直奇怪陈玲这种天赋是从哪里来的，当然不是从她这里，更不会是从陈玲那总是愁眉苦脸的爸爸或妈妈那里。

陈玲和其他姑娘很不一样。从很小来到叶姨身边开始，她就总是保持着和其他姑娘的距离。刚来的时候，她很排斥，对周围的一切充满敌意，而且自理能力很强，让叶姨心情沉重，她很想为陈玲做一些妈妈该做的事情，但陈玲总也不给她一丁点机会。陈玲把她的热情都用在她所喜爱的宗教书籍上。尽管如此，叶姨还是对她倾注着母爱，而不在意她的宗教信仰和她固执的处事方式。叶姨爱护着所有姑娘，但陈玲毕竟是她自己的。不过每当陈玲讲起男女平等，叶姨都会摇着头，不愿去听。对叶姨而言，只要能让女工之家继续运营就足够了，她不想去听其他的无稽之谈。

叶姨以陈玲为傲。陈玲很快就成为一个技术熟练、工作勤勉的人，而且不久又展露自己的才能，做了丝绸厂的管理人员。作为妈妈还能奢求更多吗？

在允许的情况下，叶姨会抓住一切机会释放她的母爱，给陈玲买她喜欢的宗教图书或画册。就是通过这些书的熏染，陈玲变成了她自己。晚饭后，陈玲会慷慨激昂地告诉姑娘们保持纯洁的姐妹关系的诸多好处及其重要性。

“为什么我们要找一个丈夫来愚弄我们？找一个婆婆来欺凌我们？保持独身我们就可以主宰我们自己的生活，获得完全的自由！”陈玲说。

静静地坐着听讲的姑娘们会鼓掌并反复说道：“观音，观音！”

陈玲在地上来回走着，手臂在空中快速地挥动着。有时叶姨很难相信，面前的这个年轻人会是自己的女儿。

叶姨知道很多姑娘都怕陈玲，和她保持着安全距离。阿琳和新来的姑娘佩佩，饶有兴味地观察着，但叶姨知道她们和陈玲不是同路人。她们不是那一类人，就像她自己也不是一样。

但确实有一小帮人毫无保留地追随着她，尤其是一个叫阿明的姑娘。每当看到阿明像只小狗一样地跟着陈玲，叶姨都会摇着头，不明所以。阿明身材瘦削，表情严肃，相貌一般但看起来聪明伶俐，愿意与人为乐。她和陈玲几乎是形影不离，经常在一起一待就是几个小时，废寝忘食地读着她们喜欢的书。但总的来说，叶姨很高兴陈玲能有一个这样的朋友。

～ 鱼塘 ～

微弱的月光下，玉笙把最后一片桑树叶装进筐里，然后，向上看了看。她把背在背上的玉玲换了个舒服点的姿势，寻找着丈夫从鱼塘归来的身影。自从佩佩被送走，老鲍就比以往更勤奋地工作着，花在鱼塘的时间也越来越长。没有了佩佩那些好奇的发问，他们似乎卸去了重负，但无论白天还是夜晚，他们的生活都只剩下重重的沉默。玉笙总是避免让丽丽或婴儿去妨碍老鲍，尽量让老鲍以他自己的方式维护着他的安宁。

有一次，天依然很黑，玉笙醒来发现老鲍不在身边。她的睡眠变得和他的一样，毫无规律。透过门帘那一条缝隙，她隐约看到丈夫坐在黑暗里的身影。他们俩都一动不动地待着。老鲍在过去的几个月里一下子苍老了很多，即使坐在黑暗里，他也是弯着腰，仿佛有什么重物在压迫着他。他们就这样僵了一样地待着，直到有一点异样的声音传入玉笙的耳朵。玉笙仔细倾听，分辨着声音的来源。她迅速地转过头，确认不是玉玲，因为她还在酣睡着。这种奇怪的压抑着的声音在寂静的夜晚显得很怪异。她又四处张望，发现老鲍的脸埋在手中，她马上知道这个声音来自她的丈夫。她的第一个念头是去安慰他，但她没动，因为依然记得，不论如何，他是她的丈夫。

外面，寒冷刺骨。在空寂的夜色中，似乎一切都在老鲍身边发出回声。他只能看到鱼塘的那一点微光和鱼塘周围的桑树叶。就是这片鱼塘和树林，才使他觉得有立足之地，也使他认为它们比血缘更重要。即使他死去很多年，这些东西还会依然存在。

老鲍走向他最大的鱼塘。在夜里难眠的时候，他经常这样做。坐在干干的泥土地上，他在等待着什么，但又不确定到底是什么。他尽力不去想佩佩的脸和她的声音，但它们常常跟随着他进入梦境。曾经有意志薄弱的一瞬间，他想拉着佩佩的手，离开女工之家，但是当她跟随叶姨离去时，他又坚定地站住了。他只能希望她在那里和其他姑娘们相处融洽、生活快乐。

突然，老鲍把注意力转到鱼塘。黑暗中，他使劲地看着里面的任何一点响动，哪怕最微弱的生命迹象。然后从眼角的余光，他看到平静的水面上荡起一丝涟漪。他快速地站起身，更努力地看着，但是空空的鱼塘里再没有任何波动。不过他还是感到一股热流涌遍全身。他固执地站在那里，等待着生命的再一次游动。

然后，老鲍慢慢地让自己进入到冰冷的水中，感受着几个月来似乎已消失的活力。阵阵寒冷透过他的棉布裤子传遍全身，但当他击打着水面时，他感到自己又像个大男孩了。他想象着成千上万条看不见的鱼，在水里横冲直撞着，几乎让他失去平衡。他坚持着，一步步走到鱼塘中心，他推了一下金属网，捡起被吓得半死的鱼，释放着这些天来心中太多的压抑。

等老鲍起身往家走时，天已经大亮了。新的一天又以鸟的鸣叫开始了。又会是温暖的一天。他在门外驻足停了一下，听着里面玉笙轻轻的脚步声。然后，他走了进去。她站在锅边，雾气腾腾中，弯腰搅着锅里的粥。他们谁都没说一句话。玉笙的头发紧紧地挽在后面。他的目光和她的目光碰到一起，他看出了她眼里的疲倦，但她迅速移开了目光。老鲍坐下来，看着她盛了一碗粥放在他面前。他想说点什么，关于他对鱼和鱼塘的感受，但最终还是什么也没说。

第4章

1925 / 佩佩

佩佩在丝绸厂的每一天都很漫长。每天早上，姑娘们五点半就要到工厂。而当晚上七点半收工的低沉号角响起的时候，她们已经被湿重的热气熏得筋疲力尽，快要虚脱了。大多数时候，她们有半个小时的午饭时间，然后每三个小时可以休息十分钟。但如果哪一天她们的工作有一点点拖延，那所有的休息时间就都没了。被厂主钟老板雇佣的男经理们，挥着手里的木棍，不停地喊着："快点干。"姑娘们无奈地服从着。

很多姑娘抱怨着："天还没亮我们就开始工作。"一个姑娘指着放在她盆里的一大堆蚕茧说："可他们竟然连喘口气的时间都不给我们。"

"我们应该让他们自己试一试在这种地方站一整天是什么滋味。"另一个声音说。

但是她们还是得闭上嘴继续工作。

和所有的新人一样，佩佩的工作也是从选茧开始的。昏暗的空落落的房间里充满着蚕茧陈腐的霉味。她想尽量少向阿琳问问题，但是工作的每一个细节都像是一次冒险，无论是把蚕茧放到木头车上从一个房间送到另一个房间，还是站在那张长桌子后面挑选着山一样高的蚕茧。那些曾经低声议论她的姑娘们，现在也一样跟她说着悄悄话。不久，用手一摸蚕茧的形状或是茧壳的坚硬度，佩佩就知道蚕茧的好坏了。一年后，她被升级到煮茧室：站在热水槽前，把蚕茧浸透。她用手里的叉子，扒拉着那些白色的蚕茧，它们漂浮在水面上，像一个个小小的岛屿。蒸汽和热水中蚕茧飘出的一丝丝稍带甜味的气息渐渐变得熟悉，成了她新生活的一部分。

开始，陈玲站在一边，像只盘旋的鸟，站在远处看着她。但是当她看到佩佩已经可以独立工作了，她就消失在她那个小小的办公室里，很少露面了。

最初的几个月像是噩梦。她想家想得厉害。有时，在大家都进入梦乡后，她会把脸埋在枕头里，任由泪水在脸上淌着。她经常被痛苦折磨得筋疲力尽后才沉沉睡去。在阿琳和美丽的帮助和关怀下，她渐渐地适应了这种枯燥的生活和长时间的站立。

一点一点地，佩佩开始对在丝绸厂的工作和女工之家的生活感到舒服了些。每件事都很新奇，让人兴奋。她看到和感受到的东西都是以前连做梦都想不到的。每隔一个月，阿琳会带着她去看一次戏，在那里，总有一帮人，把自己涂成白脸或花脸，扮演着不同的男女角色。他们在舞台上走着碎步，用高亢的嗓音唱着婉转动听的歌。佩佩坐在硬硬的木凳子上，身子挺得直直的，被舞台上的灯光和歌声所打动。然后，她就会问阿琳一连串的问题：“那个女人真的是男人扮演的吗？”“他为什么会为了那么一点小事就自杀？”阿琳总是笑着，耐心地尽可能回答佩佩的问题。其他时间里，有时佩佩会和阿琳还有其他姑娘们一起去镇上的庙里，那里鲜明的金红两色的圣坛是她见过的最大最华丽的东西。

在第一年的学徒工作中，佩佩意识到实际上她基本上没有时间去回忆。有的夜晚，她累得连站都站不住，但家人的面容还是会出现在她的梦里，每年的龙舟节期间，都更为清晰和生动。即使是现在，已经六年过去了，当她得到一个粽子当晚餐的时候，她还是能感到内心深处的那份疼痛。她努力去想象妈妈和丽丽现在都是什么样子，岁月是否已经让她们褪去了原有的本色。有时，佩佩会害怕地想，也许有一天她和丽丽在街头相遇，却已互不相识，形同路人。而且，和其他姑娘不同的是，佩佩的家人从没来看过她。偶尔，她会替他们想一些小借口：爸爸不能离开鱼塘；或者，妈妈不能走那么远。但内心里，佩佩知道他们可能永远都不会来了。他们已经把她给了丝绸厂。他们似乎不再有这个女儿了。

自从来到女工之家，阿琳和美丽就成了佩佩最好的伙伴。佩佩的心里话都留着告诉阿琳，但阿琳最近好像很忙。她原来是缫丝工，但现在被调去管理另一个楼里的姑娘们。佩佩非常想她。她知道对阿琳而言这是很重要的一步，但她还是有点被遗弃的感觉。与美丽在一起，她们可以说说笑笑，但也仅此而已。

美丽总是脾气很好地大声谈笑着。她比佩佩早来两年，很快就适应了这里的生活。由于她随遇而安、乐观开朗的性格，她很容易就能交到朋友。即便是姑娘们之间有了摩擦，不论是长期冷战还是怒火相向，都伤及不到她，她始终保持着中立，对每一个人都同样友好着。

美丽的父母每个月都要来看她。他们给她带来各种礼物：牛肉干、糖果及泡菜等。大多数礼物她都跟叶姨及姑娘们一起分享，但是糖果她却留下来只和佩佩一起吃。

有一次，美丽和佩佩一起从丝绸厂回女工之家，佩佩问："你父母每个月都来，他们都跟你说什么啊？"

"多数是关于家里的事，我几个哥哥和他们的媳妇。我妈妈总是抱怨他们太懒。"美丽笑着说。

"他们不听她的话？"

"他们都很精明。我妈说，他们当着我妈的面答应着，但等她一转身，就不一样了。"

"那你爸爸怎么说？"

"什么也不说，真的。"

"我父母很少说话。他们大多数时间都得辛苦干活。所以他们可能不能来看我。"佩佩停下来，意识到把这些话大声说出来和在心里想着的时候是一样的痛。"你有没有想过要再跟父母回家去？"

"开始的时候有点，但现在我很高兴来到了这里。"美丽说。从她的口袋里，她又拿出一块糖，和佩佩分着吃了。"在这里有很多好处。我不但可以得到一些礼物，还能有机会和你们一起去庙里看热闹，去戏院听听戏的，还有如果不来这里我们怎么可能会相遇呢？"

"对。"佩佩过了一会才说。

"你希望再回家去吗？"

"有时想。"

她们沉默着，继续走路。

"你在家里真的幸福吗？"美丽问。

佩佩思考着这个问题。她以前从未想过幸福这个问题。她的生活是由爸爸妈妈、丽丽和鱼塘组成的。幸福应该是干完活，然后漫步到鱼塘的那种轻松的感觉吧。

“我不知道。有的时候我觉得可能是还行吧。”佩佩答道，“能再次见到家人应该很好，一次就行，这样我就知道他们都怎么样了。”

美丽点了点头。她拿出另一块糖，递给佩佩。每天晚上下班后，姑娘们都是一大帮人一起往回走，她们看起来就像是路边一些离群的白鸟。她们的欢声笑语在温柔的夜空里飘荡着。不久夏天就要来了，她们现在呼吸的清爽香甜的空气很快就要变成炎热难耐了。

并不是所有在丝绸厂工作的姑娘都住在女工之家里。许多从镇上来的姑娘还是跟家人住在一起。佩佩的一个朋友素隆就是来自镇上的姑娘。素隆也在煮茧室，和佩佩在一起工作。她和家人一起挤着住在一间很小的阴暗的房子里。

尽管素隆并不像佩佩和其他住在女工之家的姑娘们那样有那么多自由，但佩佩还是羡慕她能和家人在一起。有时佩佩想，如果能跟家人待在一起，她宁愿放弃她的自由。所以当素隆邀请她和美丽一起去她家，跟他们一起吃晚饭时，佩佩很高兴，毫不犹豫地就答应了。当她想找到阿琳，把这个消息告诉她时，阿琳已经去开会了。

素隆家离丝绸厂不远，沿着一条凉爽的小路，她们高兴地边走边聊。路上，她们比平时更多地交换着目光，分享着让她们捧腹大笑的故事。有几次，嫉妒的人们停下脚步，对着她们指指点点。“你们以为你们是谁啊？”他们粗鲁地说道，“竟拿着自己所有的钱住在一起！”镇上的人并不知道，她们工资的大部分都交给了家里和用来支付食宿。通常她们会被这种敌意所烦扰，但今天晚上，没有什么能破坏她们的好心情。只是当素隆在一所房子前放慢了脚步，停下来时，她们才闭上了嘴巴。

轻轻一推，素隆就打开了大门。油炸食物的香味和屋里人的轻声交谈迎接着她们。当佩佩的眼睛适应了一盏小油灯发出的微弱光亮时，她发现他们家其实算不上舒服。狭小的房间里，只有一张桌子和几把木头椅子。

“到这边来。”素隆高兴地喊着。

佩佩和美丽跟着她来到里屋，立刻被介绍给素隆的父母、哥哥和姐姐。当素隆的哥哥阿宏站起来时，佩佩发现他都快有屋顶高了，他不得不弯下腰以免碰到头。佩佩想不起来她上一次跟男孩待在同一个屋子里是什么时候的事了。阿宏显得挺不自在，始终站着。然后迅速地几乎是有点尴尬地坐了下来。美丽偷偷笑着，用膝盖碰了碰佩佩。

像以往一样，美丽大大方方地谈起女工之家和她自己家的事情。大家都听着她说。

“我家是从福建来的。”她高兴地说，“我有两个哥哥，都已经结婚了，不过我现在觉得女工之家就是我的家。”

听着一大家人不停地说着话，闹哄哄的，佩佩感觉和她家很不同。所以她并没说话，只是微笑地听着。阿宏也是。

晚饭准备的是米饭、蒸鱼、猪肉还有一些青菜。吃过简单的饭菜后，素隆的妈妈拿出了杨桃和甜瓜等水果。来女工之家之前，佩佩都是和家人在一起，来到女工之家后，她一直是和姐妹们在一起。现在，在素隆的家里，她第一次感到和陌生人在一起，也能自在安然，她感到了一种她小时候从未感到过的温暖。“吃吧，吃吧。”素隆的妈妈说，她的爸爸真诚地微笑着，阿宏则轻松地回答着美丽的问题。

“阿宏，你在学什么？”美丽大方地问。

“我在准备大学的入学考试。我希望能学经济。”

“那一定很让人兴奋吧？”她继续问。

“有很多功课要做。”他说，开始对她的兴趣产生了兴趣。

“那是自然的。可惜我永远也做不到。”

“我敢说如果环境不同，你也一定可以做到的。”

阿宏的目光注视着他的谈话对象，以一种静静的语气认真地说道。他眯着眼睛像是在猜着什么。佩佩马上对他失去了兴趣，可是美丽却认真地听着他说的每一个字，眼睛从没有离开过他。

当她们离开时，夜晚的凉爽空气包围着她们。佩佩急着赶紧回到女工之家，好看到阿琳，但美丽却慢腾腾地走着，说话时也是一种奇怪的、梦幻般的语气。

“我觉得素隆的父母都很好。”美丽说。她停下脚步，采了一朵花。然后有次序地往下摘着花瓣。

“是的，他们都很好。”佩佩答道，“和我父母不一样。”

“跟我父母也不一样。”美丽让花梗从她手里滑落，“你觉得素隆的哥哥阿宏怎么样？”

“看起来挺好的。”

“你觉得他会认为我也挺好的吗？”

佩佩看着美丽，看到了她脸上的一抹红晕。“他为什么不这么认为呢？”

“我不知道。”

她笑着，让美丽放下心来。“我觉得他肯定会认为你非常好。”

美丽高兴地笑着，没再谈论阿宏。

一整晚，佩佩都难以入睡，怕自己会睡过头，看不到阿琳。每天早晨，阿琳都和陈玲早早离开宿舍去工厂，晚上很晚才回来。阿琳好像根本就没想找机会再见她。

在姑娘们的呼吸声中，佩佩细心地听着走廊里的门一会儿开，一会儿关，然后就是一阵下楼的脚步声。最后，房子的第一下开门声把她从半梦半醒的状态中弄醒，她悄悄地起床，轻轻地移动着，以免吵醒别人。她打开门，楼下的灯光照了进来。几分钟后，走廊对面的门打开，阿琳出现了。

“你起来干什么？”阿琳边往她的辫子梢上绑一根红头绳，边问道。

“我想跟你说说话。”佩佩说，打着寒战，早晨寒冷的空气迅速打透了她的衣服。这几年她长得很快，现在已经比阿琳高出半头了。

“快回到床上去，别冻感冒了。我们可以以后再谈。”

“我都很长时间没看到你了。你生我气了吗？”

阿琳的脸渐渐柔和下来，她微笑起来：“我怎么会生你的气啊？”她把目光从佩佩的脸上移开。“我是在生我自己的气，想一些不该想的事情。”

“什么事情？”

当她黑色的眼睛重新看向佩佩时，她轻声说：“我很嫉妒，因为你有美丽和素隆，不再需要我。”

佩佩被阿琳的话震住了，忘记了寒冷。她一直都特别害怕阿琳不想再和她有任何关系。“你怎么会那么想？”

"听到了一些传言。"阿琳答道。看到佩佩紧张的神情，她微笑着说："我发现我原来很傻。如果我让你难过了，我向你道歉。现在回到床上去，我们以后再谈。"阿琳把挡在佩佩脸上的一缕头发给她拨拉到后面。

"自从来到这里，你一直就是我唯一的亲人。"佩佩说。

"上床去，我们以后再谈。"阿琳催道。"我得走了。"阿琳把她的手放到佩佩的肩膀上停了一会，然后转身走了。

第二天在厂里，陈玲走到佩佩身边，以公事公办的口气说要跟她谈谈。几乎就在同时，另一个姑娘走了进来，接替她的工作，她们就朝陈玲的办公室走去。陈玲的办公室在选茧室的后面，很小，里面堆了很多杂物。看到阿琳也在办公室里等着，佩佩觉得不那么紧张了。佩佩看向阿琳，阿琳微笑着点点头，安慰着她。佩佩放松下来，靠着木头桌子站着。陈玲马上在桌子边坐下，以一种冷静的居高临下的姿态靠向椅子背，把双手交叉着放到胸前。

"佩佩，我一直在观察你的工作，你做得很好。"陈玲说。

"谢谢！"她回答，低下头。

佩佩一直也没消除一见到陈玲就紧张的心理，尽管大多数姑娘相信安静的阿明能使陈玲变得温和些。全厂的人都知道陈玲和阿明在工作之余如影相随，好得像一个人一样。

"我们觉得你应该升级了，所以决定让你去缫丝。你以前的表现证明你能做好安排给你的任何工作，所以我觉得没有理由不让你继续发展。"

佩佩抬起头看着阿琳，她也正微笑地看着她，佩佩转头对陈玲说："我会非常喜欢这个工作的。"她的话里充满了热情。

"好，那就这样定了。你从明天就开始吧，阿琳会指导你，直到你能自己独立有效地干活儿为止。恭喜你，我相信你能继续做好你的事。”

有一会儿，陈玲几乎是在微笑了，但她很快又低头看着桌上的报表，表示她们的谈话已经结束了。

当她们走出来，与陈玲的办公室有了安全的距离后，阿琳握着佩佩的手说："恭喜你！这意味着你会为自己和家人挣更多的钱了。”

“是吗？”佩佩茫然地问，有点不敢相信自己的好运。通常情况下，其他姑娘要花八年到十年的时间才能成为缫丝手，而她仅用了五年时间就做到了，这时她仅仅十四岁。“真是太好了，对不对？”她问道。

“如果你问我，我觉得早就该这样了。”阿琳热情地说。

但是房间深处传来的一声刺耳的尖叫马上终止了她们兴高采烈的交谈。接着是一些低沉的喊叫，阿琳迅速离开佩佩，向发出响声的地方走去。

在房间的一侧，一群姑娘聚集在一起。她们的机器被扔在那儿自己转着。房间里到处是机器的空转声。刚才突如其来的高声喊叫变成了一阵阵痛苦的呻吟。佩佩也迅速穿过挤在一起的姑娘们，直到看到美丽，她正踮起脚尖伸长了脖子，想越过其他姑娘们的头看清是怎么回事。

“出了什么事？”佩佩问。

“有人被烫伤了。”

“谁？”

“我不知道。我什么也看不见。”美丽说，推着挡在她前面的姑娘往前挤着。

呻吟声越来越大。佩佩听到阿琳在吩咐人去找姓钱的草药大夫。每当丝绸厂有什么意外总是找他。很多情况下，姑娘们会有一些轻微的烫伤，或者是由于滚烫的热水，或者是由于过热的金属槽。姑娘们很快退后一些闪开了一条路。然后佩佩清楚地看到了躺在地上的阿明，她的衣服已全都湿透了。通常被安全地放在车上的一锅开水，不知怎么歪向了一边，开水涌出来，烫伤了还没来得及躲避的阿明。

阿明躺在地上，很痛苦地等待着。她脸上和胳膊上的皮肤都变成了紫红色，好像刚被刷子使劲地蹭过。阿琳蹲在阿明的身边，把手放在阿明的头上，尽可能给她一点安慰。姑娘们的低语提醒了佩佩，她迅速采取了行动，她看到了一个丢弃不用的装蚕茧的袋子，然后拿起来，毫不犹豫地把它盖在阿明颤抖的身上。

“这里怎么回事？”陈玲怒声问道。

胆怯的姑娘们往后站了站，给陈玲让出一条路。但一直到佩佩站起来离开了阿明，陈玲才看到躺在地上的阿明。

“是个意外。”阿琳轻声说，“我已经派人去找钱大夫了。”

陈玲马上跪到地上，温柔地用手抚摸着阿明的头。她低声地鼓励着阿明。钱大夫来了后，发现她的烫伤很严重，让大家马上把她送回女工之家。陈玲不让任何人帮忙。“一边去。”她命令着，把试图帮忙的人从阿明的身边推走。她慢慢地小心地把阿明瘦弱的身体抱在她的双臂中。

陈玲和阿明离开后，喧闹的房间里突然显得空荡荡的。有好一会儿，佩佩和阿琳都没动。然后，仿佛突然爆发出一种能量，她们两人同时跪下，开始擦拭地上的水。尽管努力着，佩佩还是不敢去回应阿琳看向她的目光。

～ 玉笙 ～

玉笙没再生其他孩子。他们把佩佩送到了丝绸厂，把丽丽嫁了出去。他们最小的女儿玉玲，在佩佩被送走的一年后，就离开他们，到了另外一个世界。她感到些许安慰的是，玉玲没遭什么罪，没像那两个那样发高烧。她只是有一天早晨身体变僵了，再也没有醒来。她的死像她的生命一样，静悄悄的。老鲍把她埋在她的两个姐姐旁边。有好几天，玉笙很恍惚，没有任何感觉。然后等她恢复感觉后，她就发起了高烧，昏睡了好几天，一直是丽丽在照顾着她。老鲍还是一如既往地沉默着，像一个黑色的影子般坐在她旁边。

现在丽丽走了。她被嫁给了山那边的一个农民。那个农民有一天在镇子上看见了丽丽，然后就派了媒婆老邢太太来提亲了。当媒婆来找老鲍时，玉笙和丽丽都在桑林里。老鲍听完了媒婆的话，就又回去干活了。直到晚上吃完饭，老鲍才说了媒婆的来访和提亲。

"邢太太今天下午来找我，"他告诉丽丽，"山那边有个姓秦的农民，想娶你。"老鲍用一根尖尖的细细的小木棍剔着牙。

丽丽吃惊地抬起头来看着他。

"这个农民是个鳏夫。"老鲍继续说，他的眼睛一直在躲避着玉笙和丽丽的目光。"他的老婆在生孩子的时候死了，孩子也死了。不过他还有另外两个孩子。"

尽管丽丽没有表现出什么，但玉笙的心跳却仿佛停止了一般。过了一会儿，丽丽清了清嗓子，问："他想娶我？"

老鲍点点头。

玉笙看看她的丈夫，又看看一向沉默寡言、现在也满脸恬静的大女儿，这是她最后一个孩子。自从女儿降生，她就一直担心害怕的一天，到底还是来了，而她除了沉默，却什么也不能说，不能做。

“爸爸，这也是你所希望的吗？”丽丽问他。

老鲍转过头去，停了一会儿，然后说：“你自己拿主意吧。我告诉邢太太两天后给她信儿。”

丽丽站起身来，开始擦桌子，什么也没再说。第二天她依然沉默着。玉笙非常想对她说点什么，可是所有的话语都停在了嘴边，说不出来。第二天晚上，在起身收拾碗筷之前，丽丽只是简单地说：“那么，我就嫁给他吧。”

老鲍嗓子里咕噜了一声，玉笙悬着的一颗心放了下来。

农民过来迎亲那天，丽丽像往常一样地料理着家务，似乎结婚的日子和其他任何日子没有什么区别。那天早晨，玉笙打开了他们床脚的木箱子，在她曾经的青春岁月的记忆里呼吸着。一层层地，她打开把两件珍贵的礼物分隔开的那张白纸，拿出那件红色的丝绸连衣裙和拖鞋，还有那个从佩佩离开家以后她就不敢再看的绢画。在箱子最里面，她看到了外婆给她的那块蕾丝手绢。她把手绢拿出来，放到床上，然后才收拾其他东西。当玉笙出去找丽丽时，她正在挑水准备刷碗。

“这些活儿我能做。”玉笙说，让她坐下。丽丽听话地放下水桶，坐了下来。丽丽看起来还很小，她仰起头看着玉笙，等着她往下说。

“妈妈，你没事吧？”

“我想把这个给你。”趁着还没有哽咽，玉笙赶紧说。她把用奶白色的纸包着的手绢递给丽丽。

丽丽吃惊地看着她，然后伸出手接过了礼物。她笨拙地打开包装，轻抚着上面精致的图案。

“这是太婆的东西。”玉笙说，“我妈妈的妈妈。”

丽丽羞涩地抬起头，她脸上的表情既放松又充满孩子似的好奇，但很快，她控制住自己，薄薄的嘴唇只吐出两个字：“谢谢！”

在持续不断的狂风中，房子里显得空荡无人。夜晚，每当有风吹过，都像是有一些说话声在房子里回荡。玉笙躺在床上，睁着眼睛，连续几个小时地听着它们在说什么。有时，她会想象那是她女儿们的声音，回来跟她讲述她们的生活状况。“妈妈，没事的。”她们告诉她。但是当她慢慢坐起来，更仔细地去倾听远处的声音时，却只有风声，预示着风暴的来临。

～ 季风 ～

阿明出意外一周后，雨季来了。叶姨和梅姨把窗户加上板子，把所有重要的东西都收好，防止风雨侵袭。一整天，从白天到夜晚，女工之家的姑娘们在极度紧张的氛围中等待着狂风暴雨来横扫小镇。几百年来，每次风暴过后，都会在永吉留下一些痕迹，它毫不留情地摧毁一切没有被砖头和泥浆坚固起来的东西。

有一年，古老的兴华庙宇被狂风从地上刮倒，整座庙宇顷刻间变成散落一地的碎片。它雕刻华丽的大门在河边被发现时也已残破不堪，而庙里的其他东西则在风暴肆虐了几周，终于停息后，在几里地以外才找到。

之后的几个月里，人们来到原来的庙时，只能对着巨大而空空的洞穴祈祷。

现在她们又要再次等待。天空变得越来越黑，雨随之就来了。开始它只是慢慢地下着，接着就疯狂地、不断地下起来，既没有喘口气更没有要停止的迹象。整个永吉镇处在灰色的漏个不停的天空下，人们等着能有大风吹散阴霾或者暴雨能早点停歇，但是他们所期待的情形都没有出现。大地尽其所能，吸纳了所有它能吸纳的，直到填满了所有的缝隙。最后它只能独自承受，被雨水浸泡着、肿胀着。

大雨开始两天后，姑娘们被命令返回厂里工作。有人说服她们说即使有风也不会太大，大不了就是速度快一些的微风而已。叶姨告诉姑娘们忍着点大雨回去工作。

每天出去，佩佩、阿琳和美丽都能轻易地看见雨水带来的损坏。河水涨了起来，不久就漫过堤岸，涌到街上。成百上千个生活在船上的人不得不离开他们游动的家，带着所有能带的东西，到陆地上来寻找栖身之地。

“那是什么？”美丽喊道，指着漂浮在水面上的东西问。

“只是块木板。”佩佩说，拉起她的胳膊，领着她往前走，走过一个个沿街乞讨的男人或女人。

“他们为什么那样看着我们？”美丽发着牢骚。

“因为他们又冷又饿。”阿琳大声说。

佩佩沉重地看着周围悲惨的一切。雨还在下着，大多数在水上生活的人被迫在楼房的走廊或在临时搭起的避难所里待着。由于道路被冲毁，食品严重短缺。很多人家都是全家人在街上乞讨，一个女人拉着阿琳和她自己的衣服，她的孩子们则黏着她们，哭着喊饿喊冷。每一天，都有死去的尸体躺在她们经过的路上。佩佩和阿琳尽了最大的努力，把饭钱给了出去，但似乎是永远也满足不了那些饥饿的人的需求。

姑娘们自己也在承受着持续大雨带来的后果。姑娘们到达工厂时，往往已经淋得透湿，但她们没有选择，只能穿着湿漉漉的衣服工作一整天。厂门前堆满了沙袋子和大块的布，一些姑娘被整夜留在厂里，她们要不断地拧干被水浸湿的大布，防止雨水进到厂里损坏缫丝机。

然后有一天在缫丝机的轰鸣声中，传来了美丽的高声叫喊："快把它弄走，快把它弄走！"

阿琳和佩佩走过去，发现一只深灰色的大老鼠肚皮朝上漂在她的水槽里。美丽朝上看去，发现在她们头上，还有一群老鼠在房子的木椽上来回蹿着。她吓晕了。从那天开始，如果手里没有一根大棍子做保护，美丽就不敢在工厂里随意走动。

"它们都是些狡猾的魔鬼，它们破坏所有的东西。"梅姨说。那天晚上，她一反常态地一边熬着粥，一边喋喋不休地说。"我告诉你吧，这只是开始，你会看到更多的老鼠的。都是因为洪水。我以前见过一尺长的老鼠，比现在还多。"

"不可能。"美丽喊着。

"我记得从小在天津的时候，看见村民们都把孩子放在网里，吊在房子的半空中，就是怕他们在睡觉时，老鼠去咬孩子。"梅姨说，放下她的木勺子，转向她的听众。"不过没什么用，老鼠很顽强。它们用爪子在墙上挖个洞，或者爬到最细的绳子处去咬孩子。我就亲眼见过，在天津，一个孩子也被装在网里，吊在半空，但是他的半边脸还是被老鼠吃掉了。"

很多姑娘被梅姨的故事吓住了，美丽把自己藏到了叶姨身后。

"阿梅，你干吗要讲这些事情啊？"叶姨不满地说。

“我说得都是事实！怎么了？至少在这里我们还能确定，如果老鼠们命不好，就有可能会被炉火烧焦烤熟的！”梅姨不在乎地说，又回去做饭了。

叶姨翻了翻眼睛，在空中挥了挥手，然后无声地走了出去。

美丽躺在床上，听着外面的雨声，她做了一个决定：如果到了该结婚的时候，她要嫁人的话，那就要嫁给素隆的哥哥阿宏。从见到他的那一刻起，命运似乎就已经注定了。没有任何事，也没有任何人能改变她的决定。她唯一敢信赖的人就是佩佩，可即使如此，也不是什么话都能说的。尽管下着大雨，尽管她对丑陋的黑老鼠还存有恐惧，美丽还是没有听叶姨的话待在房里。她小心翼翼地走过素隆的家，希望能捕捉到阿宏的身影。

多数夜晚，她都能看到他从学校回家，手里拿着书本，匆匆走进她曾经去过的那两间黑屋子。阿宏身上到底是什么吸引着她，让她那么想跟他在一起，即使隔着这样的距离？她以前对任何人都没有过这种感觉，包括她的家人。她实际上更愿意和家人保持一定的距离。但是当她看到阿宏长长的身影快速地移动着，就要离开她的视线的时候，她觉得自己空虚的心直往下沉。夜复一夜，美丽坚持着这个秘密的举动，风雨不误，没有例外。她比别人稍晚点回到宿舍，如果叶姨问起，她会用已经想好的借口来回答。“我停下来跟个朋友说几句话”或者“我有点活得干完”。但到目前为止，美丽感到宽慰，她还没有用这些谎话来应付过叶姨。

有一天晚上，美丽没有看到阿宏。她在那里一直等着，直到时间太晚，她不得不快速跑回宿舍。她在瓢泼大雨中大步走着，心里充满了失望，她的思绪集中在自己的心事上，以往让她恐惧的黑暗以及难以想象的连带事件，现在似乎也影响不了她。美丽转过街角，没有意识到有人在跟踪她，路上的积水吞没了沉重的脚步声。美丽下意识地回了一下头，看到了离她几步远的阿宏。她通常藏在一面石墙后面，不让他发现她，但今天她没看到他从石墙后面走过，那他一定是从相反的方向过来的。然后阿宏做了一件让她意想不到的事情：他抓住美丽的胳膊，领着她走上了远离女工之家的街道。

美丽没有反抗，跟着他走了，她的心狂乱地跳着。尽管身上已经湿透了，但当阿宏抓着她的胳膊时，她还是感到一股暖流传遍全身。她希望他永远不要松开拉着她的手，但是当他们转到一个黑色的小楼里时，他在狭窄的过道里松开了她。

阿宏摸索着找到锁，然后打开了门。里面是一个很小很黑的房间，它发霉的气味使美丽禁不住浑身战栗。有那么一会儿，她想到了老鼠，想到了其他一切有可能隐藏在这种地方的可怕生物，但她迅速把这些想法都甩在了脑后。

"这是在哪里？"美丽鼓起所有的勇气问。

"一个朋友的房子。他回家探亲了。"

阿宏点亮油灯，使房间里有了一点光亮。房间里没什么家具，只有一张桌子，一把椅子，还有一张靠在远处墙边的床。美丽站在那里等待着。她从一开始就知道，阿宏是唯一她想托付终身的人。所以当阿宏的手摸索着找到她的手，并把他的双手放到她脖子后时，她并没有反抗。

"你一直在偷看我。"他说。

"对。"

"为什么？"

美丽没说话。

"过来一点，你肯定冷了。"他低声说。

慢慢地，阿宏把她的外衣脱掉，把她放到了硬硬的床上。她隐约看见他脱去了自己的湿外套，然后躺到她身边。他们并肩躺着，过了一会儿，美丽感到阿宏在她的脖子旁温热的呼吸声，他摸索着掀开她的衣服，把他的手放在了里面。他湿漉漉的头发散发着一股带点油腻的花香。当他的手抓住她的乳房时，她感到全身一阵战栗。然后，阿宏让她的头向后稍稍仰着，寻找着她的嘴唇，随即把他的双唇重重地压在了她的嘴唇上。美丽闭上眼睛，让她的身体紧紧地靠着阿宏的身体，并随着他起伏着。

之后，美丽说："我爱你。"美丽对阿宏刚才所做的一切并没有什么感觉，但她猜测可能做爱只是会让男人更愉悦吧。这跟陈玲所描述的情形显然是不一样的，她并没有感到自己有被燃烧的感觉。她只是觉得能跟阿宏在一起真好。

阿宏坐在床边，穿上他的湿衣服。对美丽的话，他没有回应。

"你爱我吗？"美丽问。

"用不着那么认真，"阿宏说，他的眼睛躲避着她的目光，"不要让别人知道，不然只会带来麻烦。"

"你什么意思？"

"还没到让别人知道这事的时候。"他看着美丽，微笑着说，"通过这些考试对我家很重要。我不能再给他们增加负担，直到全部考试结束。"

美丽什么也没说。

"你还在女工之家，但却和一个男人在一起了，别人会怎么看？"

"我不在意别人怎么看。我爱你！"

“你不在意别人怎么看，可我在意。”阿宏说着，拉起她的胳膊，迅速地捏了一下。“不要让任何人知道这事，明白吗？”

美丽点点头，使劲地咽下这一切。她还是一言未发。灯光摇曳着，她看着他们的影子在砖墙上舞着。屋子里潮湿酸臭的味道几乎让她窒息。远处，在无休止的雨声中，美丽觉得自己听到了一个孩子低沉的哭声。

第5章

1925 / 佩佩

外面，雨还在继续下着，叶姨和姑娘们聚集在阅览室里，等着美丽回来。已经吃过晚饭了，美丽没有跟最后一拨人一块回来。叶姨变得越来越不安，佩佩看着，感到很无助。

梅姨不时地偷偷看一下，最后拿进来一托盘茶水和一些饼干，但没人去碰。

“美丽应该很清楚这里的规矩。她能去哪儿呢？”叶姨说。在地上来回走着。她站住了，等着，佩佩看到她焦虑的眼睛扫视着她们，寻求着答案。叶姨急切地走向佩佩，希望能找到任何一点关于美丽去向的线索。

“她有可能和素隆在一起。”最后，佩佩鼓起所有的勇气说，“她肯定是和素隆的家人在一起，想等到雨停。”

“和素隆在一起？为什么她会和素隆在一起？美丽知道我要求你们所有的姑娘都要从厂子直接回来。”

佩佩不再说话。自从美丽有了关于和素隆的哥哥的那些愚蠢想法后，佩佩就经常听到她心绪不定的胡言乱语。她确定地知道，美丽一定是在下班后去了素隆家。每天晚上，美丽都在别人回来之后才回来，而且总是气喘吁吁，脸色绯红。叶姨似乎没注意。但当佩佩问美丽去了哪里时，她总是微笑着，岔开话题。不过佩佩从没想过美丽会做得如此过分，竟然违背叶姨定下的规矩不说，还在外面待到这么晚。

“我马上就去素隆家。”叶姨说。快速地向门口走去，但还没等她穿上衣服，前门一下子打开，美丽急匆匆地闯了进来。雨水一滴滴地滴到闪亮的木地板上。

“叶姨，对不起。”美丽道歉说，“我没注意到……”

“你去哪里了？”叶姨打断她，声音颤抖地问。她在美丽身边转着圈：“你知道我们有多担心你吗？”

“素隆害怕，所以我把她送回家了。我没注意时间，然后雨下得那么大。”美丽小声说。用胳膊抱着她颤抖不停的身体。

“你知道你应该从工厂直接回来。你把我们全都吓得要死。”

“非常对不起。”美丽说，擦着眼睛。

叶姨马上缓和了口气，说：“希望这种事以后不要再发生。既然你安全回来了，我就放心了。过来，把湿衣服脱掉，然后下楼吃点东西吧。我会告诉阿梅给你一碗热汤。”

叶姨匆匆地走向厨房，挥着手让其他人都去忙自己的事。“走吧，走吧。”她对美丽说。

美丽往楼梯走去，眼睛看着佩佩的方向。她的脸上有一抹狡黠的微笑，使佩佩搞不懂她到底去了哪里。

屋子里漆黑一片，当美丽轻轻地走向自己紧挨着佩佩的床时，佩佩只能看到美丽穿着白色睡袍的影子在上下移动着。“你去哪儿了？”佩佩小声问。

“我今晚和阿宏在一起。”美丽把身体转向佩佩，痴迷地说。

“你见到他了？”

“见到了，我们在他家附近的街上碰见的。他马上就认出了我。”

“你疯了吗？”

“他的手特别好看，一看就是有文化的人。”

“你怎么知道？”

“我们在一起的时候我看到了。”

“你们怎么能在一起？你们去哪儿了？”佩佩追问道，开始怀疑美丽。

“去了他朋友的房子。”

“我觉得你可能是在雨中待得太久了吧。”佩佩不相信地问，“如果你跟我说的是真话的话。”

“为什么不是真话？今晚我和阿宏在一起很安全。现在我必须得嫁给他了。”然后美丽喃喃地说：“是走得太远了。”

“你在说什么？”

美丽犹豫着，然后，吃吃地笑着：“有些东西是命里注定的。”佩佩没说话，探究地看着她的朋友。她想坐起来把美丽从梦幻中摇醒，但美丽的奇怪举动似乎说明事情到了一个新阶段。浓重的夜色中，一阵寒冷和恐惧笼罩着佩佩。只一会儿，这种感觉就消失了，但是佩佩已经感到了震颤。

“你一定要小心啊！”佩佩说。

美丽笑着。“你干吗那么严肃啊？我从没感到这么幸福过。”

佩佩注视着她健谈的朋友，然后转过头换了个舒服的姿势睡觉。她有很多问题要问美丽，但现在太晚了，只好另找机会了。

“那你就继续做你的美梦吧。”佩佩困倦地说，“晚安。”

大雨还在继续着，偶尔会有一些沉重的雷声滚过，震动着窗户。

“你觉得这雨还能下很长时间吗？”美丽突然问。

“不会的。”

“那就太好了。”美丽说，转过身睡去。

～ 叶 姨 ～

自从开始下雨以来，每天早上，叶姨都要来到楼下，打开前门，看天空是否流完了它的最后一滴眼泪。这似乎已经成了习惯，就像梅姨的喃喃自语。

可是今天早上，叶姨始终觉得心神不定。昨天夜里美丽的失踪让她心里充满了恐慌。如果美丽在什么地方受到了伤害怎么办？如果老也找不到她，她该如何向她父母交代？种种可怕的可能性搅得叶姨辗转反侧，一夜未眠。当叶姨打开大门，她感到了意外的惊喜：雨停了，周围一片奇异的安静，地上还到处都是积水，留下一股发霉的味道。

“雨停了。”叶姨走进厨房，说道。

梅姨从锅边抬头看着叶姨，似乎才注意到她的出现。“一大早就停了。”她边说边搅动着锅里的粥。

“谢谢观音菩萨，”叶姨高兴地说，“现在我们可以恢复正常的生活了。”

叶姨小心地把碗从架子上拿下来。

“会有一大堆的东西要清理。”梅姨说，“如果她们以为她们见过了老鼠，那就等着瞧吧。”

“姑娘们不需要听你的那些故事。”叶姨警告她说。

“事实不会吓坏任何人。”梅姨小声说。她搅着粥，不再说话。

叶姨摆着桌子，听到了第一声门响，她抬起头来，看到有人从楼上下来。她知道是陈玲。尽管陈玲不用很早就到厂里，但她每天早上总是第一个下楼来。她通常坐在她惯常坐的位置，可今天早上，她要求叶姨跟她坐在一起。

“二妈，”陈玲说，“我有一件重要的事情要跟你说。”

叶姨在她对面坐下，想着会是什么重要的事情压在她女儿的心头。陈玲待人处事的方式与众不同，跟她在一起也是一样。叶姨知道阿明已经基本康复，再过几天就可以下床了，所以一定是其他什么事情。

“什么事？”她问。

陈玲清了清嗓子，直视着叶姨的眼睛：“我和阿明已经决定要举行梳头仪式。”

有一会儿，叶姨有点不知说什么，但并不感到意外。她一直知道陈玲一定会经历这一过程的，对一个年轻女人来说，这是一个最庄严也是最终的声明：她将终身不嫁，而且会留在丝绸厂的姐妹之家，继续在丝绸厂工作。和结婚仪式一样，梳头仪式也要选一个黄道吉日，要摆宴席，宴请亲朋好友，而来宾要准备红包给这个准备终身不嫁的女人。叶姨不知该说什么，不是因为陈玲年轻——她已经快到二十岁了——而是因为这些话从陈玲的嘴里说出来时，她表现得太平淡，太缺少激情。叶姨希望她能像在阅览室给姑娘们讲话时那样慷慨激昂，让她振奋。可是现在，她好像什么也没听到。

“很好啊，我为你们高兴。”叶姨说，“我想你们俩一定是经过深思熟虑的。”

“是的。”陈玲答道，放松下来，露出了一丝微笑。

一时间，叶姨的心里充满了母爱的温情。坐在对面的陈玲真的已经长大了。叶姨伸出手，抚摸着女儿的手，陈玲没有把手拿开。

第二天，陈玲和阿明把姑娘们召集到一起，宣布了她们的决定：她们要举行梳头仪式。叶姨看到姑娘们围着她女儿和阿明，祝福和恭喜声响成一片。第一次，叶姨真正意识到，陈玲真的要离开女工之家，搬到姐妹之家，与那些立志献身于丝绸厂的女人们一起生活了。

与往常一样，叶姨总是让自己的双手忙碌着，她感到这是种安慰。她开始从上到下地打扫着女工之家。在梅姨的帮助下，她撤下所有窗户上的木板，打开所有的窗户，让清新的空气在快发霉的房间里自由流动。佩佩跟在她左右，问题一个接一个。

“陈玲和阿明举行完梳头仪式后，她们还能结婚吗？”有一天佩佩发现叶姨一个人在清理阅览室，就过来问。

叶姨笑着摇摇头。“那是她们的选择。实际上，梳头仪式和结婚仪式很相似，都是庆祝人们对生活的一种选择。”

“对您也是这样的吗？”佩佩问，帮着叶姨把地上的东西拿起来。

“对我来说，并不那么容易，不过，它像结婚仪式一样重要。不同的是，新娘通常是由有很多儿子的年长女人带领，而不婚女人是由年长的独身女人，就是像我这样的人。”叶姨笑着。

“如果举行完仪式，那个女人又改变了主意怎么办？”佩佩问。

叶姨停下手里的活，转向身材瘦长、充满好奇的佩佩，严肃地说：“这不是一个能轻易做的选择。它必须是你最想要的一种生活方式。而一旦决定就不能动摇，否则对你的家人来说将是一种莫大的耻辱，也会激怒老天爷的。”

佩佩把她说的每个字都记在心里，慢慢地点着头。

“听我说的，”叶姨笑着说，“我的语气怎么听起来像陈玲。”

~ 季风后 ~

雨过天晴后，女工之家里又开始生机勃勃，到处是姑娘们的欢声笑语。陈玲和阿明即将举行的梳头仪式让姑娘们很兴奋。人们好像久病痊愈一样。永吉镇又从灾难中生存下来。叶姨还在清理着风暴带来的一片狼藉，她的声音像是歌颂胜利的赞歌，响彻在整个房子里。

大雨停歇后的第二天早晨，佩佩比其他姑娘早一些离开了宿舍，希望能看到阿琳，她已经去厂里了。随着天气的好转，阿琳和陈玲又恢复到她们的长时间工作的状态中。

外面，空气中弥漫着浓浓的大水过后潮湿发霉的气味。太阳透过云层发出微弱的光，但是佩佩很兴奋。她皱了皱鼻子，高兴地向前走着。

家家户户都在做灾后的清理工作，镇子上的人们用水桶和大盆清理着烂泥，水上人家则在焦急地等待着大水退去。他们几件有限的家产：饭碗、拖鞋和不多的几件衣服，都被进到船里的雨水洗了一遍，晾在路边。被水浸泡的发胀的老鼠尸体躺在湿漉漉的地面上。接下来就要慢慢重建那些被破坏掉的东西了，而那些不幸在灾难中死去的人的尸体将要被焚烧或掩埋。

除了在这次风暴中失去的东西，佩佩还听说，另一种风暴正像旋风一样，刮向中国的每个角落：权力的角逐。随着孙逸仙的逝世，中国现在正面临着新的领导人蒋介石的统治。不论是在茶馆里还是在大街上，老人和年轻人一样，边干着活，边站在他们自己的立场上，争论着关于国家前途和命运的事情。

“中国应该有些改变了。”一些人说。

其他人则摇着脑袋。“你知道什么？中国不需要像你这种制造麻烦的人。日本鬼子做得已经够多了！”

佩佩走在大街上，听着这些议论，她的兴致被破坏了。中国太大，又太封闭。不过权力之争对永吉镇，对生活在丝绸厂的她来说，都太遥远。她抬头看了看天，把这些让人沮丧的想法都排除掉。不久，她就会和阿琳一起，安全地回到丝绸厂了。阿明已经痊愈，可以回来工作了，一切都将走上正轨，恢复到大雨以前的状态了。

几天后的一个晚上，女工之家接待了意外来访的美丽的父母。他们每月一次的探访通常是每个月的第一个周四，所以他们的突然来访使所有人都感到吃惊。

“对不起，”美丽的爸爸说，他身材高大，有点秃顶，“我们有很重要的事情要见美丽。”

美丽的妈妈无声地跟在她爸爸身后，向叶姨慢慢地点着头。

“当然没问题，陈先生，陈太太，我们很高兴你们过来。”叶姨说，把他们领到阅览室，“我马上派人去叫她。”

佩佩上楼找到了她。听说她父母在楼下等她，美丽依然无动于衷、面无表情地坐着。然后，什么也没说，就扔下了她正在读的一本书，向楼下走去。

楼下，叶姨紧张地在厨房转来转去，给不速之客准备着茶水，梅姨则往一个碗里放着李子干和一些干果。

“他们知不知道现在已经很晚了？”梅姨抱怨着。

但还没等她再说别的，他们就听到从阅览室里传出的越来越大的声音。

“我不干！”美丽喊着。

“听话，美丽，冷静点。”她的爸爸央求着。

其余的都听不到了，随即传来美丽的哭声和她父母压低了嗓音的安慰。

茶水准备好了，叶姨犹豫了一会儿，然后坚定地敲了敲两扇门，等着他们来开门。门开了，美丽的爸爸露出了抱歉的神情。在大门露出的一点缝隙里，佩佩看到美丽在叶姨的怀抱里哭着，美丽时不时地抬起头来，跟她的父母说：“我不要嫁给他，不要……”

美丽继续哭着，但似乎没什么效果，因为当最后她爸爸打开大门出来的时候，他愤怒的声音在整个房子里回响：“我是你爸爸，你必须得照我说的去做！”他冲了出去，美丽的妈妈在后面紧紧地跟着。

美丽还是在阅览室里与叶姨在一起。佩佩非常清楚发生了什么事。在她们那里，已经有一个姑娘的父母来访并宣称给她找了个丈夫。一周后，这个姑娘离开了，没有争议地接受了这个命运。佩佩知道这不是叶姨第一次留下来安抚被父母逼着走进无爱婚姻的姑娘。然而跟其他人一样，除了安抚，叶姨也无能为力。每一年，同样的故事都上演着：有一些家庭会派人过来，要领走或嫁掉他们的女儿。但他们都忽略了一个事实：他们的女儿已经不是当初被送到女工之家时的女儿了，她们已经长大，不会再盲目服从。丝绸厂的工作，提供给她们的不单单只是金钱，还有独立工作、独立生活的能力。对许多姑娘来说，她们不愿再回到过去了。

佩佩在黑暗中等着美丽回来睡觉。她父母已经离开很长时间了，她还在叶姨温暖舒服的怀抱里，灯都关掉了，她也没动。最后，她们房间的门被打开，美丽的身影轻轻地向她的床边走来。在长长的房间的另一头，有一个姑娘咳嗽着，还有一个在睡梦中呻吟着。

佩佩看着美丽迅速脱掉衣服，钻进她的长袍里，才问道："你没事吧？"

"没事。"

"你爸爸临走时很生气。"

"我比他还生气呢。"

"你会像你爸爸希望的那样嫁人吗？"

美丽没有立即回答，而是沉默着坐到佩佩的床上。

"除非他希望我嫁的人是阿宏。"

"你跟他们说了阿宏的事吗？"

"没有。我只是告诉他们我不会嫁给他们给我选的人。"

"他们选的是谁？"

"他们认识的一家人的儿子。"

佩佩靠近美丽。"可是你对阿宏又了解什么啊？"

"我了解所有我需要了解的。阿宏永远是我唯一想嫁的人。"

"那你怎么办啊？"

美丽没有说话。她圆圆的脸庞隐在黑暗中。她慢慢地站起身，把自己全部藏到暗影里，低声说："我也不知道。"

第6章

1926 / 佩佩

当她们走到大街上时，佩佩希望她和阿琳走的是另一个方向，因为这里人很多很吵闹。她的嘴里又干又涩。离陈玲和阿明的梳头仪式还有一周时间。因为运蚕茧的船没有到达，厂子破例地给她们放了一天假。佩佩觉得在过去的一年时间里，她很少看到阿琳。现在她们仿佛刚从一个漫长的睡眠中醒来，依然觉得腼腆和不自在。阿明出事后，上头把陈玲的工作都交给了阿琳。阿琳曾向厂主钟先生提出过需要人手帮忙，但被他拒绝了。接着就是那场大雨，把所有的人，所有的东西，留给了三尺深的大水。当水终于退去后，阿琳已经顶住了这场风暴。

“你怎么忍受得了啊？”佩佩问。迎面过来了一辆大车，装满了鸡鸭的竹笼子摞得高高的，佩佩赶忙闪到一边躲避着。

阿琳只是笑着，好像她们讲的是别人的事情。工作似乎从来也没有吓倒过阿琳，她也从未抱怨过，只是在过去的这一年里，她变得瘦弱而憔悴。

在冬天的白色阳光中，阿琳看起来弱不禁风。她很少说话，伸出来的手，有些轻微发抖。她的目光碰到了佩佩的目光，停留了一会儿，然后移开了。最近几个月来，她老是收到妈妈从广州寄来的信。阿琳还没跟佩佩提过他们。她读完信，就把它们扔掉了，仿佛它们根本就没存在过。佩佩希望不用她问，阿琳就能主动跟她说说这些信的事。

让佩佩感到羞愧的是她对阿琳的家事知之甚少。在过去的七年里，阿琳给了她太多的帮助和关怀，但她却对阿琳的童年时代、她住在广州的妈妈及她的两个弟弟什么也不知道。阿琳把她家里的秘密藏在心底。虽然已经十五岁了，但佩佩对于阿琳家的了解还是像她八岁时一样少。

突然，佩佩的思绪被附近鱼店传出的巨大噪音所打断，接着是一个女人的愤怒叫喊："可恶的东西，快滚开。"前门打开，一个妇女在向外赶着几只跑到她鱼店里的流浪猫。阿琳和佩佩停下脚步看着，放声大笑。

四周平静下来后，她们继续慢慢地走着。她们转到一条有些肮脏的小道，不过这里没有太多的人，安静了很多。佩佩决定利用这个机会满足下她的好奇心。"你在想你妈妈的信吗？"她问。

阿琳停了一下，然后抬头，微笑地看着她："是。"

"为什么你从没有跟我说过你家里的事？"

"从来就没什么好说的啊。"

佩佩等着阿琳往下说，感到有一股冷风穿透全身。

阿琳表现得像往常一样冷静，但当佩佩靠近一点看着她时，她看到阿琳抿紧的双唇和一双乌黑的大眼睛里装满了忧郁。

“出了什么事吗？”

阿琳叹了口气：“我妈妈给我弟弟找了个合适的结婚对象。”

“那有什么不对吗？”

“现在她想让我离开这里，回去结婚。”

“什么！”佩佩震惊万分。

“我妈妈的身体好了。她给我弟弟和琦找了一个般配的结婚对象。这桩婚姻将会有助于我弟弟的事业，这样他就可以把我爸爸留下的名声发扬光大了。但因为我是老大，所以首先就要改变我还没结婚的现状，好给我弟弟扫清障碍。”阿琳停顿了一会儿，如鲠在喉，“我妈妈甚至要我尽快离开丝绸厂，赶紧回家。”

“你不能走。”佩佩低声说。她有点希望她们还是在大路上，这样拥挤的街道和喧闹的人群能让她分散一点注意力。阿琳将要离去的想法对她而言太严重，太巨大，她一时还回不过神来。

阿琳疲惫地笑着。“别担心。我知道太多姑娘被逼着嫁人的故事。但我绝不会嫁给一个我不爱的完全的陌生人。我也不会接受这样的命运。”

“那你准备怎么办？”

“我在女工之家已经待了近十年了。早已过了找一个好丈夫的年龄。谁会娶一个二十一岁的女人呢？我已经太老了，找不到一个般配的值得嫁的人了。”然后，像是深思熟虑过，阿琳又说：“好在永远都有梳头仪式在等着我。”

“但是你依然有机会选择你想要的丈夫啊。你那么漂亮！梳头仪式意味着你永远都不能结婚了！”佩佩感到嗓子发干，她掉转头，回避着阿琳的目光。佩佩第一次发现阿琳左右为难，拿不定主意，而这个决定将对她们两个人的生活产生重大影响。她不想让阿琳看出她有多么恐惧。

“对我而言，现在已经没有什么区别了。从真正意义上说，我觉得好像从来也没什么区别。是我妈妈一直希望我能结婚。我只希望能帮到妈妈和弟弟。我爸爸去世后，我只想保护他们，不想让他们受到任何伤害。而丝绸厂能让我最快地做到这一切。”

阿琳在一块木头告示前停下，木板上是已经有些褪色的红色字迹，写着：草药。她安静地站着，然后像突然想起什么难过的事情。“你知道吗？”她终于说，“有些家庭留着女儿就是想让她们到丝绸厂来工作挣钱。”

佩佩点点头。过去几年里，她一直也不明白她自己是不是这样一个“丝绸女儿”，或者是她父母真的没有别的选择才把她送到丝绸厂来的。她总是希望是后者。

“我来到丝绸厂绝不是我妈的初衷。”阿琳继续说。

“我知道。”佩佩说。她很确定这一点，她轻轻的话语几乎被风吹散。

阿琳好奇地看着佩佩：“你设想的我的命运会是什么样的？”

开始佩佩不知道怎么说。从她看到阿琳的第一眼起，她就知道阿琳跟其他人不一样。除了她光滑滋润的皮肤和漂亮的面孔外，她的行为举止也和别人不同，她既安静又优雅。她不像别人那样有一身乡土气。阿琳黑亮的眼睛仿佛见识过很多别的姑娘没有见识过的东西。

“我觉得你能管好一座特别大的房子，有丈夫，有许多小孩，他们都很崇拜你。”佩佩说。

阿琳笑了。“你预测的好像是我妈的命运，或者至少是她命运的一部分。”

“她有大房子吗？”

“有。我爸爸曾经是广州一个职位很高的官员，我们家住在欧洲人比较集中的高级社区里。我爸爸妈妈经常参加各种交际应酬，特别是我妈妈。她很漂亮，我……”

阿琳抬起手来，摸着自己的脸。

“你没事吧？”

“现在我不知道我该怎么办了。”阿琳突然说，很沮丧。

“你不会离开的，对吧？你知道我愿意尽我的最大能力帮助你留下来。”佩佩重新焕发了活力，认真地说。她的声音听起来很陌生。

“我知道。”阿琳停顿了一下。看着别处。

“开始，我只是单纯地为了我妈妈和弟弟待在这里，事情很简单。尽管我很孤独，但我知道我在帮他们。但是现在，你来了。你以后会怎么样呢？”

佩佩没说话，试图找到一个什么因由能让所有的事情重新回到以前的状态。佩佩明白“扫清障碍”意味着阿琳必须在无爱的婚姻和梳头仪式之间做出选择。而无论她最终选择哪一个，都意味着她将失去她。这么多年来，阿琳一直是她最亲密的朋友。佩佩已经像爱一个姐妹、一位老师一样地全心地爱着她。没有阿琳，她会迷失方向的。佩佩突然觉得周身发冷，她已经无力承受内心一点点滋生出来的疼痛。

佩佩还没来得及说什么，阿琳突然转向她，拉着她的胳膊，抬头看着她，笑着说：“我们不要浪费这么好的天气了。”

她们往前走着时，阿琳似乎重又放松下来，但佩佩还是觉得很恐惧。迎面向她们走来的是一家人，他们好像刚从市场回来。女儿和她的两个弟弟每人手里拿着一袋水果。阿琳微笑着，看着他们过去，然后以一如既往的沉稳而冷静的声音，她给佩佩讲述了她来女工之家之前的生活经历。

“我从没有梦见过我的家人，因为他们太真实，”阿琳慢慢地开始说，“我是家里最大的孩子，是王宏辉唯一的女儿。我小时候有很多时间都在照顾我的两个弟弟，学习料理家务，好准备嫁人，以后服侍公婆。我们住在一座很大的砖房里，是个很好的小区，有两个老用人，还有三条狗。从小我就知道，我们过着一种特权生活。我爸爸是政府的一名高官。穿着制服或洋装的男人经常在我家出入。陪伴他们的女人们都浓妆艳抹，穿着鲜亮的西式服装。他们来的时候，我和弟弟们经常站在楼梯的顶层看着他们。但每一次，穿着红色旗袍站在我爸爸身边的妈妈都是最漂亮的。

“小的时候，我很崇拜我妈妈。她是一位学者的独生女儿，这个男人没有什么钱，但他的智慧告诉他，那个叫王宏辉的人能使他的命运发生一些改变。他知道女儿有上天赐予的这份天生丽质，就赶紧到王宏辉家提亲。事实证明这是一桩成功的婚姻。我妈妈的美丽成了我爸爸事业成功不可缺少的一个必要条件。

“我爸爸不断地证明着自己在政府工作中的能力，很快就升到了很高的位置。在他的职业生涯中，他树敌很多，他们都认为他太激进、太理想主义。我爸爸一直认为，中国是个伟大的国家，但她众多的人口、幅员辽阔的土地使她发展缓慢，远远落后于西方列强，她应该学习西方一些先进的东西，以便有朝一日屹立起来，成为一个强大的国家。就是因为这种想法，导致了他的被害。”

阿琳停下来，深吸了一口气。佩佩想说点什么，但什么也没说，她们继续走着。附近是卖蔬菜和水果的一个个摊点，市场上人们争来吵去的讨价还价声丝毫也没有吸引她们，她们还沉浸在阿琳的故事里。孩童时代起，佩佩就喜欢去市场，那里人来人往，总有让人惊喜的东西。现在，穿行于摩肩接踵的人群中，她感到一种完全的孤独。

“我很爱我爸爸，”阿琳继续说，“妈妈总是忙于应酬爸爸那些重要的客人，而爸爸则经常带着我长时间地散步，给我买些小礼物和糖果。妈妈是一个让人敬而远之的人，是我们的老用人给了我们很多关爱和照顾。我还记得，爸爸去世前，我们总是用最好的东西。对我们来说，每天的晚餐桌上，有包括鸡鸭鱼肉的六道菜，根本不是什么稀罕事，而且这些还仅仅是给我们孩子准备的。

“在我十周岁生日时，我拥有了一个小姑娘所能梦想的一切。我不但按我妈妈的愿望，学习成为一个好妻子的一切必要技能，我还在爸爸的鼓励下，在一个每天都到我家来授课的家庭教师的指导下，跟我弟弟们一起学习。我非常满足于我的一切，想不出还有更好的生活了。

“但我幸福的童年就在那之后的一年内，随着爸爸被谋杀而结束了。他一直是一些保守主义者的眼中钉肉中刺，他们认为他对西方列强卑躬屈膝。于是在一个寂静的午后，在他从办公室回家的路上，在离我们家不到二十码的地方，他被人连刺数刀。没人承认看到过事情的经过。”

阿琳再次停下，仿佛已经不知道再说什么了，她抬起蓄满泪水的眼睛看着佩佩。佩佩被阿琳发自肺腑的倾诉打动了，尽管她想说点什么，但是也知道没有任何语言能抚平阿琳内心的伤痛。所以她还是继续沉默着，听着阿琳轻声的话语继续说着。

“整条街上的人都认识我爸爸，或者说已经习惯了看到他的身影，因为他很少穿丝绸大褂，总是穿西装。很多人质疑他，但爸爸认为在西方人面前，灵活一些，会争取到一些对中国人有利的事情。我们的园丁，在回家的路上，看到了躺在路上的爸爸，但等他把爸爸弄回家时，他已经因为流血过多而奄奄一息了。

“直到葬礼那天我和我弟弟才被允许去看我爸的尸体。但实际上当他们刚把他弄来家时，我就看到了。他的眼睛半睁着，所以我看到他还有生命的迹象。然后老园丁低下头去听爸爸的心脏，他慢慢抬起头，左右摇着。老园丁用他厚大粗糙沾着爸爸鲜血的手合上了爸爸的眼睛，让他去了。就这样他们说爸爸走了，他们甚至不让我感受他身上的最后一丝余热。”

“对不起。”佩佩轻声说，想起了自己那沉默寡言的、她永远也无法使之高兴的爸爸。阿琳的脸色变得更苍白，似乎没有听到她的话。

阿琳尽量地控制着自己。“我妈妈待在房里陪着爸爸，她因为伤心过度几乎疯掉了。她给他清洗身体，给他穿上最好的丝绸大褂，不跟任何人说话。她似乎丧失了说话的能力，只是完全地封闭着自己。我们的老用人们照顾着我们。晚上我躺在床上哭着，想象着什么都不曾改变，明天早上爸爸还会坐在桌前的椅子上。

“但爸爸被埋葬后，一切都变了。我妈妈不再相信任何人，她把她的思想和她的心一起封闭起来。如果不是绝对的需要，她不允许我们跨出房门半步。妈妈离我们越来越远，她让自己生活在回忆中。大多数时间，她穿着华丽的衣服，待在她关着的房门后，看着窗外，等着爸爸回来。这种情况持续了近一年。在用人的帮助下，我一天天地操持着这个家。我爸爸留下了一点钱，但不多。他以为还有很多很多的时间来存钱。我们开始削减一切不必要的开支，等到了下半年，米饭和蔬菜成了我们的主食。

“我试着跟妈妈讲我们的现状，但她除了眼睛望着窗外，对其他任何事情都是视而不见，充耳不闻。等她什么时候说话的时候，说的都是些令人恐怖的预兆，或者是我根本不知道的陈年旧事。所以，在十一岁的时候，我就不得不承担了照顾我们这一大家子的责任。没有办法，我只得辞掉两个老用人。我没有人可以依靠，没有人可以商量。我爸爸的家不富裕，我妈妈家认为既然姑娘嫁掉了，他们就不再有任何义务。所幸那两个早已成为我们家庭成员的老用人，愿意不收报酬地留下来。如果不是这样，我都不知道该怎么办了。就是其中的一个老用人，穆妈，跟我提起了丝绸厂的事。

“‘是的，小姐，’穆妈说，‘很多姑娘被送到丝绸厂，帮家里挣钱。我小时候在被带到广州做用人之前，在那里做过很短的一段时间。’

“‘那我能不能到丝绸厂去工作？’我问。

“‘哦，那可不行，小姐。像您这种出身和有教养的姑娘可不能和那些乡下姑娘在一起工作。’

“‘为什么不能？在我看来，我们现在的情况已经和很多农村家庭差不多了。尽管我们还是住着这个大房子，可是我们空空的肚子和他们没什么两样。’我争辩着。

“穆妈不情愿地同意了。在我的要求下，她了解到更多的信息。穆妈小时候认识了叶姨，从其他人那里她了解到叶姨有了自己的女工之家。所以当我最后下定决心要到丝绸厂来的时候，穆妈找了叶姨。不过我是等到我妈妈好了点以后，才出来的。尽管那时我已十二岁，比大多数来女工之家的姑娘都大了好几岁，但叶姨非常同情我，马上就收下了我。我知道穆妈和另外一个用人会照顾好我妈妈和我弟弟，而我挣的钱每月寄给他们，维持他们的生活。

“我最后一次见妈妈……我依然记得她房间里薰衣草的香味。我那个曾经漂亮优雅的妈妈已经成了一个影子，在她的丝绸旗袍里，瘦弱而憔悴。窗帘没有拉开，她的卧室还半掩在一片黑暗中，妈妈躺在宽大的床上，睁着眼睛，盯着上面装修华丽的屋顶。

“‘我得离开一阵子了。’我告诉她。我那天早上要跟穆妈一起到永吉镇来。我记得我弯下腰，迅速拥抱了她一下，感觉很奇怪，因为她平时很少碰我们，我们也就很少碰她。

“‘你知道你爸爸不愿让你一个人在大街上走。’我妈说。

“我记得我笑着说：‘不用担心我。我希望你能照顾好自己，经常出去走一走。我会每个月往家里写信。’

“‘别傻了，’妈妈坐起来说，‘出去告诉穆妈我要喝茶了。’

“‘好的，妈妈。’我从床上站起来，拉开了厚重的窗帘。我还记得阳光瞬间洒满了房间，我妈抬起手臂，遮住了眼睛。”

阿琳停下来，疲惫地看着佩佩。

“他们找没找到杀害你爸爸的凶手？”

阿琳慢慢地摇着头。

“你想不想停下来坐一会儿？”佩佩意识到她们已经走到了河边。河水发出的陈腐气息包围着她们。

“咱们继续走行吗？”阿琳问。

“当然行啊。”

她们沉默着肩并肩地走着。佩佩有很多问题想问，但她愿意把事情尽量朝好的方面想，所以只是简单地说：“那一定是一段特别艰难的时光。”

“我非常想家。”阿琳突然说，“但是我学着自己承受这份孤独。晚上，我经常会想起我曾经跟爸爸妈妈和弟弟们在一起的幸福生活。不过女工之家很干净很舒服，叶姨很好，而且在这里挣的钱和所拥有的自由是我以前不敢想象的。最难受的是没有一个可以说说话的人。多数姑娘都很好，但她们都是从贫困家庭出来的，没上过学。开始，她们都躲着我，或者在我背后说我坏话，因为我不合群。'她没舌头吗？'或者'她以为她是谁啊？她的工作还不是和我们一样！'只有陈玲宽容地接近我，但是她的固执和她比较另类的处事方式总是使我感到和她有距离。最初的那些年里，我努力调整着自己，让自己慢慢融进来，但总是有一些我把握不了的东西，直到那天叶姨让我上楼去带你下来。你和她们多么不同啊，神情高傲又充满好奇！"

佩佩停下脚步，让阿琳的话语渗入她的心。佩佩知道，在封闭了这么多年以后，阿琳第一次如此毫无阻碍地倾吐了心声。阿琳的过去像是一处重新揭开的伤口，她爸爸灵魂的难以安息又让她的心充满伤痛。人生第一次，佩佩感到了真的被人需要的感觉。她觉得自己得到了一件珍贵无比的礼物，这件礼物让她认识到她对阿琳的重要性，哪怕只是一个听众。

所以佩佩说："说下去吧。"

～ 自己梳头的女人 ～

给陈玲和阿明选定的举行梳头仪式的那天，天气很湿润。女工之家里一整天都热闹非凡，叶姨和梅姨里外忙着做喜宴的最后准备。她们都把梳头仪式看得和结婚庆典一样重要。与姐妹之家的契约也和与一个男人的婚约一样重要，两者都关乎到一个年轻女人的整个后半生。

陈玲知道这一特别的梳头仪式对叶姨来说有着极为特殊的意义，因为这次是她选择了二妈走过的路。想到她二妈现在可能正在往身上穿那件特意新做的丝绸上衣，陈玲偷着笑了。等她穿好后，她就要过来帮她们了。

陈玲和阿明房间里浓重的花香使人几乎有点受不了。窗户大开着，以便让微弱的阳光照射进来。陈玲和阿明在一个大镜子前耐心地坐着，等叶姨来帮她们。她们微卷的头发在后背披散着。从一大早，她们就换上了仪式上要穿的黑色丝绸长裙。几个星期以来，她们就与商店和饭店商讨着这个仪式和宴会。但现在，她们俩却没一个人说话。

陈玲转过身，焦急地看着房门。几个月来，她一直在等着这一天。从她来到叶姨的女工之家的第一天，把她的黑发剪成短短的齐齐的前刘海起，陈玲似乎就知道，除了这里，她不可能属于其他任何地方。在女工之家，从观音的故事里，她找到了力量和勇气。从这些故事里，她建立了自己的影响，找到了自己的归宿。她很快适应了丝绸厂的生活，仿佛这是很自然的事情。现在离她把自己献身于姐妹之家只差一步了。有些姑娘是独自完成这一仪式，有些是几个人一起完成。陈玲想到她身边的阿明，心里充满了喜悦。

叶姨敲了一下门，走了进来，带进来一股干净而凉爽的空气，但在她们房间的浓香中，估计这股清新的空气马上就会被淹没。

穿上了崭新的白色上衣，叶姨显得年轻了。她把房间扫视了一圈，然后有点紧张地朝她们笑了笑："今天天气很好。"她说。

阿明点点头。

"你们在梳头仪式上也这么紧张吗？"陈玲问。这是她第一次问叶姨关于她的生活问题，她似乎从没找到时间问。她一直忙着学习姐妹之家的生活。

叶姨向陈玲靠近了一些。“我可比你们紧张多了。不过我的仪式可没有你们的这么隆重，连一半都没有。”她接着非常肯定地说：“不过我从来也没后悔过我的选择。”

“我也不会后悔。”

叶姨站在陈玲身后，看着镜子中她的女儿。陈玲看到了她的目光，但叶姨马上就把目光转移了。叶姨倾着身子，又点燃了一炷香，然后她站直身子，搓着两只手。“你准备好了吗？”她问陈玲。

“准备好了，二妈。”

叶姨紧张地笑了笑。陈玲看到她拿起放在她们桌前的大木头刷子，让硬硬的刷子快速地从手心划过。然后叶姨向后退了一步，陈玲感到刷子在她的头发上很顺地一梳而过。叶姨把陈玲的每一绺头发拉直，用木屑做成的漆梳向后固定好，她嘴里振振有词地吟诵着一些词句，祝福她们幸福安康、平和顺利、健康长寿并身心纯洁。然后，叶姨仔细而有经验地将陈玲的头发分成三股，紧紧地编在了一起。当叶姨把陈玲粗粗的光滑的辫子拉到头上盘成一个发髻，标志着她已经嫁给了姐妹之家的时候，陈玲听到叶姨深深地叹了一口气。陈玲看着镜中的自己，感到一股热血在体内流动。盘起了头，她看起来与以往不同：更成熟，也更平静。叶姨把手放在陈玲的肩膀上，自豪地笑着。然后，她什么也没说，来到了阿明身后，重复着相同的程序。

当梳头仪式的第一部分结束的时候，陈玲和阿明站起身，向叶姨躬身叩头以示尊敬与感谢。然后，她们向叶姨奉茶。她们站在那里，看着叶姨慢慢地喝了口热茶。叶姨则给了她们每人一个红包，祝福着她们新生活的开始。陈玲和阿明再一次给叶姨鞠躬，真诚地表示对叶姨的感谢。随后，她们一起来到楼下的阅览室，给观音奉上热茶，点上一炷香，祭奠了先人。晚上，陈玲和阿明会在宴会上与家人朋友一起庆祝她们的好运。

宴会安排在离女工之家不远的一家饭店。一大早，阿琳就不辞而别，离开了女工之家，只给佩佩留下一张纸条说她会及时回来参加宴会。现在眼看快到去饭店的时间了，她还没有回来。随着时间的流逝，佩佩开始担心阿琳。夜色开始降临，佩佩觉得一定是出了什么大事。阿琳很少离开这么长时间而不告诉她去向。佩佩努力想着阿琳有可能去的地方，但这些令她胆战心惊的想法被一个来到身边的姑娘打断了。

"佩佩，你得去跟美丽谈谈，她不去参加宴会。"

"她怎么了？"

"谁知道啊？从她父母来的那天晚上开始，她就行为古怪。"

"她在哪儿？"

"楼上。"

佩佩发现美丽正在屋里，看着窗外发呆。从她父母来访后，她就开始慢慢地疏远大家。

"叶姨让咱们去参加宴会，现在就走。"

"我有点其他事必须得办。"美丽说。

佩佩轻轻地碰了下她的胳膊。"你肯定可以等到明天再办吧。"

"不行，不能等到明天。"美丽模仿着她的口气说。

佩佩以前没见过美丽这样，内心的感觉告诉她对这种情况要小心。她知道美丽对她父母的来访及要她嫁人的事情都感到极度不快。

“但是今天晚上对叶姨来说非常重要，”佩佩说，“她倾注了很多心血准备这次的宴会。”

“无所谓了。”美丽说，她的声音缥缈，含糊不清。

“怎么能无所谓。”

美丽突然转过身，用充满仇恨的表情说：“我要去我想去的地方！没人能强迫我做我不想做的事情！”然后她挥起手来，仿佛要揍佩佩，但却在半空停住了。

佩佩往后退去，差点摔倒。她在想如果阿琳遇到这种情况会怎么做，过了一会儿，佩佩冷静地说：“你如果不去参加宴会，陈玲和阿明会很难过的。”

美丽睁大了眼睛看着佩佩，呼吸变得急促，脸也涨红起来。

“好了，没事了啊。”佩佩见状，赶紧伸出手，轻轻地拉起美丽的胳膊，然后用手抚摸着她，直到她觉得朋友放松下来，靠向她。

在佩佩的怀里，美丽冷静下来，脸色也柔和了许多，她推开了佩佩。然后，以一种奇怪的语气说：“对，你说得对。我们最好现在就走，免得她们不知道我们去了哪儿。”

佩佩有点困惑地站着。当美丽转过身来朝向她的时候，微笑着，看不出任何生气或不开心的迹象。

饭店里人声鼎沸，说话声和杯盘的碰撞声混合在一起，回响在热气腾腾的房间里。叶姨把整个饭店都包了下来，红色和金色的双喜字装点着房间，呈现着喜气洋洋的气氛。房间里多加了几张桌子，好招待所有的来宾。在叶姨的印象里已变得非常模糊了的陈玲的爸爸，拒绝从那个小山村来参加喜宴，不过，他捎来了红包和他的祝福。阿明非常贫穷的农民父母，坐着牛车，赶了两天的路，来参加他们女儿的梳头仪式。他们和阿明的七个弟弟妹妹一起自豪地坐在前排的桌子。

陈玲和阿明与叶姨、梅姨一起坐在头桌。让佩佩吃惊的是，阿琳已经回来了，而且也坐在她们中间，神情自如地和几个年龄较大的姑娘交谈着。佩佩总算放下心来，但看着阿琳坐在那里优哉游哉地享受着，而她却被扔在这里担惊受怕，她也有些生气。不过她咽了口唾沫，决定不让任何事情影响今晚的宴会、今晚的心情。

陈玲和阿明不再像她们一样梳着一根大辫子。她们的头发被盘成一个发髻，高高地固定在头上。她们都穿着黑色长裙和白色上衣。叶姨站起来，用一小段话宣告庆祝活动的开始。陈玲和阿明听着叶姨的讲话，幸福地笑着。

“亲爱的各位，谢谢大家来参加陈玲和阿明这一特殊时刻的庆祝活动。我们女工之家的每个人都会想念她们，令人欣慰的是她们将在姐妹之家里继续她们的人生之旅。现在我提议为陈玲和阿明干杯！”

叶姨举起她的茶杯，其他客人也都举起了茶杯。

晚间的活动一个接一个有秩序地慢慢进行，菜也在一道一道地上着，直到第九道菜：葱油清蒸鱼。美丽坐在佩佩旁边，开心地吃着每样摆到桌子上的菜，仿佛什么也没发生过。不止一次，佩佩看着阿琳，希望能引起她的注意，但是阿琳好像在故意地躲着她的目光。

当宴会终于结束后，姑娘们都站起身来，掀起一股黑白两色的波浪。佩佩赶紧往前移动着，好在阿琳再一次消失前捉到她。然而当叶姨、陈玲和阿明站起身接受着大家的祝福时，阿琳还在那里静静地坐着。

“你今天上哪儿了？”佩佩问，拖了把椅子在她身边坐下。

“我去见我妈了。”阿琳说。

“在广州？”

“不是。她和我弟弟到永吉来了。”

“你怎么没告诉我？”

“我不想让你不开心。”

“她来干什么？”

“她想让我跟她一起回广州。”

佩佩沉默地坐着。“你是怎么说的？”她终于问。

“我告诉她我不会回广州，我也已经选择不结婚。”

佩佩在椅子上坐直了身子。“她怎么说？”

“她当然不怎么高兴，不过无论如何我都要给我弟弟让路，不管是用什么方式。”

佩佩看着她们刚才还在围坐着大吃大喝，现在已经空无一人的桌子和遗留在桌子上的残羹剩饭。

“你的意思是你要接受梳头仪式？”

“是的。”阿琳快速回答，“你难道不知道，这是我还能见到你的唯一方式吗？如果我回到广州，回到家人身边，我们可能就永远也不能再见了。”

“那我怎么办？”佩佩轻声问。

阿琳什么也没说。

她们彼此都知道，参加梳头仪式意味着阿琳将搬出女工之家。之后，除非是在厂子里，否则再见一次面就不那么容易了。

阿琳没看佩佩，只是拉起她的手，轻轻地握了一下。

第7章

1926—1927 / 叶姨

梳头仪式后，陈玲和阿明搬到了叶姨附近的姐妹之家。她们和那些选择把自己奉献给丝绸厂的年长女人一起生活。开始，叶姨努力不让自己去想留下的这份失落，但周围寂静得让人慌乱，所以她把所有的时间都用在洗刷清理女工之家的一切东西上。

“你怎么又去擦那些窗啊？”梅姨嘲笑着她。

“因为脏呗。”

“也不比昨天脏啊。”梅姨笑着，很好地掩饰着自己的心情。她返身回到厨房，沉重的大门在她身后嘭的关上。

叶姨知道姑娘们也想念陈玲。房子里再也听不到她的声音，每天晚上的阅读与交谈，关于姐妹之家的信息，关于中国发生的一些大事的讨论，都停止了。晚上，姑娘们都尽力忙着自己的事情。阿琳和佩佩在读书。其他人在乱涂乱画或缝补衣服。陈玲和阿明第一次回家使这种情况得到了很大的改观，房间里再次笑声四起。

“姐妹之家怎么样啊？”姑娘们一遍遍地问着。

“那里的女人来自南方各省。她们都是因为各种不同的原因来到永吉丝绸厂的。有一些经过了梳头仪式，另一些则是因为丈夫在海外工作，临时待在那儿的。”陈玲热情地回答。“我们有一个自己的房间，不过没这儿好。”她看着叶姨的方向，补充说。

“我们自己打扫房间，大多数时候自己做饭。”阿明羞涩地补充着，“每个人都要对自己负责。那里没有叶姨或梅姨来照顾我们。”

然后陈玲大声笑着说：“所以我们选择在晚饭时间回来看你们啊。”

姑娘们笑着，兴奋地小声谈笑着。

在所有的姑娘中，佩佩的问题最多，一个个地没完没了。佩佩认真地听着答案，仿佛它们能决定她的生活。

“你们有很多新朋友吗？”她问，“你们在那里开心吗？”

“对啊，我们在姐妹之家很开心。”陈玲和阿明抢在她另一个问题之前回答。

陈玲在仪式后经常回来。每次回来，叶姨都能发现她女儿的变化。现在她身上有了一种以前没有过的从容姿态。叶姨感到既自豪又嫉妒，因为陈玲那么轻易地就找到了生活的目标。不久，另外一些姑娘们也将面临着生活的选择。她知道对有些人来说这是很难的选择。陈玲和阿明得益于观音的故事，这些故事帮着她们选择了自己的人生。叶姨没有那么幸运，恐怕其他人也没那么幸运。

当佩佩和阿琳一起来告诉叶姨，阿琳要举行梳头仪式的时候，叶姨一点也不奇怪。虽然跟一出生就和丝绸厂有着千丝万缕联系的陈玲不同，但阿琳的适应能力很强，她很快就轻松地融入了女工之家和丝绸厂的生活。不过，叶姨还是首先想到了佩佩。她转向佩佩，立即发现是阿琳的即将离去让她满怀忧伤。佩佩面无表情，苍白的薄薄的嘴唇紧紧地抿在一起，几乎要看不见了。

叶姨叫梅姨端来一些茶水。坐在佩佩和阿琳的对面，她几乎能感到佩佩的忧伤正传染给她。但是她们怎么会知道她的心事？对她们而言，她已经太老、太胖，不能理解她们青春的身体里涌动的激情，也跟不上她们的快速思维。但她们不知道同样的伤痛也曾经发生在她自己身上。即使现在，那些记忆也在拨动着她的心弦，尽管那一切好像已经是发生在上一辈子的事了。

叶姨只跟梅姨说起过她的往事，那是在她还无法确定她的女工之家能否成功的艰难岁月里。那时因为担心找不到支撑她丈夫和他的家庭的办法，叶姨急火攻心，病倒了。但不知为什么，她觉得或许这样更好，曾经那么珍贵的东西都失去了，那其他的困难或艰难又算得了什么呢。梅姨不安地听着她的诉说，然后找了个借口跑出去，从井里打了一桶水。

叶姨是在九岁[①]时被送到丝绸厂的。她被人从童年温暖的床上抓起，扔进了严酷的另一个世界。这并不是说一种生活比另一种好，但在她往昔的生活中，的确曾有一个大哥哥，叫阿灿。他是她同父异母的哥哥，是她爸爸和他的第一个老婆所生的。叶姨是他第二个老婆所生，是他的第三个女儿，所以几乎在所有人眼里叶姨都是多余的。只有灿哥在意她，关心她。作为回报，她对他的一切充满了崇拜。

灿哥比叶姨大九岁，宽肩厚背，肌肉发达。他走起路来总是慢

---

① 第43页提到叶姨被送到丝绸厂时是七岁，但从全文看，应为九岁。——译者注

悠悠的，从容不迫，跟他高大健硕的身体似乎不太相称。叶姨经常会看着他从田野间走来，剪得乱七八糟的头发上，有一滴滴汗水，在阳光下闪着亮光。他顶着阳光，一点点向她走来。

“你在找谁啊？”他会在山坡上冲她喊着。

“找你。”她也会喊道，跑下去迎接他。叶姨通常会跳起来，跳进他的怀抱，把她的脸靠在他汗津津的脖子和肩膀上。这种方式日复一日地重复着，使他们很着迷。她永远也不曾忘记他身上强烈的男人气息，还有他把她抱进怀里时的那份迅捷、那份温柔。

夜晚，他们会一起坐在房前的门廊下，或者讲着故事，或者倾听着夜的呢喃，倾听着蟋蟀此起彼伏的鸣叫在黑色的夜空里回响。这是他们自己的两人世界，现实被他们抛在脑后，未知的一切在前面等着他们。在叶姨的生命中，不会再有那种幸福的感觉了。

一天天一夜夜就这样悄然而过，叶姨认识到她的童年都是由和灿哥一起度过的分分秒秒组成的。其他人也把这一切看在眼里，他们自然不会允许他们这样做，特别是他们的爸爸，发现他的大儿子对阿叶和他们的蠢梦迷恋得太深。在爸爸跟灿哥谈过话后，灿哥开始走另一条路回家，再看到叶姨时，也不再抱她。相反，他会摸着自己的胳膊，仿佛胳膊很酸很疼似的说：“你现在太重，我抱不动了。”

说完这些话后，他们之间的一切就都不一样了。灿哥好像是故意躲着她，不过有时候叶姨会发现他仍然用那种温柔而饱含深情的目光看着她。

有一天晚上，叶姨实在不能忍受了，她偷偷地溜出房去，来到了灿哥睡觉的一个小仓房里。

“谁？”灿哥的声音在黑夜里响起。

她把破旧的木门关好后说："是我。"

"阿叶？"

"是我。"

"出了什么事吗？"他在黑暗中摸索着点亮油灯，"你没事吧？"

"你为什么恨我？"阿叶问道。

她的眼泪流了出来。她并没想哭，但是这么近距离地看着他，使她想他想得更厉害了。

"我没恨你。"她听到灿哥低声说。几乎是同时，他伸开胳膊把阿叶抱在了怀里。她靠在他怀里，低声地哭着。灿哥吻着她的头，吻着她的前额，使她慢慢平静下来，不再哭泣。他们就那样相拥着久久地坐在一起，无言地沉默着。后来，阿叶睡着了，等到不知多长时间被灿哥唤醒后，她发现他还是一动没动地抱着她。

"你得回去了。"他小声说。

"我想跟你待在一起。"她说，更紧地靠着他。

灿哥摇着头，慢慢地放开她，回避着她的眼光。叶姨唯一爱的经历就是童年时和灿哥在一起的岁月，可是这一切就这样残酷地结束了。开始，她跟他打架，用自己小小的身体去撞他，但她根本不是他的对手。她又想哭，但强忍着把眼泪憋回去，直到心中的烈火把眼泪烘干。

叶姨那时不知道她永远也见不到灿哥了。第二天早上他就不见了，第三天她就被送到了这个丝绸厂。很长一段时间，她感到非常痛苦，难以自拔。有时候，灿哥会像幽灵一样回到她的记忆里或是梦境里，年轻而强壮。这些回忆还温暖着她。有时叶姨会对自己说，用这种方式去回想阿灿有点太奢侈，那时他们还小，生活对他们也很慷慨。

叶姨从遐想中醒来，督促着佩佩喝点茶。佩佩努力笑了一下，把茶杯握在手里。叶姨望着坐在对面的两个年轻女孩，她们都有着自己独特的美。阿琳带有点古典美，身材和面容都近乎完美；而佩佩则亭亭玉立，她的客家人脸型已经慢慢地变得柔和，使她的面容看起来安静而迷人。和叶姨不同的是，她们的忧伤是可以丈量的，因为她们的住处毕竟相隔不远，她们还能经常见面。叶姨把掉到前面的一缕头发掠到后面弄平。清了清喉咙。

"我给你们讲个故事吧。"她开始说。

~ 佩佩 ~

佩佩做出了决定：永远也不嫁人。她要与阿琳一起参加梳头仪式，搬到姐妹之家去。从她所了解的情况看，婚姻似乎只会给人带来痛苦。她自己的父母几乎没有交流，就连阿琳的父母，看似那么强势的结合，最后也以不幸结束。可是每次她跟阿琳提起她的决定，阿琳只会悲伤地笑一笑，说："你还太小，根本不知道自己说的是什么。"

"我知道我想跟你一起走。"佩佩央求着。

然后她们就开始争论，直到阿琳告诉她，不要着急，再过几年再做决定。佩佩发誓说绝不会放弃。

一点一点地，佩佩开始感觉阿琳在离她而去。阿琳静悄悄地搬着她的东西，等佩佩发现有好几样属于阿琳的东西都不见了时，已经几天过去了。最开始引起佩佩注意的是阿琳那面铮亮的银镜子不见了。自从第一天来到女工之家，佩佩就和这面镜子有过太多接触。她在镜子里照着自己，也从镜子里看到过自己新生活的最初形象。

当佩佩跑上楼，看到阿琳的那套梳子还放在床边时，她感到既轻松又烦恼：阿琳好像在对她隐藏着什么秘密。

佩佩有时希望时间能过得快一点，但当时间真的过得很快的时候，她又感到很恐惧。每当她看到阿琳的东西又不见了，她就会感觉自己正在一点点地失去这个朋友。佩佩也开始把自己的东西归拢到一起：一个装满各色别针的小搪瓷碗、一个天蓝色的丝绸靠垫、一个永远也不会飞走的瓷器小鸟。没人知道这样做让她的心里好受了多少。

在佩佩担心着阿琳的离去时，她发现突然有很多人来到女工之家。他们好像来自四面八方，像些飞虫一样在这里进进出出着。有人说是因为北方的动乱。越来越多的饥民来到永吉。梅姨往外赶着那些不知怎么从大街上进来的乞丐。"赶紧出去，你们臭得像死狗一样。"但几乎每次，梅姨都会再跑出来，把他们叫回来，给他们一点干饭和蔬菜。

叶姨笑着说："阿梅永远也忘不掉她是从哪里来的。"

小贩们也来，一个接一个，那些老妇人带着可以包治百病的中药，不论是身体上的还是精神上的。她们把东西都放在大玻璃瓶里，把小树枝或干叶称好后，放到一个纸袋里，叠得方方正正的。这些女人的身后通常都跟着看起来很苍老的男人，挑着装满水果和蔬菜的篮子。他们用一根竹扁担挑着两个篮子，一前一后。每天早上，他们都要过来喊着："橘子，香蕉，橘子。"

陈玲和阿明也经常过来，而每次阿琳来看佩佩，都会微笑着，似乎在说："你看，我们实际上离得并不远。"

女工之家经常有姑娘们的家人来访，佩佩的家人从未来过，来得最频繁的是美丽的父母。现在美丽变得异乎寻常的温顺，似乎已经认同了父母对她婚姻的安排。她的举动让佩佩很担心，但美丽的父母却高兴地邀请女工之家的所有姑娘们来参加美丽的婚礼。她的父母奖励给她许多小礼物，她把它们都放在床边的一个小筐里，很多都根本没打开过。

佩佩越来越担心她。“你没事吧？”有一天晚上，只有她们俩在的时候，佩佩问。

“当然没事。我为什么要有事？”美丽回答。

“因为你变得太安静了。”佩佩犹豫着说，“你父母还老来谈你结婚的事。”

长时间的沉默。佩佩害怕美丽会生气，但相反，她却平静地回答：“到时候一切都会好起来的。”

“什么意思？”佩佩问。

除了告诉佩佩她现在对婚礼的安排很满意外，美丽什么也不再说，佩佩也不敢再问。有时，当佩佩提及阿宏的名字时，美丽会转过身看着她，好像他是个陌生人。佩佩心里明白，美丽还在保守着秘密。至少每周有两次，美丽会溜出去散步。佩佩跟踪过她一次，却只是被领着走过一条条街道，然后又转回到女工之家，好像美丽知道她在跟踪她。而其余的那些时候，每当美丽散步回来，她的眼里都会闪着奇异的光，这种光能在她的眼里维持好多天。

有一天晚上，佩佩帮着叶姨往回拿茶叶，回到女工之家时已经很晚了。听到梅姨说阅览室有客人，她一点也没觉得奇怪，但当她听说来客是阿琳的妈妈和弟弟时，她震惊了。她在门口站了一会儿。什么也听不到。既没有大声争吵，也没有低声交谈。她的心紧紧地揪着。当她小时候，在爸爸空空的鱼塘等待时，她学会了用不看任何鱼的方式来掩饰自己的焦虑。她会闭紧眼睛，想象着鱼儿们在鱼塘的水面上游着，她能感到它们的存在。现在，佩佩坐在台阶上等着。她再次闭上眼睛，试着看见阿琳在门后的脸，但什么也看不到。

大门终于被打开，把黑暗中的佩佩照亮，使她感到一丝恐惧。她先是听到了阿琳熟悉的声音，接着是阿琳妈妈的声音，她妈妈突然走出来，来到了走廊。她真是太漂亮了，佩佩又爬上几级台阶好把自己藏起来。她妈妈穿着漂亮的紧身旗袍，扣子斜着扣在一边，领子很高，当她转身正好站在光线下时，她旗袍上的珠子闪着亮光。她的脸白皙细腻得就像她的那只瓷鸟，她黑黑的大眼睛不安地前后看着。佩佩一下子明白，阿琳的天生丽质是像谁了。

然后是另一个意外。阿琳的弟弟也走了出来。佩佩马上就感觉很失望。他个子不高，与阿琳和她妈妈比起来，他也算不上英俊。他穿着深色西装，身体挺得板板的，像佩佩以前在永吉镇见过的白人鬼子。不过，他的笑容像阿琳的一样，很温和。

当阿琳出现时，佩佩移到更高的台阶，这样她就能半隐在黑暗中，却依然能听到他们的对话。

“你们会直接回广州吗？”阿琳问，向她妈妈迈近了一步。

“我们会在这儿住一晚，明天回去。”她妈妈回答说。

“我很高兴，对你来说，这样就轻松多了。”然后，阿琳倾过身子，在她妈妈光洁的脸庞上迅速地吻了一下。“我不希望你太疲劳。”

她妈妈的脸色缓和了一些。“你真的不会改主意了吗？还有时间考虑。”

“我已经做了决定。”阿琳说。

阿琳来到她弟弟面前，脸上带着儿时神秘的笑容，吻了一下弟弟。然后，好像知道佩佩在那里，她抬起头向楼梯上看了一眼。有一会儿，佩佩吓得要僵住了，直到阿琳叫她下来见见她妈妈和弟弟。

“这是佩佩，”阿琳说，“佩佩，这是我妈，还有我弟弟和琦。”

和琦腼腆地点了下头。当阿琳的妈妈从上到下地打量着佩佩时，佩佩觉得一股凉飕飕的感觉传遍全身。佩佩不明白这是否表示一种接受，她想笑一下，小声地打了声招呼，却感觉很空洞，很孩子气。

“佩佩会和我一起去参加婚礼。”阿琳接着说，“如果你没意见的话。”

“如果你希望如此。”她妈妈冷冷地说。透过眼角的余光，她知道佩佩的存在，但却没有看她。

“是的。我希望如此。”

在阿琳的声音里，有一丝佩佩以前未曾听到过的挑衅意味。

“那我们还是走吧，”她妈妈突然说，转向她沉默的儿子，“还有很多事情要做，现在已经很晚了。”

和琦再一次转过身来，捕捉着阿琳的眼光，然后挽起了妈妈的胳膊。佩佩着迷地看着阿琳的妈妈穿着的闪着光的紧身旗袍慢慢地走出门，下了台阶。她身上的香水味在她走了以后，还在空气中弥漫着。这种香味和佩佩以前闻过的所有味道都不一样。

佩佩妈妈的身上从来没有香味，有的只是在桑树林里长时间劳作后产生的汗味。天黑后，她妈妈会慢慢地拖着沉重的身子回到家里。她的身体被穿在身上的粗糙的白棉布衣服包裹着。这是佩佩童年时代所处的下层社会的生活，尽管现在感觉已经是很久以前了。

佩佩希望阿琳的妈妈能再一次转过身来。她想再看一看她像牛奶般洁白光滑、好像在黑夜里也闪着光的皮肤。她眼睛一眨不眨地盯着她离去的方向，盯得眼睛冒火，阿琳的妈妈却再也没有回头。当她们关好大门时，就像吹熄了蜡烛，房里立即暗了下来。

阿琳拉着佩佩的手，把她领到屋内。当她们来到饭厅时，梅姨给她们每人盛了一碗米饭。刚才佩佩一听说阿琳的妈妈在阅览室，就把吃饭的事忘到脑后了。现在她都要饿死了。梅姨通常不喜欢姑娘们晚饭时来得太晚，她拖着那条病腿，带着夸张的沉重表情告诉大家这一点。阿琳和佩佩对她表示了由衷的感谢，她嘟囔着说："快吃吧，快吃吧，一会儿就凉了。"然后就进了厨房。

佩佩和阿琳很快地吃着，没有说话。吃完后，佩佩向后靠在椅子上，问："你告诉你妈妈我要跟你去参加什么典礼？"

"我弟弟的结婚典礼。"

"啊？不行，不行，我不能去。"佩佩说，几乎要从椅子上站起来。

阿琳笑着。"你能去而且你必须去。这会给你一个看看广州的机会。另外，我也需要个伴儿。"

"在广州那样的大城市里，我会不知所措的。"佩佩说。不过这个想法给她带来的还是兴奋多于恐惧。

"你跟我学就行了。"

"这就是你妈妈来这里的原因吗？跟你说婚礼的事？"

"一部分吧。她还希望我能改变主意不去接受梳头仪式。"

佩佩没说话。

"你得理解我妈妈。她相信一个好丈夫会是我的救星。只有通过一桩好婚姻，才能使我们家重新获得荣誉和权力。"

"那你怎么跟她说的？"

"我已经过了能得到好姻缘的年龄，没有哪个好家庭会娶我当媳妇。”

“这不是真的。”佩佩赶紧说。

阿琳羞涩地笑了，回答说：“对我妈来说，荣誉就是一切。”

“那我怎么办？”佩佩问。她本来是想说点别的，但是这些话就这样不受控制地说了出来。

“你还有时间。”

“为什么我不能跟你一起参加梳头仪式？”佩佩问。这个问题她已经问过，都不愿再问了，它飘浮在空中，苍白无力。

“就是不能。”

“为什么？”

“因为你还没有真正理解，真正明白。”阿琳低声说。然后她提高了声音，“它意味着一个人选择了没有丈夫、没有孩子的生活，你明白吗？”

“我对那些都不在乎。”佩佩说，这是第一次她跟阿琳生气，怪她没有把她当回事。“你不知道我已经全都想过了吗？我已经做了决定，我知道我在说什么。”

“你并不知道。”阿琳柔声说，“你才十六岁，正是大多数姑娘选择嫁人的年龄。也许会有一桩很好的婚姻在前面等着你。”

“你凭什么认为我想嫁人？”

“你怎么能确定你不想嫁人？”

佩佩不再看她。阿琳停住了，等着佩佩转过脸来看她。但是佩佩没有。所以阿琳开始收拾碗。

“我只是想让你再多考虑一段时间，明确你到底想要什么样的生活。”阿琳最后说。

“我想跟你一起走。”

“这个理由不够充分。”阿琳深吸了一口气，“当你或如果你决定要接受梳头仪式时，必须因为那确实是你想要的生活，是你自己想要的。”

“你是不是不在乎我了？”

“我当然在乎你——要不然你以为我为什么告诉你再等等？我们以后还是可以见面的。”

“可是会不一样的。”

“你知道吗？姐妹之家并不适合所有人。它是对生活的一种承诺，是不可以回头的。”阿琳低头看着佩佩，“我觉得你还没到做出这种决定的时候。”

阿琳的话，让佩佩觉得受到了伤害，但她不会放弃。只有时间会向阿琳证明她对姐妹之家的承诺。它可能会来得很慢，像风从远方吹来，但等它到来的时候，阿琳会明白的。

～ 会面 ～

美丽知道阿宏在等她。她赤裸的脚刚一踏上那冰凉的木地板，就差点喊出来，但她控制着自己不弄出一点声响，免得惊醒了佩佩或其他姑娘。清晨微曦的光透进屋里，她知道这意味着时间不多了，她必须得在大家起床前赶快走。在过去的几个月里，她学会了在黑暗中不出一点声响地穿衣服脱衣服。但今天早晨，时间太紧了。她没时间梳辫子了，所以她只是把它们拢在一起，扎起了一个齐腰的马尾，用一根红色丝线在发根部扎紧。

楼下，一缕明亮的光已经从厨房的门下溜了进来。梅姨已经开始准备早饭，美丽能听到梅姨在厨房内的走动声，和她不时的自言自语。楼上传来的沉重脚步声和咯吱咯吱的声响宣告着新的一天已经来临。叶姨在任何时间都有可能下楼来，打开那扇使房间里显得阴冷与黑暗的木窗。叶姨已经开始怀疑，美丽也已经找不出借口解释她为什么走得那么早，回来得那么晚。加班工作和陪素隆的借口都不能再用了。佩佩还在不断地问着问题。有好几次，美丽都想把这一切向佩佩和盘托出，但是这些话卡在嗓子眼，说不出来，她又想起阿宏威胁她要保密的话。她的胃里很不舒服，不过一会儿就好了。不久，等她和阿宏结了婚，一切就都搞定了。这一想法让她得到了安慰。今天早上，美丽还没有答案，但她只差几步就可以安全地离开，不被抓住。“阿宏在等我。”她一遍遍地告诉自己，于是全身都有了动力。美丽打开门，走了出去，走进清晨的曙光中。

美丽闭着眼睛也能找到阿宏的家。如果时间允许，他能从紧张的学习时间里抽出点空的话，他们每周会见面一两次。阿宏是她认识的人里最聪明的一个。

大多数约会时间，他们会去他一个同学的狭小阴暗的房间。这里黑暗潮湿的气味总是使她想起他带她去过的第一间房子。但是只要和阿宏在一起，其余的一切对美丽来说都无所谓。如果他不能找到房间，她就得饱受见不到他的痛苦。最近一段时间，他们很少说话，而一旦说话，她就总说错话，或希求得太多。

但是美丽感觉她和阿宏的关系亲近得近乎完美。他教她如何做爱、教她如何使他得到满足。有很多次，美丽知道自己让他满足了，高兴了。完事后，阿宏会躺下来，看着天花板，脸上是一抹静静的微笑。在那种时刻美丽能猜到他在想什么。不一会儿，阿宏会转过身来，抚摸着她的头发，轻轻地吻着她的脖子。一切又会重新来过。

美丽生活在那些时刻里，却总是觉得那一切很快就会结束。每次结束，阿宏都会沉浸在他自己的世界里，似乎完全忘记了美丽的存在。美丽搞不懂自己是不是在幻想着自己很幸福。有时，她想不再见他，但一想到这种想法，她就会很恐惧。美丽知道如果那样她会死掉的。一想到她的父母，她就很生气，有时气得哽咽着喘不上气来。他们当然不会顾及她的感受。仿佛她的降生只是一个空盒子，就是为了填满他们所有的欲望。美丽决定让她的父母以为她很满意他们的安排，让他们去张罗婚礼的事情，不过她知道她不会去参加那个婚礼，更不会让婚礼决定她的命运。很快，她就会跟他们讲她和阿宏的事，哪怕是要受到最严厉的惩罚，她也不会在乎。

美丽重重地靠在阿宏家对面的墙上，等着。他通常都迟到。她半掩着身子躲着，害怕素隆突然出来看到她。阿宏曾一遍遍告诉她，要格外小心，不能让任何人看到他俩在一起。

最近，美丽感觉不太好。那种要呕吐的感觉已经持续了好几天，而且都是在早晨。现在那种感觉再一次袭来，她再也不能否认，一个小生命已经在她体内生长。她曾听人们说过很多关于姑娘们在生孩子时，因为疼痛而死掉的故事。这让她很害怕，尽量不去想它，她知道阿宏的孩子不会伤害她。有时，闭上眼睛她会觉得好一点。美丽还听说市场上有一种老妇人卖的苦涩的草药，能帮助缓解这种症状，但是这种想法常常使她感觉更难受。

好像是过了一个世纪那么长，那扇木门才被打开，阿宏高大熟悉的身影来到了大街上。像往常一样，他的胳膊下紧紧地夹着一本书。一看见他，美丽想做的第一件事就是喊出他的名字，然后扑向他，用双手搂着他的脖子，但她知道她不可能这么做。美丽看着阿宏心虚地左右察看，才小心地穿过马路，向她站立的地方走来。一股暖流涌遍全身，但很快就消失了。因为他站着犹豫了一会后，又转身朝相反的方向走去了。

美丽靠在墙上，心脏剧烈地跳着。她不明白到底发生了什么事。两天前她才见过阿宏，约定了今天的见面时间。难道她记错了吗？

然后，不知道是什么驱使着她，美丽开始跟踪他。他的步子又大又快，她跟得很辛苦，可又不敢喊出声。当阿宏拐进一个集市时，美丽几乎可以伸手碰到他的后背。但是当他们进到集市深处时，到处都是人潮，他们或者在水果摊前讨价还价，或者喝粥、吃馄饨面当早餐。她在汹涌的人潮中，跟丢了他。空气中弥散的油腻味使美丽觉得胃里很难受。

然后美丽发现阿宏在一个摊位前排队等着。她快速移动到他的身边，但他没注意到她，美丽轻轻地拉了下他的胳膊。

“你在这干什么？”他转过头，问道，他的脸像石头一样冷酷坚硬。

“你忘了吗，我们说好今天早晨见面的？我在你家房子外面等了半天。我必须得跟你谈谈。”美丽鼓起勇气说。

“这里不行。”

“我不能等得太久。”她央求着说。

阿宏突然生气了。他拽着她的胳膊，把她拖到一边，由于抓得太紧，弄疼了美丽。

“你不想吃了吗？”

“我不饿，不想吃了。”阿宏回答道。

直到离开了集市，远离了人群，阿宏才停住了脚步，看着她。但他的目光里不是幸福愉快，而是气愤。他眯缝着眼睛，整张脸看起来像是陌生人的。

“你为什么跟踪我？”他怀疑地说。

“我没想跟踪你，我只是特别想见你，就像我们说好的。”

“什么事？”

“是……”美丽开始说，但是当她看到阿宏正低头冷冷地看着她时，她就停住了。她换了一下姿势，决定不告诉阿宏她怀孕的事。

“什么事？”他又一次生气地问。

“没什么。”

阿宏开始在地上踱步。一些房子上挂着刚洗的衣服，地上积着些小水泡，每次他经过一个小水泡时，上面衣服上的水都会滴到他身上。

“不管怎么说，”他说，忽然变得冷静了，“我一直想跟你谈谈。”

“真的？”美丽被他的忽然转变惊呆了。阿宏很少让美丽知道他对她的关心。

“我一直在想，”阿宏清了清喉咙，“我们不应该再见面了。不是因为你，而是因为如果想通过考试，我就必须要把全部精力放在学习上。没有别的办法。”

说完这些话，阿宏放松地舒了一口气。开始美丽什么也说不出来。她只是想，这是几个星期来，他说的最多的话。

“你是说要等到考完试以后我们才能再见吗？”美丽终于问。

阿宏又开始踱步。“你还是不明白，对吗？我是说我们不应该再见了。没有前途的。”

“可是我爱你！”美丽哭着说，还是不相信她听到的话。

“但我不爱你。”阿宏说，甚至没有回头看她。

阿宏的话语像冰一样冷。开始美丽听到自己的心在乞求，然后开始痛苦，仿佛是停不下来了。但是当阿宏把手放到她肩上时，她突然对他的碰触感到很恶心。她连想都没想，就转过身，使出全身的力气朝他打去。阿宏对她的突然袭击毫无准备，一下子趔趄着倒在了地上。透过泪眼，美丽看到他挣扎着从地上站起来时脸上的惊诧表情。然后，美丽就转身迅速地跑掉了。

“美丽，美丽！”她听到阿宏在她身后喊着，但是她一直没停下奔跑的脚步。直到叫声一点点变弱接着消失，她的嘴里涌上来一阵阵酸水，她也没停下来。

美丽走啊走啊，走出了几里地。阿宏的声音还在耳边回响。她觉得被他碰过的身体变得麻木、变得肮脏。她就这样无目的地走着，一直走到她再也挪不动脚步。珠江水变质的气味熏着她，引着她来到浑浊的水边。水面上，舢板和驳船都在朝着它们自己的目的地平稳地行驶着，船上的人高亢振奋的声音响彻在周围。江水和它开放的空间让美丽平静下来。什么东西都变轻了，不再沉重，包括她肚子里的孩子。她沿着江边朝前走着，走着，慢慢地，直到看不见人群，连那一块陆地也看不见了。最后，江水只属于她一个人。

有一刻，美丽感到轻松慰藉。接着，各种各样的声音在她耳边变得越来越大。她自己微弱的声音好像被阿宏冷酷刺耳的声音和她爸爸愚蠢的话语淹没。美丽用手掌捂着耳朵，那些声音开始变得模糊，却并未离她而去。冰凉的河水洗去了她的疲惫。她体内的生命非常安静，似乎像她一样，只想睡觉。美丽越走越远，越走越深，没有任何感觉，既不痛苦，也不恐惧。轻柔的水流使她偶尔左右摇摆着，但还是推着她一点点前行。美丽开始很平静，然后开始放声大笑，她的笑声在冰冷的水面上回荡着。她突然感到了完全的解脱。

当江水漫过她的身体，吞噬了她最后一口气时，所有的声音都消失了，只剩下她自己，她终于得到了安宁。

第8章

1927 / 佩佩

丝绸厂的机器都已经开始运转时，人们才发现美丽不在。阿琳发现美丽的缫丝机旁没人时，迅速来到佩佩身边。

“你看没看见美丽？”阿琳问，声调比往常高了一些。

“没有。她不在机器那儿吗？”佩佩答道，眼睛看着房子的另一边。

阿琳摇着头。“谁都没看见她。”

“我今天早上醒来的时候她已经走了。我从昨晚就没见到她。”佩佩说，一阵恐惧袭上心头。她把对美丽和阿宏的怀疑吞了下去，耸了耸肩膀，希望美丽会在任何时候出现，微笑着向大家道歉。

但是美丽没有回来。这一天拖拖拉拉地格外漫长，佩佩眼睛一直在灰色的屋子里搜寻着美丽的影子。闷热的蒸汽让人难以忍受，佩佩的担心变成了气愤，继而又变成了担心。

晚上，叶姨把姑娘们分成几个小组到永吉的各个角落去寻找美丽。沉默使佩佩有了一种负疚感，她知道她必须马上去素隆家，看看美丽是不是跟阿宏在一起。她想把这一切都告诉阿琳，但想了想，还是决定等她回来再说。

在大家的一阵忙乱中，佩佩轻松地不为人注意地离开了女工之家。她快速地走在几乎没人的街道上。自从那次晚饭后，佩佩就再也没来过素隆家，现在它显得更小更肮脏。佩佩走上前去，敲响了那扇破败斑驳的木门，却还没想好应该怎么说。完全出乎佩佩意料之外的是，阿宏出现在她面前，他的头低着，看着门前的小路。做饭的油烟味从他身后漆黑的屋子里传出。他看着佩佩，毫无表情地说："素隆不在家。"

"我不是来看素隆的，"佩佩大声回敬道，"我要跟你谈谈。"

阿宏的眼睛死死盯着她："为什么？"

"我想知道你是否知道美丽在哪儿。"

"我不认识什么美丽。"阿宏冷静地说。

然后佩佩冒着险说："但她认识你。"

阿宏换了下姿势，脸有点发红："那是她在撒谎。"

"你知道她在哪儿吗？"佩佩再次问道。

阿宏更严厉地看着她，然后突然说："我很难区分出你们谁是谁，所以不可能知道你朋友在哪儿。"

然后，阿宏退了回去，把他的脸掩在了黑暗中。他迅速关上了门，使佩佩没有机会再说什么。佩佩犹豫了一会儿，然后转身离开，她从他细长的眼睛里得到了她想要的答案。阿宏在其他事情上有罪，但佩佩认为他不知道美丽在哪儿；第一次，佩佩体会到恨的感觉。它像石头一样又硬又冷，她像憎恨那些日本鬼子一样憎恨着阿宏。

第二天早晨，意外地传来了美丽的死讯。头天晚上，女工之家的姑娘们几乎都没睡觉，特别是叶姨。早晨打开门时，她听到了别人传来的这个消息，她心痛得像一处新撕开的伤口；然后，她把姑娘们召集到一起，告诉大家这个沉痛的消息，她承担了美丽溺水身亡的全部责任。“我应该预见到，”她痛心地说，“我知道有很多姑娘宁死也不愿意面对她们不想要的婚姻。我怎么这么糊涂，没想到这一点呢？”

美丽的遗尸将在那天上午被运到女工之家。如果不是被树枝挡在了江边，被一个渔民带回来，那她的尸体可能就永远也找不到了。

“至少我们知道美丽的灵魂可以安息了。不会在江里毫无目标地游荡了。”梅姨说，她是唯一一个还敢说话的人。她慢慢地在屋子里移动着，给每个茶杯续满水。

佩佩感到她的心跳得很快，她以为自己要晕倒了。她的第一个想法是：这不是真的，美丽不可能死，她的笑声那么响亮，还在房间里回荡着。佩佩突然觉得，如果不做点什么，她就要被憋死了。她站起身来，走到门边，但不确定她是否能做到。然后，阿琳一言未发地拉起佩佩的手，一起走了出来。

“美丽爱上了素隆的哥哥阿宏。”佩佩大口呼吸着新鲜的空气，终于说了出来。

阿琳什么也没说，只是伸开胳膊拥抱着佩佩。

然后，阿琳撩开佩佩脸上的头发，轻声说：“这不是你的错，美丽已经长大了，她知道她在做什么。”

“但我应该能做点什么，阻止她……”

“如果她不想让别人阻止，那就没人能阻止得了她。”

佩佩点点头，眼里泪光闪闪。“我想我要在这等着，等着他们送她回来。”她说。

“我在里面，需要时叫我。”阿琳说。

天很晴朗，没有云彩，却很冷。佩佩内心还是期待着能看到美丽蹦跳着跑上台阶，给她一颗糖，嘲笑着自己惹起的大大小小的事端。但是当美丽的遗体被抬进来，被一块黑布覆盖着，再也活不过来的时候，佩佩哽咽着痛哭起来。

叶姨不让任何姑娘靠近美丽。她的遗体被停放在阅览室里，等着她父母来。佩佩猫在门后，确定叶姨上楼后，悄悄地走了进去。房间里一片黑暗，两支蜡烛闪着微弱的光，角落里燃着一炷香，充满着一种神秘的气氛。佩佩慢慢地走近美丽。眼睛适应了屋里的光亮后，佩佩看到美丽已经被清洗过的身体被紧紧地裹在一块白布里，只有头露在外面。叶姨重新梳理了她的头发，把它们均匀地盘成两股，整齐地固定在两边。佩佩倾下身子，看她的朋友最后一眼。美丽的脸平静而熟悉，因为在河水里浸泡的缘故，稍微有点肿胀。她像是睡着了一样的沉静安详，佩佩几乎以为这只是一场噩梦。但当她的手指摸上美丽的脸时，冰冷的尸体使她不由得向后退了一步。这种冰冷使她全身颤抖，而且持续了好多天。

美丽的父母第二天上午到达时，他们都很难过，很安静。她的爸爸悲痛地低声跟叶姨说了几句话，她的妈妈则在一边低声抽泣。他们来到后不久，就有两个人把美丽的遗体抬走了。美丽的父母离开时，女工之家的全体姐妹都站在门边，安慰着他们，表示着她们深切的哀悼。美丽的爸爸向大家鞠着躬，感谢她们所做的一切。“这是个意外。”他说，“愚蠢的意外。”他往外走时自言自语着，没有再抬头。

后来佩佩得知美丽的葬礼规模很小，没有去多少人。美丽被葬在离永吉不远的一个小镇上，和她的先人们葬在一起。他们没有邀请女工之家的人参加，连叶姨也没邀请，尽管叶姨的悲痛丝毫也不比任何一个做母亲的少。美丽下葬那天，丝绸厂的姑娘们像往常一样地工作着，但是她们每人的胳膊上都戴着黑纱，神情凝重地寄托着她们的哀思。

不久，关于美丽死亡的谣言开始在永吉传播，有人说她是因为不满父母给她安排的婚姻伤心而死，也有人说她怀了孩子，没脸见人，只能选择自杀。叶姨和姑娘们无言地难过着。

很多天佩佩都神情恍惚，她很少吃东西，从美丽出事以来也没睡过好觉，只有阿琳能给她安慰。虽然这并不能让她内心的痛苦消失，但阿琳的安抚使她好过了很多。她不明白为什么美丽的生命如此轻贱，爱情和婚姻怎么会断送一个人的生命。如果它们会给人如此大的伤害，甚至要以生命做代价，那就不是她想要的。

美丽死后几周的一天早晨，彻夜难眠的佩佩做出了最后的决定：她要和阿琳一起接受梳头仪式。一切都很清晰明了。佩佩迫不及待地要把这个消息告诉阿琳。她静静地走进阿琳的房间，轻声地叫着阿琳的名字，想把她从梦中唤醒。

“阿琳，起来。”佩佩低声在阿琳的耳边说，传出一丝丝温热的气息。

佩佩把手放到阿琳的肩膀上轻轻地摇着，才把阿琳叫醒。“怎么了？出什么事了？”她睡眼惺忪地问。

“我要跟你谈谈。”佩佩说，“我想好了。”

“什么？”阿琳闭上眼睛，然后又重新睁开，以便彻底清醒，把佩佩看得清楚一些。

为了不让阿琳看出她哭过，佩佩低下头。她的脸红红的，有点肿。但什么也逃不过阿琳的眼睛。阿琳靠近了佩佩，摸了摸她发烫的脸颊。

“我决定要和你一起参加梳头仪式。”佩佩小声说。

佩佩又哭了。蓄藏在眼角的泪，不听控制地无声滑落下来。她等着阿琳说点什么，也许是告诉她等到天亮了以后再说什么的。但是当佩佩抬起头，看向阿琳时，她知道阿琳已经明白没有什么可以改变她的决定了。

～ 立志独身的女人 ～

阿琳和佩佩的梳头仪式由于美丽的死往后拖了几个月。所有那些不吉利的事情都被放到了一边，免得影响仪式。但是，在她们房间里，在佩佩的床边，有时还是能感到美丽的存在，或看到她在街上向自己走来。不过这都是些影子，或者是存在于她脑子里的幻想。佩佩不敢跟任何人说这些事情。尽管美丽的灵魂还偶尔在这里游荡，但她毕竟选择了去往另一个世界。所以当她们仪式的日期终于敲定后，佩佩总算松了一口气。她们就要离开这里了，那些痛苦的回忆也会被遗留在这里。

叶姨对佩佩和阿琳一起参加梳头仪式并不奇怪。她们两人从一开始就是好朋友。她笑了，歪着头想了一下，但不论她对佩佩加入姐妹之家存有多少疑虑，她也不会说出来。

佩佩和阿琳的梳头仪式规模很小，也很简单。美丽的死在她们心中还是挥之不去。和陈玲与阿明的仪式不同，她们这次的仪式没有宴会，也没有那么多的兴奋，那么多的祝福。举行仪式的那天早晨，佩佩坐在仪式用的那面大镜子前。她的前面点着一炷香。穿在身上的黑色长裙很不舒服。她扫视了一下挤满了床的房间。她感觉像是自从八年前来到女工之家，已经在此过完了一生。那时她还不知道，剪了一下头发对她的生活会发生如此巨大的变化。

叶姨来的时候，几乎没怎么说话，只是不好意思地笑着。她站在阿琳的身后，把手放在她的肩膀上。佩佩看到阿琳对着叶姨微笑着，点头示意仪式可以开始了。

当佩佩闭上眼睛，听着叶姨的吟诵时，她觉得仿佛是在做梦。她感到很平静很幸福，因为知道新的人生路上，有阿琳陪伴着她一起走，她不会孤独。当佩佩感到叶姨温暖的身体站在她身后时，她抬起头，闻着叶姨身上淡淡的清爽气息。叶姨什么也没说，却始终微笑着，给她吟诵祝福，把她的头发梳好。佩佩感到自己充满了自豪。当叶姨的手飞快地把她的头发挽成一个发髻梳好后，佩佩知道，她加入姐妹之家的决定是正确的。

叶姨给她们在女工之家准备了丰盛的晚餐。餐厅的墙上挂着红底金字的大幅标语。每张桌子上都放着糖盘和果盘。叶姨和梅姨精心地营造了一种幸福快乐的氛围，尽管每个人的心中还都多多少少地有着美丽之死的阴影。

阿琳的家人没来参加仪式，这让佩佩很放松。不过，阿琳的妈妈差人送来了水果和红包。佩佩的家人还是不露面。她曾要求叶姨通知她的家人她要参加梳头仪式，但始终没有从她家人那里得到只言片语。仪式后，佩佩和他们就不再有经济上的联系了，但在她心里，她当然还是要把一部分工钱交给她家里的。这是她与他们之间联系的唯一纽带了。

陈玲她们把佩佩和阿琳安排在同一个房间，就像她俩一样。当晚餐结束，她们接受了最后一个姑娘的祝福和红包后，就到了她们离开女工之家的时候了。极度兴奋中，佩佩已经忘记了离开叶姨，离开朝夕相处了这么多年，已经视同家人的姑娘们会是一件多么困难的事情。

凉爽清新的夜色中，佩佩和阿琳带着她们放在两个小筐里的所有家当，站在门前。她们和姑娘们一一拥抱告别，就连平时和她们保持着距离，总是站在一边观望着的梅姨也站在人群中。佩佩会永远记得她小妹妹们的嘤嘤哭泣，记得叶姨孩子般的声音给她们的嘱托："记得保暖哪——暖和了就不会生病！"

姐妹之家的房子比女工之家的陈旧些，却大了很多。它和女工之家的距离不到半里地，但却隔着一条她们平时很少走的大道。进入大门后，她们不出声地站了一会儿。隐隐的黑暗中，她们抬起头，看到了房子上用木头精雕细刻的花纹和它宽大开放的台阶。据陈玲说，这房子以前是一个广州富豪的，他和他的家人每年夏天都要到永吉来避暑。随着儿女们一个个长大、成家，他们不再需要这么大的房子，所以就把它卖给了丝绸厂。

她们来到那扇华丽的大门前，佩佩的眼睛搜寻着它模糊的轮廓，试图找到能暗示出它究竟是什么东西的蛛丝马迹。当陈玲来到并打开大门时，有人从另一边也在帮着将门打开。

"欢迎你们！"一个年纪大些的头发花白的妇人说。她自我介绍说是孔妈。

她们进到大厅后，第一个吸引住佩佩的东西是悬挂在屋顶的一些玻璃制品。佩佩长这么大从没见过这种东西。它的主体是由透明的闪光体做的，里面是一圈亮着的蜡烛。直到阿琳碰了下佩佩的胳膊，佩佩才从入迷的状态中惊醒过来。

“这和广州我家里房子上的吊灯挺相似。”阿琳对她低声说。

佩佩什么也没说。

“我想让您认识一下佩佩。”陈玲说，继续把大家介绍给孔妈。

孔妈慈祥地笑着，点着头。

“您好。”佩佩说，腼腆地看着孔妈头上的银簪子。

“老天，你很高啊。”孔妈温和地笑着，“欢迎来到我们的陋室。”她指着一扇雕满了花纹的双重门。“过来，我们再去见一下其他姐妹。”

孔妈打开了一扇门，这扇门通向一个巨大的房间，它至少比女工之家阅览室大三倍。那些新姐妹们散坐在屋子的各个角落。屋子的一边是书架，里面放满了各式各样的书，比女工之家阅览室的书多多了。屋子的一角，有一张桌子，上面放着观音像，前面点着一炷香。屋子里弥漫着一股香甜的气息。和女工之家那光秃秃的墙不同的是，这里的墙上和桌子上都放着很多画和很多小雕塑。

“这里的大多数画都是我们自己画的。”孔妈指着贴在墙上的那些画说，“不过我们还有很多东西要学啊。”她笑着。

佩佩的目光离开那些画和小雕塑，才发现那些新姐妹们正在认真地观察着她们。姐妹们年龄不同，身材各异，但都穿着清一色的白衬衣，黑裤子。每个人都把头发梳在后面。有些人在跟旁边的人交头接耳，其他人则对她们侧目而视。佩佩马上感到她们的目光都投向了她。

阿琳像是猜透了她的心思，她转向佩佩，小声对她说：“我觉得她们可能是对你的身高挺好奇。”佩佩低垂下肩膀。尽管姑娘们已经转移了目光，佩佩还是感到有那么多双眼睛在看着她，犹如芒刺在背。

她们的房间在一个长长的走廊的尽头。和陈玲、阿明一样，她们俩住着一间房，房间不大，陈设也很简单。每个月的房租和给家里的钱会从工资里扣下来，但还有足够的钱用于娱乐和基本的生活费用。与其他房间不同的是，这个房间几乎家徒四壁，空荡简陋。屋子里有两张床，中间是一张小桌子，把两张床隔开。房子的另一边，是一扇窗户，窗框油漆已经剥落，显得破旧不堪。佩佩快步朝窗户走去。黑暗中，她看到下面有一个像小花园的地方。

“太黑了看不清楚。”佩佩说。

“什么东西？”阿琳问。

佩佩转过身看到阿琳坐在一张床上，手里拿着一盏油灯。自从仪式后，佩佩还是第一次认真地看阿琳的脸，它此时正笼罩在一层光晕中。她看出阿琳很疲惫，不过把头发梳在后面，更凸显了她脸上匀称的线条，使她看起来更漂亮了。在佩佩对新生活还感到陌生和别扭时，阿琳好像已经基本适应了。

“我看到下面好像有个花园。”佩佩说。

阿琳疲惫地笑笑。她把灯放到桌上，抬头看着佩佩。“这里挺好的，是吧？”

“我从没见过这么大的屋子。”佩佩环顾着她们的新房子，说：“大概得花几天时间才能找到东西都放哪儿了吧。”

阿琳大声笑着，站起身来：“你想睡那哪床啊？”

开始，对跟阿琳一起住一个房间，佩佩感到很不好意思。“我要这张吧。”她说，选择了靠窗的那张。

躺在床上，她们都在翻来覆去地试着适应新的房间和不绝于耳的风声，狂风带着呼啸吹向这个宽大的空荡荡的房间。黑暗中，她们都没有说话。黎明将会给她们带来新生活的开始，等她们终于睡着时，已经差不多是清晨了。

第二天晚上，孔妈合上了她的黑色笔记本，那里面是她认真记录的一行行整齐的数字。房间里，她的一群姐妹正耐心地等着她抬起头来。每个月她都要结算一次账目，这样的情形就每个月都要出现一次。

“这个月情况很好啊。”孔妈说，抬头看着一张张热切的脸，包括阿琳和佩佩。

“够不够我们庆祝新年的？”一个叫隋英的年轻姐妹问道。

孔妈微笑着，她理解年轻女人的热情。她粗重的黑色眉毛像是她额头上的一条粗线。她掺杂着一缕缕灰白头发的黑发，使她看起来带有一种权威性。

“看起来有这个可能。”她说，把笔记本放到办公桌的抽屉里。隋英高兴地从座位上跳了起来，然后跑出去把这个好消息告诉其他姐妹去了。

孔妈在姐妹之家管理账目已经有六年了。在她三十七岁那年，原来管理账目的一个姐妹退休，这份工作就交到了她手上。孔妈感到很荣幸，就欣然接受了，她深知这份工作的重要性以及对姐妹们的深远意义。

有一些姐妹已经不再年轻了；尽管她们还没有准备退休，但每个月她们都会交一些房屋基金，这样等她们退休时就有地方住了。如果精打细算、安排合理，每一个姐妹都会从中获利。姐妹们还缴纳另外一些钱作为公用基金，以便有什么事情发生时好使用，比如家人去世、紧急情况，或者有一些计划外的支出等。如果还有剩余，那就会用来庆祝新年等节日。所有这些计划与安排都由孔妈独自掌管。

姐妹之家里有很多女人在结婚后有机会离开丈夫的新家后，就没再回到丈夫身边，孔妈就是其中的一个。她们现在都住在姐妹之家，在丝绸厂工作。每个月她们都把一部分工资寄回家里。那些经过了梳头仪式的人基本上都没有什么财务负担，而其他人，比如隋英，则是年轻的留守女人。她们住在姐妹之家里，期盼着她们的丈夫能早日从外面回来团聚。孔妈感到很满意，随着阿琳和佩佩的到来，姐妹之家的床位已经全都住满了。

孔妈对自己的家庭几乎没有什么印象。记忆中，“家庭”这个词，对她来说，就意味着姐妹们，开始是女工之家的姐妹，后来是姐妹之家的姐妹。她们给了她从父母那里从未得到过的关爱与其他的一切，因此，她也竭尽所能地在自己的能力范围内，为大家做能做的一切。偶尔，在某一刻，她会想起她的家人，不过他们的形象已经不再清晰。在她七岁时，她就被送到了丝绸厂，在那里渐渐长大。随着一年年时光流逝，孔妈觉得她的记忆里的东西好像变得一点点清晰了。那些记忆似乎伴随着心脏的每一次跳动，在她的身体里涌动着。

孔妈生活的第二次改变出人意料地发生在一个寂静的夜晚。那一年她十四岁，她突然被人从丝绸厂领走，让她结婚嫁人。不知道从哪里冒出来的她已经不认识的爸爸，再一次把她卖掉。这一切发生得如此突然，等她意识到情况的变化时，她已经在一个破烂的手推车里，与陌生人一样的爸爸一起，离开了女工之家。

但是当他们来到中部一个叫不上名字的地方，进到一间很小的简陋农舍时，等待她的是更大的震撼：她的新丈夫是个只有六岁的娃娃。当那个孩子被人从外面领进来时，孔妈站在那里等着，像一个被禁锢的动物一样，既恐慌又焦虑。那个孩子的脸上和一点也不合体的衣服上沾满了尘土，他抬起眼睛，好奇而小心地盯着她看着，仿佛在说："你是谁？你想干什么？"

"这是你的新丈夫瓦明。"她爸爸宣布说。

孔妈低头看着小男孩，不由自主地笑起来，刚开始还是小声地笑，然后就控制不住地放声大笑。她爸爸的脸都气红了，小男孩很快对大人们的这种游戏失去了耐心，晃悠着走到肮脏的屋子里的一个角落，独自去玩了。

随后的三天里，孔妈和她的新丈夫及其家人在一起。然后她回到丝绸厂，为她丈夫的一家工作，直到瓦明长成一个大小伙子，能够行使丈夫的职责。这是他们跟她爸爸订的协议，她对此没有任何发言权。在农舍的日子里，她跟他们家人几乎不说话，只是做着他们告诉她做的事，对其他一切都视而不见。她记忆中的那段日子像个噩梦，给她留下满嘴的苦涩。

仅有的一点甜蜜时光是和小丈夫一起玩耍。蹲在地上，他们像是姐弟俩。瓦明天真地看着孔妈把一捧小树枝扔到地上，然后在不移动另一个的情况下，把它们一个个地捡起来。他一遍遍地学着、试着，不由自主开心地笑着。孔妈永远也忘不掉那弥漫于空气中的笑声，天真无邪、无忧无虑，那时的那个小男孩，现在一定是已经做了爸爸了。孔妈再也没有回到她的小丈夫身边，但总是按月寄钱给他，从没有耽搁过。她用这些钱维持着他、他的小老婆及其家人的生活。这是他们要求她做的一切。

孔妈关上了她房间的门。和某些姐妹不同的是，她的生活相对来说完整一些。从办公桌最上面的抽屉里，孔妈拿出一个很大的黑红相间的笔记本，在那里，她每天都要记录她的生活及姐妹们的生活，很多都是日常交流中听到的。

“您永远都不想再见您的丈夫了吗？”隋英问。

“有些人回到了丈夫身边，有些人还有了自己的孩子。”孔妈说，主要是自言自语而不是对隋英说。

“您也会这样做吗？”

孔妈抬起头笑着：“我都怀疑我们还知不知道彼此间应该做些什么了！”

但是在她房间的一个安静角落里，孔妈收集着并记录着曾经的一切。那些很小的细节都像一些珍贵的礼物一样保存着。那个娃娃丈夫现在已经完全成了陌生人。他不是隋英等待的那种丈夫，可以为了家人更好的生活，能漂洋过海务工挣钱。不同的生活命运把她们这些没有丈夫的女人聚集到姐妹之家。她无怨无悔地接受着生活赋予她的一切，沿路收集着生命存在过的小小标志。

有时，在漫长而繁忙一天结束后，孔妈去拿笔记本时，她的手会不由自主地在上面轻轻滑过，停留在埋在衣服底下的一个白色盒子里。盒子里放着她曾有过婚姻的唯一物证：那一捧褐色的小树枝。

第9章

1928 / 佩佩

搬到姐妹之家后，她们的生活节奏发生了很大的变化。每天的日程都排得满满的，所以感觉时间过得快多了，而且有时还会有一些佩佩根本料想不到的惊喜。住在姐妹之家的女人们来自全国各地。那些没有接受梳头仪式的女人们是以居民的身份住在那里的。有一些人像叶姨一样，在丈夫与丝绸厂之间选择了丝绸厂，其他人则在等待在外务工的丈夫回来。每天晚上，佩佩都充满好奇全神贯注地听着关于外面世界的故事。陈玲讲着日本士兵在中国北方的邪恶暴行。那些曾经在广州或香港生活或工作过的姐妹则讲着白人鬼子的故事以及他们的种种奇怪行为：不同的洗澡习惯、对价格昂贵的酒的热爱、吃大块的带血牛肉等。

在姐妹之家，每天晚上都有不同的活动内容。有时房间里到处是欢声笑语，有时则为一些事情争论不休，但是当佩佩听到这些谈话时，她总是觉得挺特别，仿佛她与遥远的外面世界有了某种联系。

最初的几周里，佩佩和阿琳翻看了所有她们能读的新书。通常她们在完成自己的洗涮及清理任务后，就可以自由支配时间了。很多姐妹在画画，或写一些滑稽短剧供大家娱乐。隋英和另一个姐妹李牧在表演时带给大家的开怀大笑是佩佩以前没有经历过的。那些表演往往是戏剧，隋英扮演男角，李牧扮演女角。

这里的规矩比女工之家少，但责任却比女工之家多。阿琳告诉佩佩她们必须要考虑她们各自的未来了。佩佩一想到那些财务管理就头疼，所以她就让阿琳来管理她们的余钱。阿琳有时调侃佩佩变老了，但佩佩对自己每天都能学到新东西感到心满意足。

梳头仪式后，佩佩还注意到，女工之家的老朋友们对待她们的态度有了变化，当她在厂子里遇到她们时，那些年轻的姑娘们对她很恭顺，把她当成长者一样尊敬着。

在年龄上，隋英和李牧与佩佩最接近，不过李牧经常闷闷不乐，不太好相处，除了在台上表演外，很少和别人说话。隋英则不同，她很快就成了好朋友。佩佩不得不承认她们的生活经历完全不同。隋英在这里工作，等着她丈夫回来接她，她只比佩佩大几岁，但很胖，很健壮，所以看起来像是比佩佩大很多。

从隋英那里，佩佩开始了解到她知之甚少的另一种生活：爱情和婚姻。隋英和她丈夫在孩童时就被定为娃娃亲，他们之间的结合很完美。虽然他们两家都很贫穷，但他们在爱情与婚姻里找到了他们的财富。当洪水袭来时，隋英的丈夫老陈被迫与很多人一起，去外边找工作。隋英很幸运，在她丈夫走后不久，就在丝绸厂找到了一份工作和一个栖身之所。“我不知道我还能怎样——我身无分文，总不能跟他的家人在一起，什么也不做吧！”隋英说，在空中挥舞着手臂。

当阿琳和陈玲一起去厂里开会时，佩佩和隋英就会坐在姐妹之家后面的小花园里，隋英会幸福地讲述她的丈夫。花园里芳香四溢，月光轻盈，很快就成了佩佩最喜欢的地方。在那些安静的时刻，佩佩为有隋英的友谊感到欣慰。

“老陈找到了另外一份工作！”有一天晚上在花园里，隋英欣喜地对佩佩说。弯弯的月亮，流泻了一地的月光，使空气中茉莉的芬芳更加浓郁。

佩佩为她的朋友感到高兴。“是什么工作？”她问。

“他给从香港到世界各地的大货船装货，”隋英兴奋地说，“工资比给那些渔船干活高。”

她的手上拿着那封信，薄脆的蓝色纸张在手里偶尔会发出几声脆响。

“那是不是说你会离开姐妹之家，到香港去与他团聚了？”佩佩担心地问。

隋英微笑着：“它意味着我能早一些与他团聚，但不会是马上。”

佩佩如释重负地笑了。她喜欢与隋英交流是有原因的。其中一个原因是即使在私下里，她自己也不愿承认的。最近，佩佩有一些很奇怪和陌生的感觉，好像是她的身体和她的心智都苏醒了。她很想知道结婚到底是什么意思。当姐妹们笑着谈论男女间亲密举动的细节时，佩佩就会脸红，就会不好意思地离开房间。只有和隋英在一起时，她才敢问：男人和女人单独在一起时，他们到底会做什么。

“那是不是说你回到丈夫身边后，就会有孩子了？”佩佩问。她的声音里有一丝不确定。

“应该是吧。”隋英答道，“如果我们有那个命的话。”

佩佩沉默了一会儿，想起了她所听到的关于生孩子的一切坏处。除了让妈妈变得肮脏，可以导致她死亡外，它的影响还会延续到她以后的岁月，使她在炼狱也难逃惩罚。陈玲以前不止一次地说起过这些，佩佩觉得她妈妈就为此承受了不少折磨。

佩佩看着隋英，不能想象这样的生活。“但你不怕被弄脏吗？”

隋英大笑起来。“我们都难以逃脱命运的安排。况且，如果我们的妈妈们都不听从命运的安排，我们怎么可能来到这个世上？”

佩佩试图理解隋英说的话。她头一次听到这种说法。尽管女人必须得面对生孩子的无奈，佩佩不得不承认每天都有很多新生命来到这个世上。

“它到底是怎么样的？”佩佩鼓起勇气问。

“什么怎么样？”

“和一个男人在一起？”佩佩感到全身都发烧，不敢看隋英的眼睛。

隋英抬头看着深邃的夜空，像是在寻找着答案。然后，字斟句酌地说：“如果是跟你爱的人在一起，那是一件很美妙的事情。你和他非常亲近，你不会在意任何其他事情。”

“会疼吗？”佩佩问，因为从其他女人那里听到了很多这样的事。

隋英笑了，笑她的执着。“最开始的时候会疼，但不是总疼。每个人情况都不一样。但我可以告诉你的是，如果你是跟那个对的人在一起，即使疼也没关系的。”

夜，静静的，仿佛把她们说的话也吞进了夜色里。突然，佩佩想起了美丽，又一阵心痛。美丽以为她就是跟那个对的人在一起。她爱着阿宏，但她还是因他而死了。这种爱情对佩佩来说，总是太不可思议。她不由得叹了口气，问："可是如果不是和那个对的人，你被迫和一个不喜欢的人在一起，是不是就会很肮脏啊？"

静默的夜里，凉爽宜人的空气仿佛在温柔地抚摸着她们。隋英想了一会儿，深叹了一口气。"那将是世上最痛苦的事情。"

～ 广州 ～

自从阿琳弟弟订婚，两年过去了。婚期被推迟了两次，两家都在紧锣密鼓地准备着一切必要的东西，终于选好了日子后，阿琳跟厂子里请了假，买了两张船票，带着佩佩一起回广州了。

随着出发的日期一天天临近，佩佩变得紧张起来。永吉是她来过的最大的城镇，与她所在的小镇相比，这里已经是很大了。广州可完全不同：那是一个大城市，挤满了来自世界各地的人。佩佩轻易就会被淹没在人群中。

"那里有很多白人鬼子吗？"佩佩问。

"比你想象的多多了。"阿琳说。

"他们都是什么样？"

"你还是自己看吧。"阿琳答道。

出发的那天早晨，佩佩一口东西也吃不下。她一遍遍地检查着她的背包，确定没忘什么东西。她感到嘴里又干又涩，就连隋英不断地安慰鼓励也丝毫不起作用。只有当她们跟大家道了别，到了河边，佩佩才感到有点放松下来。

候船室很小很拥挤，它是用一些参差不齐的木板草草搭成的，屋顶苫着稻草。很多人拿着行李箱、装满食品的篮子或是装满了鸡鸭等活物的竹笼子，在里面挤来挤去。此起彼伏的喊叫声使里面的一切都在震动，食物的味道、鸡鸭笼子里传出的臭味加上人身上的汗味，混合在一起，使佩佩直恶心。但佩佩还是感到从未有过的兴奋。

当船最终来到，停靠岸边后，佩佩欣喜地看着这个平底的庞然大物。这艘大船有两个巨大的甲板。上面那层甲板上有一排一排的木凳子，但下层没有凳子，甲板上的乘客只能站着或者坐在地板上，一直到广州。佩佩看着一拨拨的人不断拥向木扶梯，有的在焦急地寻找着家人爱人，有的在试图离开。

“你觉得还好吧？”当她们终于走过木扶梯，向顶层甲板走去时，阿琳问。

“太大了。”佩佩说，迈上大大的、开放的甲板。这些木甲板在她脚下轻轻晃动着。

“这不算什么，”阿琳说，“等到了广州，你会看到真正的大船！”

她们慢慢走下挤满了人的狭窄过道，人们都在拥挤着寻找任何能坐的座位。她们经过时，那些已经坐下的人直直地看着她们雪白的干净衬衫。他们是觉得姐妹之家很奇怪或那里的女人太自由，佩佩早就学会了坦然面对这种无礼的注视。这些年来，她学会了如何去迎接那些目光，而且学会了直视他们的眼睛，直到他们低下头去或转移开目光。

当阿琳终于在船的后部找到几个座位时，佩佩坐下来，热切地等待着大船能早点扬帆起航。她们能听到底层甲板上的吵吵嚷嚷。

不久，所有的座位都坐满了，她们听到铁链哗啷啷、木扶梯收起来的声音。最后，她们感到船开始晃动，发出低沉的声响，慢慢移动。

船从永吉慢慢地驶向珠江上游，向广州行驶。从船的两边，都能看到江上人家的丰富生活。年幼的孩子几乎赤裸着身体在江边玩耍，他们的妈妈们则在污浊的水里洗衣服，年久失修的小船在江上吱吱作响地摇摆着。

这一景色慢慢地被一个安静无人地方的另一番景色所取代。佩佩看到在一片肥沃的土地上，农民们在甘蔗和水稻田里忙碌着。那些土地与她童年时家乡的土地是一样的红色，一样的平坦，再次见到这些田地勾起了她对已逝童年的回忆，她一直以为她已将它们埋葬。

阿琳熟悉的声音把她从回忆中唤醒。“很漂亮，是吧？我以前还从未注意过。”

“是很漂亮，”佩佩微笑着说，“感觉有点怪，像是很久未见的老朋友。”

“这里和你长大的地方很像吗？”阿琳问。

佩佩慢慢地转向阿琳。她以前跟阿琳说过所有关于她家的生活，她爸爸的鱼塘以及他们的桑树林。

“是的，很像。”佩佩说。

一个年龄大些的女人推着车子来到过道，叫卖着茶水和馒头。

“我以前总惹麻烦，”佩佩继续说，“做一些不应该做的事，比如问太多问题，跑出去疯玩，然后脏兮兮地回家。”

阿琳笑着说：“我们小的时候，是不允许弄脏衣服的。有一天，奶妈给我最小的弟弟换了六次衣服，因为他不一会儿就把衣服弄脏了。我妈妈非常生气。”

“我们可没有衣服去换六次。”佩佩笑着说，“我们只有两套衣服，一套夏天的，一套冬天的。如果其中的一套洗了，就只能穿另一套。我总是把衣服弄脏。有时，当鱼塘里的水很浅，旁边又没人看着我时，我就会跳进鱼塘里，在里面走来走去，我看我爸爸在收鱼时就是那样。那时，鱼塘里有上千条鱼，它们就像一把把小刷子一样，在我的腿边蹭来蹭去，所以我得使劲保持平衡，否则它们的力量足够把我弄倒。那是一种非常特别的感觉。”

“那种经历一定很棒吧。”

“其实，”佩佩很快地说，“那样的机会非常非常少，我都把它们当秘密一样地守着。”

“但是你姐姐丽丽呢，她不跟你分享这些秘密吗？”

佩佩慢慢地摇着头。这么多年过去了，想起来依然是刺心的痛。“我们一点也不一样。丽丽更像我妈妈，非常安静，对父母言听计从。大多数时间她都是自己一个人待着，从来不惹麻烦。我总是想我是不是有什么问题，因为我总也做不到像他们那样。”

“你没什么问题，”阿琳轻轻地说，“不要因为你与别人做事的方式不一样就以为是自己的问题，那是不对的。”

佩佩抬起头，对着阿琳笑着。她们周围，依旧说话声不断。她转过身看着那片过度耕种的红色土地，突然就想哭。随着白色热浪的起伏，远处的田地也在一上一下地移动着。

六个多小时以后，船慢慢地来到广州。一进入繁忙的港口，她们就看到周围有几十条大小船只。佩佩睁大了眼睛张望着。港口里百舸争流，充满一片生机。小舢板灵巧地穿梭着，躲避着带着风帆的大帆船。大型木船威风凛凛地停靠着，船边上有醒目的外国文字。这些东西佩佩以前从未见过。到处是不同肤色的人和千奇百怪的声音。空气中是刺鼻的咸鱼味和油腻味。船在一点点靠岸，佩佩已被广州的宏大而壮阔惊呆了。一大群人拥挤在木码头上，等着船靠岸。很多人扬着手臂，喊着一些佩佩听不懂的话。佩佩转向阿琳，她也正和她一样热情地观望着。当船终于靠着石墙停下的时候，她们俩谁都没说话。在船发出低鸣宣告它到岸的消息时，佩佩的心跳得很厉害。

慢慢走下扶梯，她们走向汹涌陌生的人流。佩佩心里明白，如果不是阿琳拉着她的手，领她走过木码头，那这一切对她都将是噩梦，她根本不敢面对。平生第一次，佩佩见到了白人商人，他们都来自遥远的国度，大多数人都是又高又壮，身上的气味很重，脸上的胡子也很重。他们行为很粗野，每当看到有年轻的女人走过，就会放浪地大笑。光着膀子的苦力们，用肩膀把一件件沉重的货物，扛到船上，汗水顺着他们瘦弱的身体，小溪般地流淌着。一些中国军人，成堆地聚在一起，监视着那些苦力。

“那些人是谁？”佩佩问，小心地不让别人发现她的注视。

“他们是蒋介石的国民党兵。我弟弟说现在到处都是他们的兵，在搜寻有可能进出广州的共产党或他们的支持者。”

“有人被抓到吗？”

阿琳耸耸肩，笑着说：“我猜可能有一些吧。”

佩佩向他们看去。很多士兵看起来还很小，那些军装穿在他们身上都很不合体。他们趾高气扬地站着。有几个人吹着口哨，言语粗鲁地交谈着。

“甜妞，多少钱啊？”一个年轻的士兵喊道。

“我能教你一两样东西。”另一个喊道。

佩佩感觉脸上有些发烫，紧跟阿琳大步向前走着。

四面八方人声鼎沸。生活在船上的人们像往日一样，卖着他们的货物。他们挥着手朝她们喊着：“小姐，到这儿来，物美价廉啊。”“小姐，我这里有全广州最好的玉。”女人们待在摇摇晃晃的船上，有些人背上背着吊兜，里面装着孩子。他们试图向阿琳和佩佩兜售每一样东西，从翡翠饰物到干鱼，还有面条。那些大一点的光着脚的男孩女孩们，穿着破烂的脏兮兮的衣服在他们旁边玩耍着，全然不理会他们周围纷乱的景象。

等她们终于离开拥挤的人群，走上一条宽阔的大马路时，佩佩才感到松了一口气。阿琳径直走向一排轿子。轿夫们都在一起闲坐着等客。她们俩一走近，立即就有几个人跳了起来，其他轿夫都目光呆滞地坐着，用细细长长的烟袋抽着一种甜丝丝的东西，还有一些轿夫从小碗里往嘴里扒拉着米饭，只是看着阿琳和佩佩，然后挥舞着手里的筷子让她们往前走。大街深处，还有一些轿夫在赌博，无意半路停下来。

“那些东西挺好闻，是什么？”佩佩问。

“他们在抽鸦片。”阿琳答道。

“为什么抽鸦片啊？”

“大概能帮助他们忘掉一些事情吧。”

“忘掉什么事情啊？”

“他们的生活吧。”

阿琳没有进一步解释，只是朝前走着，对两个比较热心的轿夫说着什么。他们穿着米色上衣，短裤子，露出身上强健的肌肉和腿上明显的静脉血管，这是由于他们的双脚长时间行走在坚硬的大街上引起的静脉曲张。

阿琳谈好价钱后，转向佩佩。“咱们走吧。我跟他们谈好了，咱俩可以坐一顶轿子。”

两个轿夫已经分别前后站好。轿杆中间有一个小小的木结构的东西，两边都有一个可以滑动的窗。佩佩从轿杆中间钻了进去，阿琳紧随其后。座位很粗糙简陋，佩佩尽可能地靠里边坐着，以便让阿琳有足够的地方坐下来。佩佩感到轿子马上被抬了起来。轿夫们向前走着，不久就开始小跑起来，姑娘们在离地面几尺高的轿子里，舒服地坐着。

佩佩把窗上的木板尽可能大地打开，把头伸向窗外。他们正走在一条宽阔的大街上，街上还有很多轿夫在行走，有几个大型的阿琳叫轿车的东西、有骑马的士兵、有装满水果蔬菜的卖货推车。佩佩惊奇地看着街上涌动的人潮和一家家的商铺，特别是那些穿着奇特，在大街上横晃的白人。他们抬头挺胸，目不斜视地走着，丝毫也不理会紧跟着他们的少年乞丐们。

这条大街一直通向一个盖满了大楼的地方，临街店铺和工厂的前门都装修得很华丽。在童年时代，他们住在那片开阔的平坦土地上，佩佩有机会去过几里地以外的另一个农庄和更远一点的小镇，她已经觉得很幸运了。可是这里的大楼好像都与天相接，与它们相比，就连永吉镇的那些大楼也都不算什么了。

轿子一个急转弯，使佩佩一个趔趄倒进阿琳怀里，她们笑了起来。轿夫们继续小跑着，经过了几栋灰色高楼，阿琳说那些高楼是白人们到这里度假的时候住的。然后，还没等佩佩反应过来，轿子又一个急转弯，来到了一条小一点的、两边种满了树的街道。有一些房子被高高的树篱笆和大铁门包围着，几乎难以看见。干净整齐的大前门给人一种神秘的甚至是恐怖的感觉。佩佩感到一丝惶恐，但什么也没说。

轿子慢了下来。最后在一扇黑色的大铁门前停了下来。佩佩紧张地看向阿琳，阿琳已经迈步出了轿子。佩佩在她身后下了轿，立即闻到了一股强烈的桉树味。阿琳在给轿夫付钱时，佩佩打量着被茂盛的绿色植物覆盖的房子。她心里感到越来越不自在。佩佩后退了几步，看到轿夫们又抬起了轿子，留下她们两人。

“这边走，”阿琳说，“没什么可怕的，佩佩。我保证。”

佩佩努力挤出一丝微笑。

阿琳毫不犹豫地按响了大门上的门铃。

透过大门，佩佩看到了阿琳童年时代的褐色的房子。它看起来高大雄伟，像是一头疲惫的巨兽。她使劲地看着这个把她们和这房子及阿琳的家人隔开的最后一道障碍，但没看到任何人影。

阿琳什么话也没说，继续用手指按着门铃。佩佩紧张地等着。她知道这一天对阿琳和她家人来说意义重大。阔别了十二年后，阿琳终于回来了。

第10章

1928 / 佩佩

“是小姐回来了！小姐回来了！”一个圆圆胖胖的女人一边开着沉重的大门，一边朝其他人喊着。“小姐，您终于回来了。”她高兴地说，把脸贴在铁条上。

阿琳把手伸进铁条握着她的手。“是你啊，穆妈。”她对着老用人说。

穆妈终于打开了铁门；阿琳扑向穆妈张开的双臂，佩佩赶紧闪到一边。佩佩发现穆妈比阿琳描述的要老一些，白头发也多一些，但她的动作还是像年轻女人一样轻盈敏捷。只有佩佩知道阿琳在离开的这些年里，多么想念这个老用人温暖的怀抱。当穆妈终于松开阿琳后，阿琳把佩佩介绍给她，她给了佩佩一个同样热情的拥抱。

她们穿过花园走向房屋时，阿琳的弟弟们都已经聚集在大门前，但没看到她的妈妈王太太。房子是用木头和混凝土建的，很大，但也很旧；由于年久失修，它原本的褐色已经退去很多。但是当他们进到凉爽的有些发暗的里面大厅时，佩佩发现这所房子里有很多厚重的深色家具和雕刻华丽的花瓶，它还保留着往日的壮观与荣耀。阿琳兴奋地四处打量着。她以前跟佩佩讲过，他们家的很多东西，比如红木衣柜和象牙花瓶等，都不得不在她爸爸被害后卖掉了。佩佩抬起头，看到了她们的头顶上悬挂着一盏水晶的枝形吊灯，豪华大气，非常漂亮。她凑近阿琳的身边，对她小声说："这个灯可比姐妹之家的那个漂亮多了。"

大门入口的左侧是宽大的楼梯，它在阿琳的童年生活中，发挥过重要的作用。它和佩佩想象的差不多；带有复杂雕刻图案的深色木质旋转楼梯，光亮照人。她可以想象童年的阿琳和弟弟们一起站在楼梯上，看着爸爸妈妈迎接那些戴着高高的帽子、穿着华丽的客人们的情景。

佩佩被这所房子的豪华气派深深吸引着，没有注意站在一边的阿琳的两个弟弟。他们都穿着很正式的黑西装，露出白色的衣领。小的那一个，和永，好像是因为身上衣服的缘故，显得有些热，有些不舒服，当被介绍给佩佩时，他腼腆地看着地板，而曾经在女工之家见过的和琦，则熟悉地跟佩佩打着招呼。在永吉第一次见到他们时，佩佩被阿琳的妈妈迷住了，没有注意她自己比和琦还要高出一两寸。现在兄弟俩对佩佩的身高充满好奇，正如佩佩对他们的服装也充满了好奇一样。

阿琳对再次见到小弟弟和永感到既惊喜又高兴。这么多年过去了，感觉就像是在和一个陌生人打招呼。她往后站了站，笑着他的身高。在两兄弟中，他要高一些，也英俊一些。他挺直匀称的身材，黑色深邃的眼睛，与阿琳有更多相似之处。

"过来，过来，您得去见见您妈妈了，以后有时间再跟弟弟们聊吧。”穆妈搓着双手，对两个男孩子说：“你们两个去干点别的吧。两个女孩子长途跋涉了这么久，要休息一会儿了。”

然后，穆妈兴奋不已地带着她们上楼，去阿琳以前住过的房间。她们无声地穿过长长的走廊，佩佩小心地踩着闪光地板上的红色地毯，这些地毯覆盖着大多数的地板。穆妈停下来，打开了阿琳的房间，让姑娘们走了进去。

“您看，小姐，这里的东西从您走后都没变。”穆妈高兴地说，“所有东西都保持着原样。”

穆妈把阿琳的房间保持着原样。东西的摆放位置都和阿琳曾经描述给佩佩的一样。阿琳的布娃娃收藏箱立在书桌旁；她的书籍都井然有序地放在白色的书架上；就连她儿时的衣服也整齐地挂在黑色漆器的衣柜里。房间的一侧，摆着阿琳的爸爸给她从欧洲订购的带四根围柱的大床。床上洁白光滑的缎子被等待着再次抚摸阿琳的身体。

当阿琳在她的童年时光里畅游的时候，佩佩在她身边一动不动地站着。任何一个微小的东西都原封未动，不过，有一刹那，阿琳好像很吃惊，仿佛有些东西是第一次看到。

然后阿琳微笑着，又一次拥抱着穆妈。“真的，这个屋里的所有东西都丝毫没有改变。”

穆妈点着头。“我们——这个房间和您的老穆妈——一直在等着您回来。”她一边说，一边用手心拍着胸口。

“我也是。”

“我知道，小姐，既然您回来了，那一切就都会和以前一样了。”穆妈说。

穆妈在房间里走着，抚摸着房间里的一样样东西，说着阿琳童年的旧事。然后，带着同样忙碌的幸福，她离开了，接着给她们端来了茶水和新毛巾。

“对不起啊，”阿琳转向佩佩说，“她恐怕是见到我又回家了，太兴奋了。”

佩佩微笑着。“如果我是她，我也会的。”

阿琳慢慢地环视着屋子，然后转向佩佩说：“我得去看看我妈，一会儿就回来。你就在这儿休息一会儿好吗？”

“你会去很久吗？”

“不会，不会太久的。”阿琳停顿了一下，脸色苍白而疲倦。她笑了笑，又担心地问：“你确定你待在这儿没事吗？”

“我没事。”佩佩说。

在这个家具齐全，应有尽有的卧室里，站在那里的佩佩感觉有点像个孩子。她从柜子上拿起一个布娃娃，布娃娃的头发是浅色的，像丝绸般柔软。与她自己厚厚的、干燥无光的头发相比，布娃娃的头发显得那么柔顺而有光泽。佩佩小心地把布娃娃翻过来，用手指掀起她粉色的带褶边的连衣裙，看看那些蕾丝是不是真的，然后不相信地抚摸着她柔软的金色头发。

她在这个白色的房间里慢慢地踱着步，摸着书架上一排排的图书。她非常小心地打开了一个抽屉，看到了几件做工精细的绣花背心,另一个抽屉里，是一摞叠得整整齐齐的棉毛材质的女孩内衣。佩佩犹豫着在阿琳宽大的白色木床上坐下，不敢活动。和广州有关的东西都太大，太让人迷惑了。佩佩觉得如果离开阿琳的房间，她肯定会在这个铺着柔软地毯的富丽堂皇的房子里迷路。尽管阿琳曾跟她说过她的童年，佩佩还是难以想象阿琳何以会抛弃这一切而来到女工之家。第一次走过叶姨那空空荡荡、简陋破旧的房屋时，她心里会是什么感觉？但是阿琳却从未提过任何要求，也从未把这些做过对比。每当佩佩问起她的童年，阿琳总是轻描淡写地说："是两种不同的生活；不能拿鸡和鸡蛋做比较的。"

佩佩把手放在柔滑的被里，她黧黑的皮肤立刻消失在一片洁白里。她的脑子里还在一幕幕地闪着离开永吉后她所见到的一切。阿琳的家庭、这个富丽堂皇的大房子都让她大为恐慌。佩佩不可能重新回到她的家乡，但阿琳不同，她随时都可以轻易地回到这种舒适安逸的生活里来。美丽优雅又高贵的阿琳，要想找一个有钱有权的男人，给双方家庭都带来荣耀，并不是件难事。她的妈妈一定可以帮她。

开门声打断了佩佩的思绪。开始她以为是阿琳回来了。但她看到的是老用人穆妈，她自言自语地，端着一个装着茶水和点心的托盘，弯腰把它放在阿琳床边的桌子上。

"小姐去看她妈妈了吗？"穆妈问，眼睛快速地扫视了一遍房间。

"对。"佩佩说。然后指着穆妈放下的茶说："谢谢您。"

穆妈站在那里，微笑着，似乎想留下来待一会儿。她迅速地看了眼佩佩，然后自豪地说："小姐终于回家了，我们很高兴。您知道吗，是因为小姐这个家才活下来的。"

"我知道。"佩佩敬佩地说，老用人张开没牙的嘴高兴地笑着。

"我看出来了，您对我们小姐很了解。"

佩佩不好意思地笑了。实际情况是，有时候佩佩会很担心阿琳不想再和她在一起。她害怕当她们在大街上行走时，她瘦高的身体会使她的朋友尴尬难堪。她的好奇与疑问使所有人厌倦，即使像阿琳这么有耐心的人也不例外。佩佩不敢想象，在永吉，如果没有阿琳，她会怎么样。

“我从她那里学到了很多东西。”佩佩静静地说。

穆妈端着一碗茶走近她。“我能看出，我们小姐选朋友很有眼光。”

佩佩露出带点自知自明的微笑。“我这个人总是非常幸运。”

～ 婚礼仪式 ～

阿琳在妈妈的门上轻轻地敲了一下，然后等待着，听到屋里传出的微弱声音后才走进去。首先闻到的就是妈妈身上茉莉花香水的浓重香味，接着就明显地感到她妈妈的房间似乎比她记忆中小了。和她上次来到妈妈房间不同的是，这一次妈妈的房间里洒满了阳光。她妈妈站在窗边，看着窗外，她穿着一件蓝色绣花旗袍，看起来很典雅。

“希望你的旅途很愉快。”王太太转过身看着阿琳说。她的脸上有一抹不易察觉的微笑，当阿琳的眼光碰上她的眼光时，那抹微笑就消失了。只有在那时，阿琳才意识到，从梳头仪式以来，她妈妈还没见过她。如果她妈妈见到她和她一样也把头发高高地拉到后面，挽成一个发髻，她会如何惊讶。

“是的，我们旅途很愉快。”阿琳说，走近些，吻了吻妈妈的脸颊。

“这么说，你是带着朋友一起来的了？”

“佩佩在我房间等着。”

“明白了。”她妈妈移开目光，“你弟弟的婚礼让我们大家都忙了一阵子。我都几乎没时间看我自己了。我看起来一定脸色很差吧。”

“你看起来很漂亮，像以往一样。”阿琳说。

妈妈脸上的表情柔和了些，不过，她的话语里还是带着点些许的抱怨：“你本来应该选择婚姻的，你如果回家，也可以像和琦一样，轻易地获得这一切。只要你愿意，可能还会更多。”

阿琳对妈妈的这些话没有思想准备，但她还是以让她自己都有些吃惊的肯定语气说：“在姐妹之家，我得到了我希望得到的一切。”

她妈妈沉默了一会儿。她眼角的皱纹似乎变深了，但她的脸色随即又变得平静和心不在焉。“妈妈，我希望你能明白，我在永吉感到很幸福。”阿琳说，渴望着妈妈的理解。

“在工厂做工？”

“对我而言，足够了。”

“你在我们的环境下长大，绝不应该仅仅是做个工厂女工！你爸爸早就计划把你嫁入一个受人尊敬的家庭！”

“我爸爸已经死了，就是因为我做工厂女工，我们全家才活了下来。”

王太太转过身来，看着阿琳。阿琳看到她的眼睛里有一点点愤怒，但她不动声色地说：“你能抽时间回来参加你弟弟的婚礼，他一定感到很荣幸。”

“妈妈，你就不能试着理解理解我吗？”

“我非常理解。”

然后，王太太又走向窗户，看着外面的阳光。

阿琳离开了妈妈的房间，但是那馥郁的芳香一直伴着她走过长长的走廊。有一次她转过身，没有看到人影，只有她自己踩在地毯上却留不下脚印的脚步。再隔着几个门的房间里，佩佩在等她。当阿琳走到自己房间门口时，微笑了一下，感到周身都轻松了下来。仿佛肩头上的一块沉重的负担终于卸下了。

尽管天已经黑了，热带的闷热之气依旧笼罩在这所古老的大房子四周。花园里的玫瑰花香，随着门开门关，在房间里忽聚忽散。因为有房子的屋顶和它宽大的台阶承受着白日里太阳的暴晒，所以房子里面还是很凉爽很黑暗。阿琳没有忘记这些房间里曾经阴冷的感觉和它们发霉的味道；这种感觉几乎和承受酷暑本身一样难受。

那天晚上阿琳的妈妈出现在晚餐桌上。佩佩就坐在她的孩子们中间，她却一眼也没看她，仿佛她根本就不存在似的。佩佩坐在阿琳和她小弟弟和永之间，一直沉默着，偶尔偷偷瞟一眼王太太。隔一会儿，她就要在座位上动一动，换一下姿势。穆妈兴奋地在桌子边走着，往桌子上端着鸡肉、长豆等菜肴，用景泰蓝盘子装着的菜一道道上来，再一道道换下，以防止蚝油和李子酱串味。银质的勺子和筷子都放在每人面前的盘子边上，放在一个瓷器小托架上。阿琳慢慢地优雅地吃着，给佩佩一些提示，佩佩心领神会地紧盯着阿琳的一举一动。

谈话很快就集中到还有两天就要举行的婚礼上。阿琳经常发表自己的看法，把自己融入到家庭的讨论之中，不让妈妈把她置身事外。

“我用不用去看看酒店的东西是不是都准备好了？”阿琳问。

“已经派人去了。”王太太说。

“有没有什么需要我去做的？”阿琳坚持着问。

她妈妈沉默了一会儿，然后说：“我相信穆妈会需要你帮忙的。”

接着，王太太仿佛是用眼角发现了什么不对头的事情，忽然将注意力转向她的小儿子和永，和永当时正小声跟佩佩说话。

“和永，婚礼那天的烤乳猪，你安排好了吗？”王太太隔着桌子打断了他们。

和永看着妈妈，冷静地回答：“他们保证会把它按时送到饭店。”

王太太盯着他看了一会儿，然后转过头问和琦是否订了李子酒。阿琳转向佩佩微笑着，用胳膊肘碰了碰佩佩的胳膊以示安慰。

婚礼那天早晨，阿琳的妈妈跟和琦一大早就离开家，去了附近的一个寺庙祭祀祖先。房子里一派繁忙景象，大家都在做着准备。穆妈忙着打扫房间和准备待客的茶水。过不了多久，院子里就会挤满前来参加婚礼的家人和外国客人，过来给王弘辉的大儿子捧场。王太太关照并邀请了她丈夫生前的所有同事。通过他们的捧场及和琦与富家的联姻，王家会重新得到曾有的荣誉与尊严。

仪式将在家里举行，随后是宴会。宴会安排永利饭店，是广州最好的饭店之一。王太太倾其所有要将这一天变成值得纪念的一天，利用信用及她的名声去得到她想要的一切。仅用了几个小时，院子里就已经大不一样了。三十张长桌子都被蒙上了红色桌布，带有金色双喜字的红灯笼被拿出来，挂在了高处。每张桌子上，都放着一只盘子，里面放满了干枣、冬瓜片，还有两种莲子，象征着新婚夫妇会尽早开枝散叶。在院子一边，呈给先人的供桌上，摆着橘子、甜瓜及香蕉。

然后，在午后的骄阳中，家人及来宾们等在院子里，远处传来了婚礼进行曲的旋律。王太太转向穿着蓝色丝绸大褂的和琦；和琦停下脚步，把头转向一边，当他听到越来越近的婚礼鼓号声时，深吸了一口气。音乐声开始还隐隐约约，快到院子时，已经乐声大作，震耳欲聋了。客人的谈笑声立刻停止了，大家都屏声静气地等待着。

音乐声渐行渐近后，穆妈赶紧跑下去开大铁门。空气里香味缭绕，人们在闷热潮湿的气候里等待着。佩佩和阿琳一起站在后边，向远处的大路看着，王太太一直保持着冷静与微笑，她的眼睛注视着开着的大门，和琦紧张地站在她的旁边。一小溜汗水顺着他的脸边慢慢滑着。

然后，新娘的车队终于进入了视野。首先到达的是几顶轿子，抬着新娘的嫁妆。接着是红色的抬新娘的轿子，轿子抬得很高，像是在空中浮荡着。新娘坐在轿子里，轿门和窗户都被密封着。新娘的轿后，是一些鼓乐手，他们用响亮的鼓声和钹声宣告新娘的到来。

佩佩的心脏跳得快了起来。轿子进了大门后，每个人都开始往后退，好把中间的位置留给新娘。佩佩慢慢地移动着，离开了阿琳，穿过人群，希望能找到个好点的位置，把新娘看清楚些，但是那个大轿厢子还是紧紧地关着。鼓乐手们集合起来，根据习俗，还要演奏三首曲子，才能打开新娘的轿门。

当音乐终于结束的时候，人群里一片寂静。佩佩一动不动地站着。一个陪伴新娘的女人朝着轿子拍了三下，然后开始揭下黏在轿门上的封条。当轿门终于打开后，人群里传出一声惊呼。佩佩安静地站着，被这种传统的壮观景象吸引着。新娘好像在犹豫着，佩佩想，她可能是宁愿待在那个小木头轿子里，也不愿面对这么多陌生的面孔吧。她慢慢地出来了，穿着一件红色的新娘礼服，礼服上绣着一只凤凰，大大的，几乎和礼服的长度相同。因为头上戴着沉重的镶珠佩玉的头盖和面纱，她什么也看不到。在侍女的搀扶下，新娘走出了轿子，重重地倚在她们身上保持着平衡。新娘看不见东西，也不允许说话，她只能被人领着穿过目瞪口呆的人群，向她的新丈夫和他的家庭走去。

结婚仪式开始了，由婚庆司仪主持。新娘在别人的带领下，不停地下跪磕头，开始是给新丈夫家的每个人，然后是给来宾。和琦站在她身边，以她丈夫的身份，也向他的家人表示敬意。然后，小夫妻进到房里，给双方老人奉茶，并接受老人给他们的珠宝及红包，帮助他们开始新的生活。仪式后，夫妻俩被送到他们的房间，这是他们第一次见面。佩佩的好奇心只能等到晚上，新娘揭去盖头来参加宴会的时候了。

外面，庆祝活动还在继续，锣鼓喧天，爆竹声声。一股股白色的浓烟弥漫在院子里。佩佩穿过人群，寻找着阿琳，她的眼睛被浓烟熏得难以睁开。她觉得那些外国人说的话很有趣，但她听不懂，也不敢太靠近看那些女人的服装，更不敢看那些男人长满了毛发的脸。忽然，她觉得有人抓住了她的胳膊，把她拉到后面。回头望去，是和永。

“希望你玩得愉快。”他说，他的手抓着她的胳膊肘。

“是的，谢谢你。”佩佩答道，“我从没见过这么美好的事情。”

当和永抬起头微笑着的时候，佩佩发现他跟阿琳惊人地相似。一样黑亮的眼睛，一样挺拔俊朗的身材。佩佩尽量不被察觉地研究着他的脸。他脸上的线条比阿琳的更清晰，也更有质感，不过阿琳脸上光洁的皮肤几乎没有一点瑕疵，而和永的脸上则能看出一点点黑色胡须的轮廓。

“这是你第一次来广州吗？”他问。

佩佩有点吃惊：和永发现她在看着他，他的眼睛还在注视着她的眼睛。“是的。”她回答说，眼睛看向地面。

“从一个小乡村来到这里，一定觉得这里很吵很拥挤吧。”

“是的，是这样。”她说。她想告诉他所有的事情都特别有趣，但她舌头发紧，说不出来。

“我妈妈喜欢这种大型宴会。”和永继续说，提高了嗓音。

佩佩微笑着。“我从没见过这么隆重热闹的场面。”

和永没再说什么。从人群里传出的吵闹声更大了。他对从身边走过的人打着招呼。烟雾终于消散了一些，人们开始吃些水果或糖果。和永微笑着，轻轻地拉着佩佩的胳膊，把她安全地交给阿琳。

在永利饭店举行的是佩佩见过的最盛大最奢华的宴会。整个大厅里摆满了桌子。每张桌子上都有号码牌，指引来宾们找到他们自己的桌子就坐，桌子上还摆放着法国香槟和中国李子酒。

王太太找到了最好的方式来表示她对佩佩到来的不满。当阿琳和她的家人坐在主桌时，佩佩被安排在靠近后边的一桌，桌上全是外国人。王太太知道阿琳没有时间来重新调整。尽管佩佩觉得自己的白衬衫和黑裤子很寒酸，但她还是被眼前的所闻所见吸引着。那些白人女人都穿着色彩鲜艳的、用丝绸或蕾丝做的漂亮又考究的衣服，她们的脸上抹着亮丽的色彩，嘴上擦着鲜艳的口红。男人们都穿着做工精良的深色西装，戴着高高的礼帽。他们低声交谈着，长长的雪茄被紧咬在黄色的牙齿之间。雪茄的味道几乎让人难以忍受，他们的雪茄一直在嘴上叼着，除非要喝带泡的香槟酒时，他们才把它拿下来。他们似乎注意到了佩佩的孤单与落寞，所以对她很友好，不过佩佩几乎根本听不懂他们在说什么。

“你叫什么名字？”一个浓妆艳抹的女人结结巴巴地用汉语问。

“佩佩。”在终于明白了白人女人的问话后，她说。

“真可爱啊！”那个女人喊道，告诉桌上的其他人，“她的名字叫佩佩，多可爱啊！”

佩佩只是笑着，在椅子上扭动着身体。

有一个男人几乎没说话。他喝了很多酒，直直地看着她，看了很长时间，让人很尴尬。尽管来到广州后，她见过几次白人，也似乎已经习惯了他们的坏习惯，但是她还是觉得芒刺在背，很不舒服。好像从她来到桌上后，他们的眼睛就一直没离开过她。

大方得体地跟每个客人打过招呼后，王太太坐在主桌开心地微笑着。当王太太迎接着她丈夫生前的同事时，佩佩曾和阿琳站在一起看着，现在通过和琦，这些同事跟她重新又有了联系，和琦已在政府谋到了一个职位。佩佩看着王太太的脸色从不动声色到神采奕奕。在那一刻，那些艰难的岁月、那些抱病疗伤的日子，似乎都被王太太遗忘了。

新娘出现时，交谈声、觥筹交错声停了下来。佩佩完全忘记了周围的外国人，只想好好看一看不戴面纱与头盖的新娘。新娘缓慢地走着，头微微地低着，所以佩佩还是没法看清她的脸。新娘朝前走着，去和新婚丈夫一起给来宾们敬酒。新夫人小鸟依人般地站在和琦身边，和琦显得很开心。

很快，新人开始轮番给各桌敬酒。当他们终于来到佩佩那一桌时，桌上的客人们正在吃最后几道菜，咸味鸡和蒸鱼。当佩佩和其他客人站起来给新人敬酒时，她总算可以近距离地看看新娘了。她的小眼睛很黑很亮，但呆滞无光，她的皮肤像瓷器般苍白光滑。新娘子举起手中的茶杯，茶杯在她手中好像重如千斤，让她不堪重负。

“谢谢，谢谢大家赏光。”和琦举起手中的玻璃杯，说道。

新娘子轻轻地笑着，但目光迷离，像是正沉迷于一些遥远的秘密。佩佩就在那一瞬间捕捉到了那女孩的眼睛。她的眼中似乎灵光一闪，但和琦突然的放声大笑把她拉回到现实中来，她跟着和琦快速转身离去。

宴会结束后，佩佩跟穆妈一起回到王家。王太太把阿琳留在饭店，和家人一起，送走离去的客人。佩佩觉得与其自己一个人站在一旁等着，还不如跟穆妈一起先回去，这样大家都会舒服些。

独自一人待在阿琳的房间里，她感到自己难以呼吸。经过一整天的喧闹后，这个静悄悄的房间仿佛张开双臂欢迎着她，她重重地倒在床上，闭上了眼睛。她一动不动地躺着，这几天的经历像走马灯似的在她的脑海里浮现。她和阿琳登上客船，到达这里几天，却仿佛已经是很久以前的事了。她倒不是真的想念永吉或者丝绸厂，但那里尘土飞扬的街道和机器的轰鸣却让她感到很真实。在广州，佩佩觉得自己是误入了一个不属于自己的世界，而这个世界不会因为她的离去而对她有一丝的怀念。她知道，对阿琳而言却完全不同，她生长在这样的环境中，她还依然可以拥有这种富足的生活，她还可以成为这个由富豪官宦及白人组成的这个世界的一分子。佩佩睁开眼，看到了屋子里一个布娃娃夸张的笑脸。这个布娃娃让她想起那天晚上王太太在宴会上的情景，坐在主桌上的王太太，居高临下、春风得意地注视着络绎不绝的人群，形形色色的面孔。

阿琳终于回来了，进到房间后，她放下了盘着的头发，瞬间，长长的头发像蛇一样地匍匐在她的后背。她左右两边地甩着头，让头发松散成一个相互缠结的网，然后再把它们梳顺。每一次阿琳梳头发，佩佩都会出神地看着，每一次都是种享受。

“宴会上让你自己一个人待着，真是对不起。”这是阿琳走向佩佩时说的第一句话。

“没什么，我挺好的。”

“她没权利那样做。”阿琳说，她的声音很低沉凝重。

佩佩看向阿琳的眼睛。“你怎么能责备她呢？你本来可以轻易回头，嫁入一个富有的好家庭，给她和你们家争光。我的出现只会让她想起你对她的背叛。”

阿琳低头看着佩佩，什么也没说。然后她挨着佩佩坐下，轻柔地给她除去头上的发卡。像每天晚上一样，她慢慢梳着佩佩的头发，从上到下，又从里到外。当鬃毛刷子碰到佩佩的脖子，有点发痒时，佩佩稍稍向后地仰着头。然后出乎意料地，她感到阿琳温暖的手指从后面抚摸着她的脸颊。

“怎么了？”佩佩问。

开始，阿琳什么也没说，只是把刷子放到了桌上。然后，她看着佩佩，终于说：“我恨我妈妈这么对你。”

“没关系的，我挺好的。”

“她的一生中，总是想占有一切。我爸爸给了她最好的一切，但她却贪得无厌。当我告诉她我不会回家嫁人时，我愚蠢地以为她会理解，但她变得那么自私，那么不可理喻，只是想用我的婚姻来换取她过去的那种生活。”

“我真的没事。”佩佩再次说。她从没见过阿琳如此烦恼难过。

“她住在这个像博物馆一样的房子里，她希望一切都能延续下去。”

“你可能太累了。”

阿琳停顿了一会儿，然后问她：“我们明天回去可以吗？我再也不想待下去了。”

“你什么时候想走都行。”佩佩说，非常高兴她们能在这里少待一天，可以早点回到永吉那简单的生活里。

“吃完早饭就走。”阿琳坚定地说。

她们俩坐在那里，尴尬地沉默着。然后，阿琳慢慢地抬起手来，抚摸着佩佩的头发，佩佩想再问“怎么了？”，但阿琳的抚摸让她有一种难以名状的美好感觉，所以她一言未发。在她的生命中，阿琳一直是唯一无条件爱她的人，不像她父母那样需要她这样那样，也不像姐姐丽丽那样带有惶恐。佩佩转过身来，看到阿琳的眼里已满是泪水。她靠近阿琳，张开双臂拥抱着她，感到她以前从未体会过的一种感觉，开始是一点点恐惧，然后是越来越强烈的渴望。

佩佩醒过来时，看到了睡在她身边的阿琳。透过薄薄的蚊帐，睡眼惺忪地看了好一会儿，她才意识到她是在哪里。房子里寂静无声。接着，慢慢地、欣喜地，她回忆起和阿琳在一起的情景。昨晚，佩佩第一次感到她的身体苏醒了复活了。几个月来，她以为她的身体出现了什么问题，体内有一种奇怪的神秘的感觉，她不敢说，尤其不敢跟阿琳说。她怕太尴尬。在一开始，她是那么单纯简单地爱着阿琳，从没梦想过会得到爱的回报。在这个柔软洁白的床上，她感到很安全很舒服。她小心地转过身，看着熟睡中的阿琳，她的呼吸很轻，佩佩要用心听才能听得到。

佩佩又闭上眼，希望能再睡一会儿。但是她所有的感官都清醒着，使她无法再从梦里体会那份愉悦。她慢慢地把身体移到床边，小心翼翼地不去惊动阿琳。当她赤裸的双脚踏上松软的地毯时，才慢慢站起身，然后迅速看了一下阿琳，确保她没有受到惊扰。天已经一点点变热，不过四周依然很安静，早晨的阳光洒向布置得满满当当的房间，佩佩轻轻走到窗口，向外面看去。她低头看着院子和昨天婚礼庆典后留下的一地狼藉。已经褪色的红纸片像一层薄毯一样覆盖着地面，那是昨天成百上千个爆竹燃放后的痕迹。大红的灯笼和横幅依旧挂在没有一丝风的院子里，昨天的隆重热闹不再，现在的院子里是一片沉静的空落。

佩佩叹了口气，把额头轻轻地抵在凉爽的玻璃上。她的思绪转到和琦和他的新娘身上。婚礼仪式后，他们就离开了众人，回到他们自己的房间，那里也是和琦童年的房间。一道上了锁的大门将它与房子里的其他房间隔开，他们将在那里度过他们的新婚之夜。她想着那个有点恐慌、有点腼腆而拘谨的新娘。在那个房间里，独自面对一个陌生的、现在却成了她丈夫的男人，她会怎么想？佩佩想象不出那个新娘能不能像她听说的很多人那样，想一点花招或用花言巧语不让和琦接近她。不过，情况也许会不一样。隋英爱老陈，所以只要能跟老陈在一起，她就什么都可以不要。也许这个新娘在了解了和琦后，也会是同样的感觉吧。尽管与阿琳，甚至与和永相比，和琦在外貌上缺少了一种与生俱来的优势，但他毕竟是个好人。

下面的花园里传出一阵轻微的响动，把佩佩的注意力重新带回到窗户。她再次向下看去。这一次她看到有一个人坐在墙边很远的一个角落里。开始她以为是穆妈在做清洁，但再次仔细地看过后，她发现竟是王太太。阿琳的妈妈身上裹着一件黑色的浴袍，倚着墙缩成一团地坐着，她面色苍白，极力地压抑着自己的哭声。佩佩惊呆了一样地站在那里，看着，没想到王太太会流泪痛哭。她想不到像她这样的女人也会哭。佩佩知道这是个人隐私，她无权站在那里窥视这一切，但眼前的一幕使她挪不动脚步。她看了一眼依然在梦乡中，无法给她帮助的阿琳，又把目光转向窗口和抽泣着的王太太。她马上发现了形势的变化，但已经太迟了。王太太正抬起头朝上看着她，没有去隐藏自己已哭得红肿的眼睛和满面的泪痕。她的眼中充满了仇恨，佩佩仿佛被人击了一掌，吓得赶紧向后退去。她退出王太太的视线以外，心扑通扑通跳得厉害，再也不敢回到窗前了。

佩佩没有跟阿琳提早上的事情。她觉得那只会更让她难受。当她们来到餐桌吃早饭时，王太太显得很平静，一点也看不出早晨哭过的迹象。她精心画过妆的脸不动声色地微笑着，使佩佩怀疑早上在花园里的事情是否真的发生过。饭后，王太太就离开他们，回到了自己的房间，就连阿琳去告诉她，她们要走的消息，她也没再露面。

直到东西都装好，要走的时候，佩佩才再次看到和琦和他的新娘子。既然结婚庆典已经结束了，空气中和整个房子里都是一种踏实宁静的气氛。穆妈紧张地忙碌着，眼睛里泪光闪闪，声音里充满了关切。

"您得抓紧时间了，小姐，别误了回去的船。我给你们拿了点东西，留着您和佩佩在路上吃。"她对阿琳说。

阿琳微笑着，紧紧地拥抱着她的老用人。

一台轿子在门口等着她们。和琦和他的新娘子腼腆地走了过来，脸上洋溢着幸福的笑容。佩佩发现新娘子眼中有一种以前没有的光彩，她似乎能理解她的幸福。好像是那一晚获得的新知识，使她们两个人都有勇气战胜了心里的恐惧。

“你们能来，我们感到很荣幸，”和琦对她俩说，“希望你们旅途顺利，安全回到永吉。”

和琦完全承担起了一家之主的职责，他的弟弟站在一边看着。但当她们离开时，是和永赶紧上前几步，自然地拥抱了阿琳，然后轻轻地握了握佩佩的手，帮着她们俩进到轿子里。

当轿子快速地赶往码头时，佩佩向后靠着身体，闭上了眼睛。难以相信，再过几个小时，她们就会回到永吉了。这个城市像梦一样消失了。她感觉，从她第一次乘坐的轿子，到极度张扬的婚礼仪式，广州以其蔚为壮观的姿态把一切呈现在她面前。什么都没有遗失，王太太那冷酷的仇恨没有，与阿琳在一起的那份温暖惬意也没有。所有的一切像突如其来的风暴一样在佩佩面前展开。它如此来去匆匆，佩佩都没有时间喘口气。所有这一切都是真的发生过吗？

佩佩睁开眼，看到阿琳正默默地看向窗外。即使在这种酷热及喧嚣的情况下，阿琳看起来依旧平静可爱。昨天晚上对她妈妈的不满，从她脸上看不出一点痕迹。以前佩佩没有注意过的线条从她的嘴角向下到下巴形成了一条完美的曲线。佩佩像是第一次看见她似的注视着她。在这个狭小的拥挤空间里，她们俩谁都没动一下，也没说一句话。

第11章

1932 / 佩佩

尽管没人敢说一个字，佩佩还是感到丝绸厂发生了很大的变化。由于运进来的蚕茧质量太差，过去的一年情况变得更糟。蚕茧不得不在热水里浸泡更长的时间，可是在市场上却卖不出好价钱。厂主钟老板坚持让大家延长工作时间来弥补损失，却不给大家付额外的工资。新来的在金属槽前工作的姑娘们看起来更小，更承受不了这种超负荷的劳动。像佩佩看到的很多年长的姐姐一样，她们的手慢慢地就会变得苍老，会不断地被关节痛折磨着。每天天还没亮，姑娘们就已经来到了蒸汽弥漫阴暗潮湿的环境里工作。她们每天十四个小时的工作制度使她们不能离开大楼一步，一直到过了晚饭时间，她们才被允许离开。她们能见到的唯一一点阳光是从关得密密实实的肮脏的天窗透进来的。她们曾经认为的自由现在变质成钟老板的奴隶。钟老板知道姑娘们害怕失去工作，不敢抗议不公平的工作时间，所以她们只能忍气吞声地继续老老实实地干活。

“你们还能找到什么工作？”钟老板对她们说，他粗粗短短的手指在他的秃头前挥舞着。“谁要你们啊？你们来的地方还有很多人要来呢！”

陈玲和阿琳无法改变这种工作现状。她们只能尽最大的努力缓解这种日复一日的紧张状态，给她们送茶水，私下里安抚她们，但制度是钟老板定的，执行是由那些男经理们来执行。这些男人手里拿着棍子，在过道里走来走去。佩佩痛恨他们聚在一起，看着姑娘们工作时发出的嘲讽的笑，和他们高高在上肆无忌惮地注视着姑娘的眼神。如果生产上出了一点差错，那些经理就会大发牢骚，可是生产好的时候，钟老板接到月报后，也从未对陈玲及阿琳提出过表扬。

“咱们能做些什么？”佩佩问。

阿琳耸耸肩，无助地摇着头。“很快就会有答案了，不管结果是咱们喜欢的还是不喜欢的。”

渐渐地，由于过度疲劳及通风不畅，很多姑娘都病倒了。每天晚上，姑娘们湿漉漉地从热腾腾的蒸汽环境中出来，离开工厂，不可避免地要承受着寒冷夜风的侵袭。要改善这种恶劣的形势，只能是大家团结起来、鼓起勇气，与钟老板抗争。

当一个在另一幢楼里工作的女孩在工作中突然死亡的时候，阿琳的预言实现了。这个姑娘由于胆怯，在发着高烧、咳嗽得很厉害的情况下，依然在坚持工作。一天早晨，她终于昏倒在水槽前，再也没有醒过来。她的死讯迅速在厂子里传播开，促使姑娘们鼓起勇气，在另一个生命消失前，赶紧采取行动。

那天晚上，陈玲秘密通知厂里的工人骨干在姐妹之家开会。佩佩看着她们在阅览室集合。她们大多数都因为一整天长时间的工作而疲惫不堪。她们刚来时都很犹豫，怕被人发现后被钟老板开除，但她们很快就改变了态度，认识到了必须行动的急迫性。佩佩知道她们是希望目前的状况能有一些改变，让大家可以接受，哪怕是为此不得不与老板抗争。

阿琳站在陈玲身边，同样希望能找到减少工时的方法。人群中，有一些是佩佩熟悉的面孔，还有一些来自另外一栋大楼里，她不认识。一个个地，大家把心里的不满都发泄出来了。

“缩短工时！”她们说。

“改善通风！”

“延长休息时间！”

这些要求很有感染力，大家开始争先恐后地发言，此起彼伏的声音汇成了歌一样的旋律，陈玲和阿琳把它们全都写了下来。等到最后一个声音落地，四周突然静下来的时候，她们记录下来的要求已经写满了两页纸。会议最终结束的时候，女人们紧张地站在一起，然后开始分头离开，她们承诺要把丝绸厂的每一个员工都秘密地吸收进来。

“我们与钟老板抗争的唯一获胜方法，”陈玲说，“就是我们大家要团结起来，让工厂停工！”

还留在阅览室的女人们都注视着陈玲，寄希望于陈玲，然后她们静悄悄地离开了这里。

当陈玲单独与佩佩和阿琳在一起的时候，她放松下来，在地上踱着步。房间的另一侧，阿明在安静地归置着桌椅，收拾着茶杯。

“在采取进一步行动前，咱们是不是应该先跟钟老板谈一谈？”陈玲问。佩佩第一次听出陈玲的声音里有一些举棋不定。

“会有什么区别？”阿琳说，“他就会给咱们一些空头承诺。”

佩佩看到陈玲喝了口茶。她闭起眼睛思考的样子，如此熟悉。它突然让佩佩回忆起她的童年时代，很久以前改变了她命运的那位盲人算命先生。

然后陈玲抬起头来，字斟句酌地说：“那咱们只能在钟老板得到任何风声前赶快行动，没有别的选择。如果钟老板察觉到风吹草动，那咱们的麻烦就不单单是延时工作和恶劣的工作环境了！”

“这是一个机会，咱们必须抓住。”佩佩热情地说，“咱们已经有一个人因为害怕钟老板而为他丧了命。咱们有责任确定这样的事情不会再次发生！”

陈玲看着佩佩，仔细地研究着她的脸：“你真是长大了呀。”大姑娘说。

“佩佩说得对，”阿琳说，“如果想要有什么改变，就只能是现在，不管后果是什么。”

“对。”阿明热情地附和说。这是一整晚她说的第一句话。

“那就这样定了，”陈玲说，“咱们让工厂停工，直到他答应咱们的要求，不管后果是什么。”

“越快越好。”佩佩说。

陈玲对着佩佩和阿琳微笑着，重新焕发了激情。“那么，咱们就准备战斗吧！”

“准备战斗！”她们齐声重复着。

从眼角的余光，佩佩看到满面笑容的阿明在房间里轻轻地移动着。阿明把一把椅子放回原位，又向窗台走去。她把手伸向夜空，拉过窗户，轻轻地关上了窗，这扇窗保护着她们远离了外面的世界。

～ 罢工 ～

外面依然漆黑一片，但在过去的一年里，她们学会了在从宿舍到工厂的往返途中，靠空气中隐隐的香味来辨别是早晨还是晚上。当她们围着桌子坐着，仔细讨论罢工计划时，隋英有一点点退缩。她坐在那里听着陈玲的演讲，尽管她完全同意她们所说的一切，但她还是对她们要做的事情有一点犹豫。陈玲滔滔不绝地讲着，只在孔妈进来给她们送每天早晨都吃的茶和甜面点的时候，才停顿一会。

孔妈和隋英一同工作，但分别负责两栋不同的大楼。能不能把各个楼里的女工们尽快地悄悄地集合起来，就看她们俩了。孔妈已经欣然地接受了任务，隋英还有点犹豫。

“咱们如果丢了工作怎么办？”她不好意思地问。

“如果咱们大家同时拒绝工作，钟老板就无计可施，无所依赖。”陈玲说，“仅仅培训新员工所需要花费的时间就可以让他损失很多，他会宁愿让咱们继续工作。”

佩佩看着隋英，肯定地微笑着。在其他人已经群情激奋的时候，隋英还是感到心里很空虚。她只是想，现在离她和老陈团聚的时间越来越近，如果她丢了工作，那会怎样。

“如果出了差错怎么办？”隋英继续问。

“这取决于咱们大家，咱们要保证不出差错。”陈玲说，“因此咱们大家都要绑在一起来共同战斗，这一点非常重要。”

陈玲的目光变得温和起来。

隋英低下头，想起老陈经常提起的那个小农场。“那里会有三个房间，”她丈夫经常说，“够咱们所有儿子住的。”

隋英对这一想法笑了起来。

“你要加入吗？”陈玲问。

隋英抬起头，看着她最亲近的朋友们热切的目光。“对，我加入。”她答道。

那天早晨，当她们离开姐妹之家时，她们达成了强烈的共识，这给了她们面对长时间艰苦工作的勇气和力量。她们都保证，每个人都负责尽可能多的区域，小心谨慎地把那天晚上在姐妹之家召开的会议内容传播出去。佩佩有目标地在工厂里走着，但到了中午，她所通知的人大都只是敷衍地点头，没有满心期待的热情，这使她感觉很沮丧。

时间懒洋洋地移动着，走得很慢。佩佩一边想着心事，一边继续飞快地缫丝。如果线头断了或乱了，她的手指会下意识地迅速拿起另一根蚕丝，驾轻就熟地接上。有些人不能那么快地适应这个工作。站在佩佩对面的女孩的年龄和佩佩刚到永吉时的年龄差不多。但她的手臂上已经有了好几块烫伤，这些烫伤会在手臂上留下很长时间的疤痕。那些女孩适应不了丝绸厂的工作，每天都度日如年，还要时不时地承受一些身体上的小伤害，佩佩很同情她们。还有一些女孩，情况更糟。她们接受过很多次培训，但就是胜任不了工作，没有办法，只能让她们回家。她们或者被迫嫁人，然后被当用人使唤而不是被当做妻子样地对待；或者被家人抛弃，不得不以她们自己的方式形单影只地活着，直到终老。从佩佩来到这里，她见过两个完全不合格的人，她们都被送回了老家，从此杳无音讯。

夜晚下班的铃声终于响了，她们总算从闷罐子一样的环境下解放出来。佩佩和阿琳赶紧朝姐妹之家走去。这天晚上，上百个女人，不论老少，都会聚集在院子里。已经有超过一半的人到了，但她们希望会有更多的人过来。

陈玲和阿琳跟她们讲着话，召集大家集中起来，鼓动大家为争取减少工时而呐喊。和以往一样，陈玲还是最佳的演讲者，就像她在女工之家时给大家讲解宗教时一样慷慨激昂地充满了热情。佩佩看着她，被她的激情感染着。陈玲握着拳头，胖胖的身体在人群中慢慢走着，吸引着大家的注意力。

“我们要的是什么？”陈玲喊道，“被像最低级的动物一样地对待吗？”

“不是！”人群喊道。

“我们要的是什么？为了钟老板的贪婪像奴隶一样地工作吗？”

“不是！”

“我们要的是什么？”陈玲的声音响彻在夜空中。

然后，从佩佩和隋英身后，发出了一些缓慢的有节奏的叫喊：“我们要缩短工时！我们要缩短工时！我们要缩短工时！”

像熊熊烈火瞬间燃烧起来，在场的每一个人都喊出了她们的最强音，夜空里回荡着她们雷鸣般的声音。

陈玲和阿琳站在后面，欣喜若狂地看着。开始，她们举起手臂，试图让大家安静下来，免得被人发现，但没用。她们的声音被淹没在有节奏的喊叫中，随后她们自己也加入进去了。陈玲和阿琳转向对方，第一次发现人多力量大的道理。

因为有越来越多的人加入进来，陈玲担心罢工的事情会传到钟老板那里。这么多人在姐妹之家集合太危险了，所以她们选择了几个人作为代表。这些代表会把罢工的时间等相关事宜转达给其他人。如果想获胜，时间是至关重要的。她们没有花费太多时间，大家很快就做出了决定：罢工定在第二天，中午休息的铃声后。如果需要，她们会用一晚上的时间，把决定通知到每一个人。

陈玲和很多代表都通宵未睡地迎来了第二天的黎明。一种潜在的恐惧和焦虑包围着她们，不过表面上一切都像往常一样按部就班。她们照样熟练快速地工作着，那些走来走去的男经理们看不出有什么异常。有时佩佩想，钟老板和他的人是不是已经知道了消息，故意不动声色，就等着她们行动，好把她们打败。

午间，第一遍铃声按时响了起来。长长的尖锐的铃声使佩佩浑身发麻，从后背一直麻到脖子后。有一会儿，所有的姑娘们好像都忘了应该干什么。她们站在那里面面相觑，挪不动脚步。那几个男经理们用手中的棍子敲着金属槽，揶揄着她们："怎么啦？没听到铃声吗？还是你们宁肯干活也不吃饭？"

没等他们再说别的，女工们就在陈玲和阿琳的带领下，慢慢地向他们靠近，将他们团团围住。佩佩挥着手招呼大家跟上。大家一个一个地跟着。她们拥出大楼，来到了院子里。每一个丝绸女工都在拥挤中找到了出路，集合在院子里，把所有的恐惧与怀疑都甩在了脑后。几分钟内，大楼里的人就走空了。空线轴的快速旋转声在空洞的墙壁间回响。

被钟老板指定负责生产的男经理们眼睁睁地看着空空如也的大楼，一筹莫展。他们只能跟着人流，挥着棍子，要求女工们回去工作。"现在赶紧回去，什么事都没有！钟老板不会知道这件事！"

但是他们的恳求被淹没在姑娘们一浪高过一浪的喊叫中，没有人听到他们说什么。姑娘们喊着："我们不回去工作！我们要缩短工时！"

男人们继续喊着，但直到他们的脸都气红了，也没人听他们的，他们只好放弃。一阵阵声浪压倒了他们。他们干脆站到一边，饶有兴味地看着姑娘们以胜利的姿态大喊大叫着。

陈玲举起手臂想控制局面，但是声浪还是停不下来。她们已经成功地使丝绸厂停产了。当第一丝胜利的喜悦在她们心中涌动的时候，佩佩看到经理们的头头老邢悄悄地对他们那一伙经理耳语了几句，其中一个经理随即匆匆离去，不用说肯定是去给钟老板报信去了。一丝担忧从佩佩身上掠过，但很快就被突然的响声取代了："我们要见钟老板！我们要见钟老板！"她立即跟着一起喊起来。

等到女人们的喊声终于平息下来，老邢又试图劝大家回去工作。"如果现在回去工作，还来得及，你们不会受到惩罚的！"他喊着。但她们只是嘲笑着他的枉费心机。

一辆长长的黑色汽车开过来的时候，人群闪开了一条道。它从大街上慢慢开到人群中。这是佩佩第一次近距离地看到汽车。她在广州看见过几辆，它们大大的金属车身就停在大街上，但在永吉，根本没几辆汽车。佩佩惊喜地看着汽车不用人推，而只需发动一下发动机就能走，那个发动机藏在亮闪闪的一个罩壳下面。汽车慢慢地但带有挑衅性地在人群中穿行着。停下后，黑色的车门打开，钟老板走了出来。

看到钟老板，人群重新聚集起动力，钟老板清了清喉咙，往地上吐了口痰。"你们这是什么意思啊？"他冲着大家喊道。

钟老板由几个带着枪的男人陪同着。那几个人笔直地、杀气腾腾地站在钟老板身后。佩佩感到阿琳在看到枪以后往她身边靠了靠，但是这种公开的威胁似乎没对人群产生什么影响。

陈玲往前走了一步，随着她挥舞的手臂，人群安静下来。面对钟老板的怒视和他全副武装的保镖，陈玲毫不畏惧地把写满了大家呼声的纸递给了钟老板。钟老板只是扫了一眼手里的纸，然后就死死地盯着陈玲。随后，他转向他面前的女人们，脸慢慢变成了猪肝色，继而爆发出一阵大笑。

陈玲不动声色地站着，好像在等着钟老板停止疯笑，回到他手里的事情上。女人们沉默着，钟老板的保镖们也沉默着，他们脸上的表情由如临大敌转为疑惑不解。

钟老板的笑声消失在静静的空中后，他转向陈玲，气愤地大声说：“你们以为你们是谁，我为你们做了我能做的一切，你们却如此闹事。”

陈玲看着他，也用同样气愤的口气，说：“你为我们做什么了？就我所知，是我们在为你做着一切！”

人群大声笑着，欢呼着，钟老板的眼睛眯缝起来，变得更加气愤。他对站在他身后的那些人挥了下手，他们拔出了枪，对着天空指着。然后钟老板点了下头，他们朝着天空开了枪。刺耳的枪声响彻空中，接着是一片沉寂。火药味在头上弥漫开时，有一些女人开始分散、撤离，但陈玲抬起手招呼大家留下来。

当钟老板看到这些丝绸女工没有轻易被枪声吓倒后，他脸上的笑容消失了。他好奇地看着她们，然后迎接着她们对他权力的挑战。现在是给她们一点教训的时候了。

“你们希望得到什么？”钟老板放低了声音，有策略地问道。

“都给你写在纸上了。”陈玲指着他手里的纸说。

钟老板扫了一眼那张纸，然后把它扔到地上。他的圆脸气得通红。一个女人怎么敢用如此轻蔑冷漠的口气跟他说话？钟老板火冒三丈。“你们以为你们是不可替代的吗？哼，你们不是。你们只是些失败者，是些刚刚丢掉了好运的母狗！你们这辈子不会再有这种运气了。”

“缩短工时！我们要求缩短工时！”陈玲没有理会钟老板刚才说的话，大声喊道。女工们齐声附和着。

“缩短工时！缩短工时！”

钟老板被彻底激怒了，他大声地对身边的男人们说着什么。当其中一人不愿意听从他的命令时，他拔出了他身上的枪，然后把他推到一边。钟老板对着天空开了一枪。刺耳的枪声再次响彻夜空，但和上次不同的是，这次女工们没有散开。她们继续站着，呼声更快更强烈。

“缩短工时！缩短工时！”

女人们的愤怒好像随着呼吸的加快而变得更明显了。由于人群不断地朝前推，喊声越来越狂热，佩佩在人群中被挤得站不住脚。阿琳拉着她的手被挤开了，阿琳一下子就被姐妹们推来搡去地挤没影了。佩佩想挤到一边去，但她的前后左右都是人，只能顺着疯狂的人潮往前涌着。佩佩隐隐约约地听到陈玲在大声喊着，让大家冷静下来。

就在这时，事情发生了。枪声再一次响起。人们不再拥挤，也不再喊叫，留下一阵让人难受的静默。强烈的火药味在空气中流动，佩佩使劲伸着脖子，想看看发生了什么事情。看起来没什么希望了，因为她被混乱的人流挤到了后面。她突然感到一阵恶心，随即知道一定是出事了。她的心因为害怕而剧烈地跳着。阿琳呢？她看不到阿琳。她使出全身的力气朝前挤着。

好不容易挤到了前面，佩佩没注意钟老板和他的几个人都眼神向下，沉默着。女人们让出了一小块空间，当佩佩终于扒拉开人群时，她看到有两个人半躺半坐在地上。“谁？”她害怕地喊着，但当她看到阿琳跪在地上，托着其中一个受伤的人时，她几乎要站不住了。

隋英躺在阿琳的胳膊里，已经奄奄一息，血从她的嘴角淌下来。阿琳抬起头，碰上了佩佩注视的目光，佩佩感到阿琳的目光里和她自己的一样，充满了无言的震惊。佩佩在隋英身边跪下，用手抚摸着她的脸，她的脸还温暖着，并没有死去。从隋英身上淌出的血，把她周围的地面染成了红色，佩佩跪在血泊里，她的裤子也被染红了。陈玲在帮着另一个受伤者站起来，她只是胳膊上受了点伤，好像是被射向隋英的同一颗子弹打伤的。

陈玲站起身来，转向人群。用充满了悲愤和坚定的声音，她再次喊道："缩短工时！缩短工时！"直到所有人的声音都加入进来。钟老板和他的几个随从沉默地站立着，女人们的声音越来越高，最后变成了震耳欲聋的怒吼。

钟老板拒绝承担隋英之死的责任。"他们只是一时失手，"他对官方说，"我的人只是为了保护我和他们自己。没人想要使用武力，但是她们简直不可理喻。"

在永吉，钟老板是有钱人也有一定的势力，隋英的死被判定为意外事故，钟老板和他的随从都没有受到任何正式指控。

但是随着隋英死亡的消息在永吉的传播，其他丝绸厂的女工们也开始仿效她们，进行了罢工。上千名女工团结在一起，共同反抗钟老板和其他厂主，大多数的丝绸厂都停产了。

陈玲和阿琳既有力又策略地领导着大家，免得被钟老板压制。他曾威胁说在他考虑她们的要求之前，她们就会被饿死，没人理他。陈玲从书报上读到过一些北方人罢工失败的故事，所以为了做好长期战斗的准备，她组织了委员会，号召大家在每栋楼里都储存了很多大米。如果其他的都失败了，至少隋英的死会时时提醒她们，她们曾经付出了怎样惨痛的代价；她们并不在乎餐桌上的食品少一些。

隋英的遗体停放了好多天也没有安葬，她被放在寺庙里，她的灵魂四处游荡着寻找安息之地。孔妈当即给隋英的丈夫老陈写了封信，寄给他在香港工作的地方。那天晚上她们都在观音前祈祷，希望他能早点来料理隋英的后事。

隋英的死还是那么不真实。姐妹之家的周围还依然有她生前未完成的一件件事情。桌子上放着她给丈夫老陈写了一半的信，阅览室里是她刚刚开始画的画。这些事情始终也没有了断，似乎很不公平。佩佩很想念隋英，但她也确切地知道，她的感觉已经和美丽死的时候不一样了。对隋英的思念，是一种更甜蜜、更温柔的思念，就像是一首渐行渐远的歌。

每天，佩佩都心急火燎地等着老陈的到来。有几个晚上她会梦见隋英从那个木头箱子里坐起来，回到姐妹之家。她经常会在一大早来到花园，花园里混合的花香使早晨的空气有些不同；在那里她能更强烈地感到隋英的存在。佩佩在那里陪着她一起坐着等着，希望能以某种方式不让她觉得孤单，直到她能入土为安。

老陈是三天后到达姐妹之家的。他个头不高，挺瘦但挺结实，比佩佩想象的矮了一些。他穿着一件做苦力的人常穿的那种中性的白汗衫。虽然他手指粗糙，手上也布满老茧，但当他与佩佩握手时，佩佩感到他的手很柔软。这些年来，佩佩听到过太多关于老陈的事情，所以尽管初次见他，尽管他的形象与她想象的有些出入，但还是有点一见如故的感觉。佩佩记得隋英说过她和老陈年龄相仿，但他稀疏的头发和瘦小的身材使他看上去比实际年龄大一些。他的面容很温和，让人感觉很舒服，所以虽然他算不上英俊好看，但可以看出隋英爱他温和善良的天性。

陈玲在诉说隋英死亡的经过时，老陈坐在一张大椅子上，静静地听着。他的眼睛茫然地注视着她，却似乎什么也没看见，什么也没听见。他没有显示出对钟老板等人的愤怒，也没有说隋英应该参加罢工之类的话。陈玲说完后，他只是问："我妻子停放的地方离这里很近吗？"

"对，"陈玲说，"她被放在寺庙里，等着你过来。我可以带你过去。"

"如果让佩佩带我去，会给你添麻烦吗？"老陈犹豫地问。

"不会，不麻烦。"陈玲说。她摇着头，看了看佩佩，很庆幸她不用陪着过去。

外面很热，湿气也很重。佩佩和老陈慢慢地走着，好像已经习惯了脚下坑坑洼洼的地面。老陈低着头走着，佩佩保持着沉默。这条路佩佩走过了上百遍，但从没和一个男人一起走过。佩佩感觉有些异样。以往她跟姐妹们一起走时，并不太在意人们注视的目光，但现在她感到多了些沉重，多了些无奈。

"我本来可以早点到的，"老陈突然说，他的下嘴唇有些颤抖，"但我的证件出了点问题。他们怀疑我是回广州的共产党。现在他们有很多人在逃亡。"

"你被扣留了吗？"佩佩问。她发现老陈是第一个真正向她透露永吉以外消息的人。

老陈皱着眉，犹豫了一会儿。"时间不长，然后就突然被释放了。有一阵儿我以为我来不了永吉了。我听说有很多男人女人都被用最残酷的方式严刑拷打了。我绝对相信这是我的命。"

“他们就这样让你走了？”

“很多事是难以预料的，对不对？”

老陈抬头看着佩佩，脸上布满了忧伤。

“我从没想到我再也见不到隋英了。真是太意外了，怎么可能啊？”他低声说。

“真对不起。”佩佩说，知道自己的话空洞而无用。

“隋英在信里说起过你。我不在的时候是你陪着她。”

有一段时间，沉默使他们都很不舒服。然后老陈清了清喉咙，转过头去。

装修华丽的寺庙很大，它坐落在一条人来人往、热闹非凡的大街上。这里经常被用作临时停放尸体的地方，因为里面很暗，很凉爽，能使尸体避开外面的炎热。每次来到这香味缭绕，凉凉爽爽的寺庙，佩佩都感到一种慰藉。一个瘦小的女人接待了佩佩和老陈，看到终于有人来处理隋英的尸体，她感到放心了。佩佩看了一眼这个屋顶很高却显得阴暗的房间。她想问一下老妇人，如果没人来处理尸体怎么办，但想了想，还是忍住没问。他们的灵魂会四处游荡着寻找最终的栖息地吗？他们的尸体会变成灰色的尘土随风飘散吗？当老妇人与老陈在低声交谈时，佩佩看着他们，沉思着。

老陈被领到后面的一个房间。他转过身来，用目光告诉佩佩等着他。佩佩在一张凳子上坐下。香火间里更冷更暗。里面是一种死一般的沉寂。时间仿佛停止不动了。

老陈从里面出来后，他们步出寺庙，感觉像是刚从长梦中醒来。阳光很灿烂，很刺眼，佩佩抬起手遮挡着，然后不太自在地站在喧闹的大街上。

“一切都还好吧？”佩佩问。

“是。我必须得安排把隋英的尸体运回她家乡安葬，只是得先通过检查。非常感谢你为隋英做的一切。”老陈的话飘浮在空中，轻轻地送向佩佩。

“我没做什么。”佩佩说。

“你给了她友谊。”老陈慢慢开始转身离开。“如果有机会来香港，你一定要来找我。”他递给她一张纸。“你可以在这里找到我。”他说。他看了佩佩一会儿，然后转身走了。

佩佩看着老陈走了。明媚的阳光下，他看起来苍老而疲惫。她没有动，看着他慢慢地走向港口。佩佩在那等着，希望老陈能回一下头，但是他没有。他消失于拥挤的人群和扬起的一片尘埃里，带走了佩佩对隋英的最后一点记忆。

还没到一周，钟老板和其他厂主就召集了所有工厂的领导开会，陈玲和阿琳很兴奋，明白这些厂主为了避免更多损失，不得不考虑她们的部分要求了。

第二天钟老板还是很顽固，不肯道歉。他站在她们面前，慢慢地讲着他所能做的让步，不过他一直低着头。佩佩站在阿琳旁边，这里正是隋英丧命的地方，她懒得抬头看那个钟老板。钟老板生硬的没有感情的话语让她感到恶心。

“从今天开始，你们每天工作十个小时”他读着一张展开的纸，“如果有大宗货需要赶时间，那就要工作十二个小时，超出的时间会给你们补偿。”

还没等他说完，人们就欢呼起来。他皱起眉头，不耐烦地等待着声音平息。

“你们每两周会有一天休息时间，”钟老板喊道，“但要在不影响生产的情况下。”

当陈玲走上前，确定了其他一些变化时，女工们的欢呼声更大了，陈玲本想继续说下去，但看到这种情形，便放弃了，她退到了后边。

佩佩很想像她们一样欢呼，但有什么东西堵在那里，使她如鲠在喉。罢工结束了，但隋英死了。她们似乎并没有取得多大的胜利。佩佩忍住涌上的眼泪。阿琳拉起她的手，紧紧地握了一下，当如潮的声浪淹没着她们时，她们俩都沉默着。

第12章

1934 / 叶姨

叶姨最近身体不太好。新年过后她就开始不舒服。开始叶姨以为是年龄的原因，年高体衰的一面开始从身体上显现出来。但是她胸部的疼痛越来越剧烈，使她难以呼吸，浑身无力，即使最简单的一点清扫工作也能让她累到气喘吁吁。有时她发现自己必须坐着才不至于摔倒。难以相信经过了这么多年的岁月，她的身体开始背叛她。

叶姨不露声色地向所有人隐瞒着她的病情，假装她的疲劳只是因为感冒，始终保持着快乐的天性。大多数时间，姑娘们都忙于自己的事情，很少有人注意她的脸色怎样或者她是不是瘦了很多等细节。没人说一个字，但梅姨知道。她没有揭穿，而是把叶姨的秘密当成自己的秘密守着。其他人都被蒙在鼓里，等到她们发觉时，已经太晚了，那时叶姨已经虚弱到再也伪装不下去了。

一天晚上，叶姨病情加重。梅姨派了一个姑娘到姐妹之家去找陈玲。这个姑娘被吓坏了，上气不接下气语无伦次地说着话，好半天大家才明白她说叶姨病得很厉害，疼得难受，还咳了血。

等陈玲、阿明、阿琳和佩佩赶到女工之家时，叶姨躺在床上，面色苍白、虚弱不堪。就像一场噩梦一样。叶姨看起来已经完全变了一个人，她曾经圆圆的脸庞由于痛苦而扭曲着。她们已经看不出她们曾经熟悉的叶姨的特征。佩佩和阿琳几个星期前见过她，她那时看起来精神不太好，像是感冒了，她还跟她们说，就是感冒了，没别的。现在她们站在一边，睁大了眼睛不相信地看着叶姨，陈玲和阿明前后忙乎着，她们的眼睛里充满了关切之情。

陈玲马上派人去找草药师钱大夫。他很快就来了，在叶姨的床前待了很久，然后配了几服药给她。几天后，叶姨下了床，开始在外面走动，但她不再隐瞒她已经病入膏肓的事实。她走路很慢很轻，每当看到姑娘们，她都长时间地认真地注视着，仿佛要把她们的一点一滴都牢牢地记在心里。

叶姨病了后，陈玲和阿明就留在了女工之家。陈玲跟厂里请了假，陪着叶姨，但叶姨稍微恢复一点后，就催着陈玲去上班。对叶姨来说，丝绸厂和姑娘们一样重要。每天晚上她都要问问姑娘们这一天的情况，偶尔当厂子里有什么问题时，陈玲都会来找她，听听她的意见。叶姨这时候会陷入沉思，不停地在地上走着，直到突然想到了一个好主意。从她一分一分地积累着资金建立起女工之家起，二十八年过去了，叶姨再也没回过丝绸厂。她更愿意把精力放在姑娘们的身心健康上，而把蚕茧缫丝等留给陈玲和阿琳她们去处理。罢工期间，叶姨密切地关注着事态的发展，但她保持着沉默。不过永吉镇尽人皆知的是，没有人比叶姨更了解丝绸的生产过程。

她得病的消息迅速传播开了。大多数姑娘都认识她或听说过她。很多人在女工之家长大，另外一些人知道她是陈玲的妈妈。在女工之家生活过的每一个人都把叶姨当做自己的妈妈。在很多方面，她比她们的生身母亲对她们还要好，这么多年来，她把自己奉献给了女工之家。那些离开的姑娘会经常回来看望叶姨。有时，她会忘记某个姑娘的名字，但绝不会忘记她们的面容。她对她们的影响将是她们生命中很重要的一部分，哪怕她们最终没有选择姐妹之家，这些影响也会伴随她们一生。叶姨这样做没有任何不可告人的秘密，仅仅是因为姑娘们已经离开了她们的生身母亲，她想努力工作，取得她们的信任。等到她们把她当做第二个母亲，她们就不会轻易离开了。

女工之家是她生命中的一个奖赏，使她有可能承受她女儿们的所有痛苦。叶姨拒绝被生活所麻痹。她似乎摆脱了那种无形的羁绊，清楚地知道如果有一天她不能工作了，那也就是到了生命的尽头。她谈着、笑着，给她们指明一个新方向。

“没有什么东西是一成不变的，”她告诉她们，“你们也是。”

梅姨给每一个来探望叶姨的人开门。对有些人，她只是以一贯大大咧咧、毫不客气的态度放她们进来；而对另一些人，比如阿琳和佩佩，则会心存感激地点着头。女工之家的屋子依然光秃秃的，没什么东西，却感觉小了很多。到处是浓重的香味。

当叶姨感觉好些时，她会在阅览室见大家，在那里她感到最舒服也最平静。她已经没有力气见所有来探望她的人，偶尔某个晚上她会高兴地坐起身来。她知道她的时间已经不多了。她极力想把这种想法从脑子中轰走。香的味道更浓更熏人了。梅姨在观音像前点燃了好几炷香，她像个影子似的在阅览室走着，陪着叶姨，希望在需要时能帮上她。她的眼睛迅速地看了叶姨一下，然后又去点燃了一灶香。

梅姨回来后，拿了一碗李子干，在叶姨对面坐下。梅姨很少坐着，叶姨绞尽脑汁也想不起来，除了她厨房里的那个高凳子，她还在哪里坐过。厨房实际上是梅姨唯一感觉舒服的地方。新来的姑娘们不用多久就会知道，没有梅姨的允许，永远都不要碰厨房里的任何东西。叶姨有一次跟她们大家说："阿梅看管着这些盘盘碗碗，就像其他人看管着钱包里的钱。"

梅姨看着叶姨，突然问："你饿不饿？"

为了保存体力，叶姨只是摇了摇头，然后说："你走吧，我在这儿挺好的。"

梅姨站起来，然后又沉默着坐下了。

"等所有这些乱事都完了后，你还是去楼上的房间住吧，那样会更舒服些。"

"我需要房间干什么？"梅姨回道，"我可没什么东西好放的。"

对于她们之间的争论，叶姨笑着。梅姨现在住的地方就是厨房最后边一个灰色的简易小床。她的几件衣服都整齐地叠着放在一个筐里，或者有时挂在那里，厨房的其他空间由一个挂着的毯子隔开。无论梅姨走到哪里，厨房的味道都会从她所穿的衣服上散发出来。很多年来，叶姨一直试图说服梅姨到楼上去住，但她不愿离开她厨房的那个角落。

"我想让你住我的房间。"叶姨说，给她们之间家常便饭般的争吵又加进了一点新的元素。她知道有点不大合适，但还是说了出来。

梅姨吃惊地抬起头，她们在一起这么多年，叶姨却很少看到她这种表情。然后她把目光从叶姨身上移开，转而低头看着自己粗糙的、过度劳累的双手。梅姨拿起装李子干的碗，递给叶姨，终于说：“我可不保证肯定会睡在那里面。”

叶姨笑着点点头。她知道除了她，梅姨跟谁都不亲近。她们以吵来吵去的独特方式，维系着这么多年来亲如家人的关系。等她去往另一个世界后，她最牵挂的还是梅姨。她们坐在那里，四周是一片惬意的寂静，叶姨脑子里不停地想着这些事情。她听到陈玲和阿明在她楼上的房间里走动着，忙着给她重新整理床铺。叶姨转过头看向梅姨，看到她的嘴唇在不出声地动着，像是在祈祷。

那天晚上，叶姨又梦见了她的灿哥。再次见到他，她兴奋极了，他也高兴地把她抱进怀里。他还是她记忆中的模样，年轻而强壮，使她不由得想，她自己看起来会是多么苍老多么憔悴。她张开嘴想说点什么，但他把手放到她嘴上，不让她说。他们面前是他们童年时的房子，一缕缕白色的光亮亮地闪着。灿哥平静地微笑着，拉着她的手。叶姨静静的，不再有痛苦，不再有挣扎，她感到了莫大的安慰。

~ 佩佩 ~

叶姨去世的那天晚上，佩佩和阿琳还在丝绸厂。是阿明过来通知她们的。从阿明的表情上，佩佩一下子就猜到是叶姨走了，从远处看，阿明微微皱着眉，表情介乎难过与欣慰之间。阿明慢慢地走向她们，跟阿琳耳语了几句，阿琳向佩佩那边看去，对她点了点头。

她们从工厂直接去了女工之家。刚转过街角，佩佩就觉得她一直担心的事情发生了。她们曾经那么熟悉的女工之家失去了往日的活力，在黑沉沉的夜空里显得苍白而沉寂。院子里的油灯发出一点惨白的光。前来吊唁的女工们，不论老少，都在院子里站着，等着最后告别的机会，表达她们对叶姨的敬重。梅姨给阿琳和佩佩开了门，让她们进来。她穿着黑色的衣服，眼睛看着地面。佩佩看着这些熟悉的屋子，想看看有什么不同，有没有明显的迹象说叶姨已经不在了。她看着楼梯，希望叶姨能从那里走下来。

接着梅姨突然站住了，转向她们。她的眼睛迷茫地看向远处。她向前倾了倾身子，仿佛要告诉阿琳和佩佩什么秘密。“我早就知道不是什么好病。那个老太婆瞒不了我。哎呀，她以为她能瞒过我吗？如果你们和我们一样在一个房子里共同生活过那么长时间，你们也会什么都明白的。”

“那您为什么不早说啊？”佩佩轻声问。

梅姨低着头，揉着自己的那条病腿。“说什么？如果阿叶想让你们知道，你们早就知道了。我做了我能做的，给她煮浓茶，偷偷把草药放进她的汤里。有一段时间她好了一些，然后就又突然加重了。”梅姨难过地摇着头，“我做了我能做的一切。”

“我们知道的。”阿琳说，用手轻轻地摸着梅姨的胳膊。

说完了她想说的，梅姨再次沉默了。她们第一次看到梅姨这样若有所失。佩佩知道她一定感到很无助，很难过。她想说点什么安慰安慰她，但梅姨很快地转过身，带着她们到楼上叶姨的房间去了。

当她们上楼的时候，佩佩感到一种奇怪的感觉。就像是很多年前，当她还是个孩子时，叶姨带她第一次上楼时一样，每上一级台阶，她心里的焦虑与不安就增加一分。就好像知道那天她爸爸要离开她；现在那种同样的不安重又袭上心头，只不过这次离开的是叶姨。

房间里很暗，只有角落的一盏孤灯亮着。叶姨的床边点燃着细细的香。她的眼睛闭着，像睡着了一样。陈玲跪在叶姨的身边，轻声地祈祷着。阿明轻轻地碰了下她的肩膀，告诉她，她们来了。

陈玲站起来，低声说："她走了。走得很安详。"

叶姨的遗体由梅姨和陈玲清理过了，然后她们给她穿上了很多年前她自己参加梳头仪式时穿过的白衬衣黑裤子。在阿琳和佩佩最后一次探望叶姨时，她曾经把上衣拿给她们看过。她已经肿胀的手指爱惜地抚摸着衣服，自豪地展示着丝绸的质地和错综复杂的织造方法。"在人快死的时候，"叶姨说，"如果命好，就会有时间准备这些东西。"

现在叶姨穿上了那件白上衣，感觉却已完全不同。她的头发整齐地高高地盘在头上，看起来宁静安详又美丽。佩佩突然特别想告诉叶姨她有多漂亮，但已经太迟了。叶姨已经死了。对佩佩的任何疑问，她再也不能大声笑着或快速地挥舞着手臂来回答了。

佩佩转向阿琳，阿琳此时正深深地沉浸在自己的回忆里。她的眼皮低垂着，像是闭上了眼睛。佩佩马上对这种深深的沉默感到很无助，焚香的浓烈气味熏得她眼睛疼。

葬礼在两天后举行。那天早晨，叶姨被安放在一个厚重的实木棺材里，棺材是褐红色的，油漆很亮，棺材上绑着一块丝绸。在阅览室里，棺材看起来像是一个外来闯入者，叶姨占据着它四分之三的长度。棺材前头燃着香。她的脚下和身体周围都围着很厚的丝绸被，这样她的身体就可以被很好地固定住，陈玲在她的双唇间放了一颗白色的珍珠，以便在需要时用它买通去往天堂的路。

叶姨将被安葬在永吉镇外一个很小的公墓里，那里安息着很多已经去往另一个世界的姐妹们。那一天的天气凉爽而清新，是叶姨喜欢的天气。阳光聚集在女工之家的房前，闪着微弱的光。有很多从本地不同女工之家和姐妹之家赶来的女人参加了叶姨的葬礼，表达她们最后的敬意。她们都在衣服外面套上粗棉布的丧服，头上披着能有两个粗麻布长短的孝袍。送葬的队伍走在棺材后，像一群鸟一样慢慢地走过尘土飞扬的大街。陈玲、阿明和梅姨走在前头，带着大家穿过永吉镇上无数双观望的眼睛。

当她们终于到达墓地时，陈玲对站在门前的几个男人简单地说了几句话，然后她们才继续走上一条肮脏的土路，这条路能通往叶姨选择的那块墓地。那块墓地在一个小小的山坡上，墓地两边各有一棵大树，可以遮挡强烈的阳光。佩佩往前走了几步，用手摸了一下棺材，她认为叶姨的手就在那里。佩佩的手在那里停留了几分钟，越来越用力地按着那块亮亮的厚厚的木板。

仪式很简短。陈玲说了几句希望先人接受叶姨加入先人领地的话后，雇来的几个年轻人把棺材缓缓地放到墓坑里。佩佩、阿琳跟着陈玲和阿明来到坟墓前，给叶姨磕了三个头。她们每人都捧起一把土，撒在叶姨的墓上。然后陈玲划着火柴，点燃了冥币、纸做的用人、纸做的衣服等可以在另一个世界陪伴叶姨的东西。佩佩、阿琳和其他参加葬礼的人都小心地脱下了她们身上的葬服葬袍。这些东西也会被一件件烧掉，她们不会把任何和死亡相关的东西带回到她们的日常生活中。

那天晚上，佩佩和阿琳是回到女工之家吃的晚饭，晚饭是梅姨准备的，很简单的一些蔬菜。她们吃得很少，也没说几句话。直到很晚后回到空空的姐妹之家，佩佩才为失去了叶姨痛哭起来。

~ 鬼节 ~

梅姨使劲地揉着米粉面团。她不时地往面团里加点水或米粉，直到面团达到她的要求。她旁边的桌子上，放着一个碗，里面装着几种切好的蔬菜。头天晚上，梅姨花了很长时间切菜剁肉，准备包些饺子，蒸一些再煮一些。

鬼节一年一次，她们带着准备的食物到公墓吃，祭奠已去世的家人或姐妹。这是叶姨死后的第一个鬼节，梅姨决心把它办好，让人们记住它。叶姨死后，陈玲和阿明搬回了女工之家，着手管理女工之家。她们俩一大早就出去了，去买一些香和冥币等，好到公墓时使用。

梅姨停下手里的活，朝着通往外面的大门看去。自从叶姨死后，梅姨经常性地突然停下手里干着的活，看着大门。大多数时候，叶姨是从后门走来的，在她准备晚饭或洗洗涮涮的时候陪着她。叶姨曾经要梅姨保证，不把这些“探访”告诉任何人。

叶姨第一次这样出现的时候，梅姨吓得差一点切下她的一截手指。那时叶姨死后还不到一个星期，梅姨就被一种极度孤单的痛苦折磨着。尽管叶姨有时挺严厉，但她是梅姨唯一的伙伴。没有了叶姨，她感到很空虚。她悲伤地做着她的日常工作，几乎和任何人都没有交流。

但是有一天晚上，叶姨就从后门进到厨房，穿着和下葬时一样的白上衣。她手里拿着那颗曾被放在她唇间的珍珠。

“你是谁？”梅姨拿着菜刀，鲜血从她受伤的手指上滴落到地上，她咝咝地哈着气，问着。

叶姨继续向她走来。来到桌子前，叶姨在梅姨对面的椅子上坐下，和她活着时一样。当叶姨微笑着，露出嘴里不整齐的牙齿时，梅姨知道，真是叶姨回来了。

“我也死了吗？”梅姨奇怪地大声问，努力对这一想法保持冷静。

叶姨笑着指着梅姨的手指说：“从那个手指看，你还是活着的。”她答道，确定地告诉梅姨她依然健在。

梅姨放下菜刀，突然感到她滴血的手指一阵一阵地痛。

那天晚上以后，叶姨经常回来看她。还是像以前那样，在姑娘们从丝绸厂下班前，梅姨在厨房做饭时，她们低声地交谈着。总体来说，叶姨对目前的处境还是很满意的，不过她很少提及死后的生活。既然陈玲现在接手了女工之家的管理，她们的谈话内容主要就是这个。梅姨很少问叶姨的情况，她对叶姨经常性的探访已经感激不尽了。

梅姨把一小勺菜馅放到手上一个圆圆的面皮中间。用手指把面皮的两边捏紧，像个半月形，然后把包好的饺子放到盖帘上。她觉得数量够了以后，就把一半的饺子放到煮开的水里煮熟。把另一半一层层地放到竹笼屉上蒸熟。

陈玲和阿明随时都会带着酱鸡和香回来。梅姨把最后一些饺子用东西包好，等着。她们已经晚了，必须赶快出发去公墓，阿琳、佩佩和其他人已经带着烤乳猪在那儿等着了。梅姨听到了一点响动，她希望是叶姨，但只是一只流浪狗在抓着后门。她们到达公墓时，清晨的空气依旧很清新。为了更好地纪念叶姨，陈玲在叶姨的墓地上没少花钱。六尺高的白色大理石墓碑高高地矗立着，两侧都雕有天使，这些是特地从广州雕刻和定做的。墓碑上镶嵌着叶姨的照片，那还是她年轻时照的，墓碑下面是几行字，描述着她的生平。碑文的结尾雕刻着几个大大的金字：

姑娘们敬重的母亲

阿琳和佩佩已经到了。一个临时搭起来的桌子上放着一个完整的烤乳猪，还有叶姨喜欢吃的香甜的蛋糕。梅姨把一些早茶点心和鸡肉放在旁边，然后环顾四周，看叶姨是否在等她们。没有看到叶姨的身影，梅姨只好用一个碗装了些猪肉和鸡肉，用另一个碗装了点饺子和蛋糕，又拿了双筷子，把它们一起放在叶姨的墓碑旁。然后，陈玲和其他人都跟着梅姨一起，围着墓碑给叶姨磕头。她们把象征着金银财宝的金色纸、银色纸，还有冥币一起点燃，一缕缕细细的香烟和焚烧时产生的黑色烟雾一起弥散在空中。

接下来，她们一起坐下来吃饭时，梅姨却站在一边。尽管陈玲和阿明不断地叫着，催着她，但她还是不肯跟她们坐在一起。她早已习惯了自己一个人在厨房里吃饭，现在也不想改变她的习惯。

然后有什么东西使梅姨迅速转过头来。她看到叶姨坐在墓碑旁，立即高兴地几乎要喊起来了。叶姨慢慢地拿起给她的食物，什么都没说，却朝大家的方向指了指。梅姨沉默地微笑着，然后顺从地来到大家面前，和她们一起吃了起来。

第13章

1936 / 佩佩

刺耳的音乐夹杂着咝咝的噪声从一个叫留声机的机器里传出。留声机和唱片是阿琳的小弟弟和永寄给她们的礼物。它们从广州寄出来，然后有人亲自把东西交到她们手上，以免东西损坏。陈玲、阿明，就连“隐居”的梅姨也都在晚上过来了，对那个机器里能出来什么新奇玩意儿充满好奇。第一次，阿琳弄坏了手柄，把唱针放到了唱片上，那个长长的喇叭里突然传来了尖叫声。突然的吼叫吓坏了姑娘们，有几个人吓跑了。梅姨摇着头，低声嘟囔着：“谁寄来这么个东西，装满了吓人的妖精！”

在礼物里附着一张纸条，和永详细地给她们写下了不同舞曲的步骤。自从上次她们回广州后，和永定期给她们写信，他母亲希望他能像他哥哥一样，在政府里谋个职位，但他违背了母亲的愿望，在一家洋行里做事。“如果政府垮台了，总得有个人挣钱养家！”和永在信上说。他定期从广州到香港公干，有时还去伦敦和巴黎，还有其他佩佩连听都没听过的地方。他经常给她们寄些小礼物，活灵活现地给她们描述他去过的不同的城市、见过的不同的人。阿琳大声地读着他的信，为她的小弟弟感到骄傲。他们现在有更多的共同点了：两个人都违背了妈妈的愿望，选择了自己的生活之路。佩佩知道和永的信和礼物给阿琳带来了很多快乐，填补了她妈妈留给她的失落感。佩佩也从中得到了一些她想了解的外面世界的信息。

当第一首外国乐曲在屋里响起的时候，姑娘们吃吃地笑着，随着音乐的继续，她们安静下来。那首节奏既独特又强烈的音乐是探戈。

过了一会儿，阿琳站起来说："我们来试试这支探戈吧。跟着我学。"她说着，拉起佩佩的手，把胳膊轻轻环绕在佩佩的腰部，然后阿琳按照和永的说明，跟着音乐的节拍，带着佩佩在屋子里滑行。佩佩全神贯注地学着，过了好一会儿，她才发现屋子里的其他姑娘们正在笑着她们。

通常只在演滑稽戏时才放声大笑的孔妈，此时笑得前仰后合地跌坐到椅子里了。不久前，她们去看了场电影，那是在永吉上演的第一部电影。在电影里，那些白人穿着佩佩从未见过的亮闪闪的漂亮衣服在铮亮的舞池里跳着舞。当阿琳带着她在地上学舞的时候，那些场景又在她脑子里浮现。渐渐地，笑声停止了，其他人也跃跃欲试地要跟着学，阿琳小心地做着并不熟练的动作，其他人跟着。

"现在转身！"阿琳喊道。她们换了手，把身体转到原来相反的方向。其他人笨拙地学着，彼此踩着脚、撞着腰地摇摆着。

"不对，不对，不是那样的！"孔妈突然跳起来说，"换手的动作必须要快，像这样。"她拉起佩佩的手，带着她在屋里转，干脆利落。孔妈用明显很快，但很优雅的动作让佩佩转起来，然后把她带到阿琳身边。

“您在哪里学的跳舞啊？”阿琳问，她像屋里的其他人一样非常吃惊。

“我并不一直都是丝绸工人啊。”孔妈笑着说。她在空中挥着手，迅速地转了一下身，她胖胖的身体依旧很轻盈，动作很流畅。“一个从香港来的女孩教我的。”她终于承认道，“就在她离开女工之家，回去结婚前。她妈妈以前是香港的职业舞女。她妈妈生病后，她女儿就被送到这里做丝绸女工。不久，她就被叫回香港嫁人了。那已经是二十多年前的事了。她走之前，每天晚上都教我们跳几步。”

“您能教教我们吗？”佩佩问。

孔妈脸红了。“太久了。我几乎都忘光了。”

“但您还是知道的比我们多啊。”佩佩央求着说。

阿琳走向留声机，抬起了唱针。房间里立刻安静下来。

“好吧。”孔妈终于同意了，“唱片从头开始吧。我们先来学探戈。”

剩下的时间里，房间里笑声不断，那些笑声带着孩子般的天真，很富有感染力。就连梅姨在相信了大家说的留声机里没有妖精之后，也来参加她们的跳舞课，专门负责换唱片。大家好像很久都没这么开心过了。被日本鬼子侵略的消息所带来的恐惧消散在探戈舞和孔妈学过的另一种叫华尔兹的旋律中。孔妈仿佛变成了另一个人，一个佩佩根本不认识的人，年轻而又快乐。

鼠年就要到了。只有在新年，老板才给她们放一周假，她们可以好好享受一下假期了。丝绸厂关门休息，她们可以自由活动——不过得在完成了新年的准备工作之后。

为了干干净净地进入新年，什么都不能想当然。于是佩佩和阿琳马上开始清扫姐妹之家，洗干净自己的衣服。每年她们都要擦洗门后及床下等不显眼的地方，直到手都累疼了，地板也显露出原来的颜色才罢休。

当孔妈让佩佩和阿琳去糕点店买年糕的时候，她们感到很轻松。年糕是糯米做的，甜甜的类似蛋糕，是迎接新年的食品，佩佩最喜欢吃。这一周，大多数的商店都关门了，只剩下市场上的小摊、售卖年糕的糕点店还在营业。

“我最喜欢一年中的这个时候。”当她们走上繁忙的大街时，阿琳高兴地说。代表着幸福与兴旺的红底金字的横幅悬挂在门上和窗户上。“这是我们全中国一起庆祝团圆的时刻。”

“战争中也是吗？”佩佩问阿琳。

“战争中更应如此。”阿琳回答道。

尽管佩佩并不确定北方是不是真的和她们一样庆祝新年，但她什么也没说。她知道中国现在正处在非常艰难的时期。这些有限的消息她们是从和永的来信、从小商贩那里得知的，这些小商贩到姐妹之家来卖他们的货物，顺便把沿途听来的消息告诉她们。佩佩和阿琳都如饥似渴地听着、消化着这些消息。

“看起来不太妙啊，小姐，”最后一个商贩说，“中国人如果不携起手来共同对敌的话，那中国肯定会在日本鬼子的重压下全面沦陷的。”

空气中确实是有一些不一样的东西，人们彼此的轻声交谈流露出的惊恐，都掩藏在节日的气氛里。这使佩佩觉得从心里发冷，但等她们来到糕点店时，扑鼻的香味驱散了她心中的恐惧。

时间还早，可是糕点店里已经挤满了前来购买年糕的客人，堆得像红色小山一样的糕点都整齐地放在大木箱里。佩佩觉得自己又重新回到了儿童时代，她跑到阿琳前面去排队。她转过身朝阿琳挥着手，就在这时她看到了一张面孔。她打了一个寒战，随即张大了嘴巴，又紧紧地闭上了，沉默着。和一群年轻人一起站在面包店前等待的是素隆的哥哥阿宏。

“看见什么了？”她听到阿琳问。

尽管佩佩知道阿琳正在疑惑地看着她，她还是无法回答。她感到美丽就站在她身边，从河边捞上来的尸体的咸腥味依旧还在。

“那边。”佩佩终于小声说。

“哪边？”阿琳问。

“那是阿宏，素隆的哥哥。”

阿琳的目光马上转过去。佩佩不知道阿琳是否看到了那个高高瘦瘦，表情严肃的阿宏，他已经在其他人的身后消失了。佩佩以为经过这些年，这件事已经渐渐淡忘，不会再冲击她，不会让她为保守美丽的秘密而受到谴责，但美丽之死带来的痛苦重新回到她的记忆中，像一处被重新揭开的伤口。

“咱们走吧。”阿琳对她说。

“那年糕呢？”

“我们以后再买吧。”

“不。”佩佩坚持着。

没等她们再说别的，发生了另外一件事，使她们站在那里，张口结舌。离她们站立的地方不到三十尺远，有一个人被几个人拖走了，那个人大声喊着。有个人从衣兜里拿出一块手帕，堵住了那个人的嘴。“这个狗娘养的是个汉奸！”那些人喊道，“他向日本鬼子出卖他的家人。”

人越聚越多，佩佩和阿琳看着那个人被拖到大街上。过去几个月里，发生了越来越多的愤怒抓捕，那些被说成是汉奸和特务的人被抓了起来。对日本人的惧怕如此强烈，以至于这种抓捕可以以任何原因，在任何时间发生。通常，在当局还没有介入之前，这些汉奸就会被迅速处置。有时候那些被抓起来的人被吊在树上；有些人的脖子被砍断了，尸体倒在血泊里。

"他们要把他带到哪里？"佩佩问。

阿琳说："他们发现他有罪。"

"可是他们怎么能那么确定？我们怎么能站在这儿袖手旁观呢！如果他是被冤枉的怎么办？"

"看起来恐惧成了法官了。"

"那我们就都有罪。"

"假装无辜吧。"阿琳说，略带歉意地摇着头。

"会有什么样的事情发生在我们身上呢？"

阿琳想了想，然后说："恐怕我们没有什么选择。我们应该做我们能做的一切来保卫这片领土。"

人群散开后，佩佩转过身发现阿宏的身影已经不见了。她们站在队列里等着年糕，然后赶紧回到了姐妹之家，对看到的事情只字未提。

那天早上发生的事情带给她的震动和痛楚连续很多天挥之不去。佩佩努力想把它们赶出脑海。她知道如果把这些东西带到新的一年是不吉利的。

新年后的某一天，阿琳说："我觉得我们应该做一次短途旅行。"

佩佩保持着沉默，从见到阿宏的那天早晨开始，她就有点心事重重。就连她们刚刚看过的戏剧表演也没能让她高兴起来。那些钹声、锣鼓声及演员们尖着嗓子的咿咿呀呀声使她的心情更加烦躁。

"去哪儿啊？"

"我没怎么去过农村。我们可以坐船走一段，然后雇个轿子把我们拉到寺庙。"阿琳说，仔细地看着佩佩。

"去旅行会安全吗？"

"日本人还在大北边。没有消息说他们什么时候会到这么远的南方。"

佩佩犹豫了一下，然后笑着说："这倒是一个改变心情的好办法啊。"

阿琳笑着，仿佛受到了鼓舞。她用手指把散在前额的一缕头发撩开。暗淡的月光下，佩佩依然能看到阿琳的手指曲线和随着岁月递增，她越来越漂亮的脸庞。佩佩知道她早就知道的事实：如果不是阿琳救了她，她很可能早就死了。

"如果你愿意，我们还可以到你们家去看看。"阿琳轻声说，"你来拿主意吧。"

佩佩不能马上回答。对她来说，这一想法太新奇。她慢慢地想着这些话。长时间以来，阿琳和丝绸厂的姐妹们已经成了她的家人，佩佩已经埋葬了她来自于其他地方的事实，而她发现做到这一切并不难。这么多年来，她父母的沉默使她有勇气不断向前，不再回头。尽管如此，那些问题依然萦绕心间：她的家还在那里吗？她的姐妹们——丽丽和玉玲——怎么样了？她重重地叹了口气。夜晚的空气如此温柔甜蜜，她突然感到心里注满了忧伤，很想痛哭一场。

不速之客

尽管网变得越来越沉，鲍钟还是迅速地把它一点点推到鱼塘的一边。这种事情他做了这么多年，捕捞的重量对他而言没有什么差别，不会影响他工作的速度。即使闭着眼睛他也能完成这一切。这一网鱼一旦被推到鱼塘的那一边，老鲍就可以把这些还在挣扎着的鱼弄到筐里，拿到市场去卖。

每次看到鱼为了它们的生命而抗争，老鲍都会觉得很惊奇。它们跳跃着，银白或橘红色的身体像空中的一道道闪光，企图找到重归水世界的途径。从在鱼塘里把它们捕到时开始，这种情况有时能持续十五分钟之久。越强壮的鱼扑腾的时间越久，它们喘息着做垂死的挣扎。如果还是一个大小伙子，他会非常同情这些鱼，但作为男人，他知道还有更多更悲惨的死亡方式。

在多数情况下，玉笙会帮忙把鱼放到筐里。二十五年来，除了她每次生孩子后的一个月，他们就这样肩并肩地一起劳动着。但最近玉笙感觉不怎么舒服，她已经瘦得皮包骨头了。老鲍不让她再做重活。不过他也知道即使玉笙在家里，她也会做些擦桌子、擦地等其他繁重的家务。这是她的天性，尽管老鲍什么也不说，但他很担心她的身体。

虽然老鲍精干、强壮，加上高大挺直的身板使他看起来还很年轻，但毕竟岁月不饶人。老鲍身上唯一能看出岁月痕迹的是他坚韧脸庞上的一条条皱纹。玉笙的头发已经变成花白，但老鲍不同，他的头发依旧浓密乌黑，看不到一根白头发。

他生命中的每一天都专注于鱼塘和桑树林。即使在那些艰难的岁月里，鱼塘里无鱼可养、桑林里空空如也，他也整天徘徊在它们之间，等待着。从孩童时代，和客家人爸爸一起披星戴月地劳动开始，劳动就是老鲍赖以生存的唯一信念。在田地里他会感觉像在家里一样舒服自然，而在人群中他却从来没有这种感觉。在别人面前，他总觉得自己太高，很尴尬。他跟他们不一样，他永远都是个客家人。只有当他肌肉酸痛、双手因为捕鱼而疼痛难忍甚至鲜血淋漓时，才是他最畅快最过瘾的时刻。

老鲍从船上卸下了最后一只空筐，把它和那些筐摞在一起。今天在市场上卖货很顺利，所以他就提前回家了。天已经黑了，只有一点惨淡的月光洒在地上，但老鲍很满足，他的鱼卖了个好价钱。开始，老鲍犹豫着该不该把玉笙一个人留在家里。她的情况似乎一天比一天糟。他不知道她得的是什么病，但他知道情况越来越严重，不好治，很危险。老鲍摸了一下口袋里刚给玉笙买的草药，希望这几服药能让玉笙恢复点元气。

最近，老鲍发现，艰苦的劳动再也掩盖不了玉笙的悲伤。那些悲伤以一种新的形式出现，更严重更具体，但老鲍看不透。晚上她一动不动地躺在床上，即使他进屋她也不理会。那情形就像是她已经厌倦了她的生活。在她身体还好的那些岁月里，她通常是坐在桌边，等着他回来一起吃饭，和他说句话。老鲍喜欢她说话的声音，它们都是她的礼物。

见到玉笙这种情况，老鲍开始为她忧心忡忡。他发现自己常常被几个孩子的死和被迫送走的佩佩搅扰得心神不宁。有时，他会梦见佩佩，还是那天他把她留在女工之家，她站在最高的台阶上看他的样子。只有在梦里，佩佩才会抬起手责备着他，脸上淌满了被遗弃的痛苦泪水。老鲍永远也不希求原谅；他没有别的选择。他只是希望佩佩有一天能明白她挣的工资对家人的生存具有多么重要的意义。多年后，佩佩去丝绸厂工作的事还是使他们很难面对。通常鱼需要在鱼塘里养三季，而桑树则需要更长的时间。

老鲍到家时，天已经完全黑了。屋子里没点灯，他也不知道情况怎么样。突然，他手心出汗，心也开始像要跳出来似的一阵阵抽痛。以前不管他回来多晚，玉笙每天都会给他点根蜡烛给他照着亮。他抓住门把手，停顿了一会儿才把门打开。他首先闻到了熟悉的饭菜的香味，马上感觉心里安定了些。既然玉笙做了饭，那就是说她一定是没事了。老鲍悄悄地进了屋。即使在黑暗中，他也熟悉他亲手盖的房子的每一个角落。连续几个月来，将要失去玉笙的恐惧使他变得郁郁寡欢、行动迟缓，仿佛一下子变成了老人。现在使他感到不安的不是黑暗而是安静。

老鲍摸索着点亮蜡烛。它闪烁了两下才发出微弱的光。玉笙做好的饭菜放在桌子上。他走到遮挡睡床的厚门帘前，掀开了它。玉笙躺在床上，背朝着他。老鲍细心地听着，好不容易才听到了她的一丝呼吸。他深深地叹了一口气，转身走向饭桌吃饭。

过去玉笙只有一次卧床不起。那是在佩佩离开的一年后，安静的玉玲得了病，没几天就走了。玉笙什么也没说。她发着高烧躺在床上，脸色像死人般苍白。她烧得不断说着胡话，手在空中挥舞着要抓住抢走了她女儿的死神。那个时候，丽丽还和他们在一起，她像照顾一个老人一样地照顾着妈妈。但是丽丽已经出嫁很多年了，有了丈夫和自己的孩子。现在得是老鲍来照顾玉笙了。

老鲍悄悄地脱掉衣服，把它们就放在他刚才站立的地方。一撩起门帘，他就和玉笙呼吸着同样闷热的空气。他非常小心地钻进被窝，躺在她身边。她有节奏的呼吸变成一声长长的叹息。老鲍一动也不敢动地躺着，直到她的呼吸变得平稳，他确定她睡着了。

玉笙的睡眠一直很浅。老鲍坚信他们结婚后的第一个月，她几乎就没睡过觉，但每次他一接近她，她就假装睡着了。那时他非常想要她，所以根本不在乎她是否睡着了。他把自己的身体重重地压在她身上，尽管他知道他肯定会弄疼她，但他还是一次次粗暴地闯入。他控制不了自己。有一次，当他在进入时，他看着她的脸，发现她痛苦地紧紧地闭着眼睛，使劲地咬着嘴唇不让自己叫出声来。看到她如此痛苦，他变得温柔了些，嘴里嘟囔了两句，就迅速从她身上滚了下来。他感到了从未有过的羞愧。

然后孩子们就来了，一个接一个，玉笙的睡眠更浅了，她总在倾听着孩子们的哭声。那些死去的孩子被埋葬后，她也倾听着她们的哭声。有时半夜里听到幽灵的哭喊，她会一骨碌爬起来，有时是她自己在哭。老鲍想说点什么，但不知道该说什么，也不知道怎样说。

老鲍转过身朝向玉笙，看到了她光滑后背的曲线，慢慢地他靠向把他们隔开的那点空间，向她挪动着，然后感受到了她身体的温热。他小心地调整着自己的姿势，慢慢地贴近她的身体，把他的脸贴紧她的头发，闻着她头发里聚集的烧饭味道。他继续向她靠近，把手放在她曲线突出的臀部，然后他的手像羽毛般轻盈地滑落。

第14章

1936 / 佩佩

仿佛时光倒流一样，佩佩重新近距离地接近了乡村的土地。一开始，想到她的童年她就仿佛被蜇了般疼痛，但大地那种原始粗犷的美丽让她的心平静了一些。褐红色的土地，就像色彩丰富的红木，在阳光下看起来一片灿烂。

“请在这里停一下。”佩佩突然对轿夫说。他们一停下，佩佩就从轿子里跳下来，跑到了马路边。

不远处，一些鱼塘被浓密的绿油油的桑树林环绕着。佩佩停下脚步，倾听着风吹着树叶的飒飒声。让人费解的是，这么美好的东西怎么会给人们带来如此大的苦痛。

天空一望无际。那是一种亮亮的蓝色，比永吉的天空更干净更清澈，因为永吉的天空常常弥漫着不同工厂冒出的黑烟。在纯净的日光下，周围的一切都是那么明亮。就连空气也更新鲜更轻柔，带着一丝丝甜蜜的气息，让佩佩不由自主地回忆着她的童年。

“你想走一会儿吗？”阿琳问，她的声音在空中回响着。

佩佩转过身，发现阿琳还坐在轿子里，关注地看着她。两个轿夫漠不关心地看着她们。阿琳给了他们很好的价钱让他们把她俩送到乡村。

佩佩的脚一踩到肥沃的土地上，马上就意识到如果不去感受脚下的大地，而是坐着轿子经过这片田野会是很荒谬的事情。

“对，如果你没意见的话，我想走走。”佩佩回答说。

阿琳从轿子里爬出来，走到佩佩身边，告诉轿夫跟着她们。两个精瘦的、光着膀子的轿夫抬起轻轻的轿子，二话不说地跟着。

一开始她们慢慢地走着，温和的风轻抚着她们的脸庞，路边的尘土给她们的鞋附上了一层淡淡的红色。阿琳在佩佩身边走着，佩佩一直保持着沉默。佩佩知道，翻过这座小山，就是她原来住的乡村所在的位置，慢慢地走近小山村，她心里像被打翻了的五味瓶，从好奇又到极度的恐慌。

“那边种的是什么？”过了一会儿，阿琳问道。她的声音打断了佩佩的思绪。

佩佩转过身。“大多数是桑树林，”她答道，“还有一些甘蔗。它们几乎都长在鱼塘边上，好得到充足的养分。”

阿琳向西边指了指，那些田里是些更细更矮的东西，和其他东西相差甚远。“那些是什么？”

“是水稻。水稻在这里很普遍。通常收获完一茬后，会再种上下一茬，这个过程周而复始，永不停止。”

佩佩说着这些的时候，她想起曾经有过难得的几次，她爸爸对丽丽和她讲过的关于土地的事情。当爸爸说这些的时候，眼里闪着奇异的光。她第一次感觉到大地的力量，也真正认识到她爸爸对这片广袤富饶土地的浓浓深情。

“在这里长大一定很有趣吧。”

佩佩笑了笑。“我那时从来没有东西来和它做比较。我也从不知道除了桑树林、鱼塘和偶尔去镇上逛一逛外，还有什么其他东西。”

阿琳笑起来。“听起来不错啊。在城市长大可能让人窒息难受呢。在这里，你可以极目远眺。”她在空中挥动着手臂，然后慢慢放下。

“大地不单单只是给予，它也索取，而且索取的和给予的一样多。”佩佩想起大地在她父母和其他许多人的生命中所产生的让人陶醉的魔力。他们为之终生劳作的大地那么轻易地就可以夺去一个人的生命，剥夺孩子们生存的权利。这片土地，现在看起来透着一股沉静的美，丝毫看不出它的危害性，但它有可能带来的残酷使佩佩打了一个寒战。她第一次意识到，这片土地上所产出的东西都是用血的代价换来的。它并没有让她被遗弃的感觉消失，但确实帮助她抚平了伤口。

“你以前就住在这附近吗？”阿琳有点犹豫地问。

“就在那个小山包下面。”佩佩指着远处一座小山。

“你想先去哪儿？”阿琳问，掸去她裤子上的一些尘土。

“如果我们沿着这条路一直往下走，就可以到我们村子了。”佩佩答道。

“如果你不介意的话，我想看看。”

佩佩看着她，轻声说：“当然可以。”

她没有勇气告诉阿琳，她的小山村有可能已经不存在了。她想象着那一大片的土地可能已经盖起了楼房。曾经回响在空气中的村民们的说话声，每周一次的牲畜集市上动物们的嘶叫声，可能都已经不存在了。那里可能已经没有任何生命的迹象，找不到她的童年了。而村子下面，更会是一片空白。

可是她们刚一走下山坡，就看到了那个村子。佩佩觉得自己又像个孩子了，兴奋地沿着小路大步向村子里走去。阿琳追赶着她的脚步，两个轿夫保持着他们自己的速度，被落得越来越远。

在村子边上，佩佩慢下了脚步。村子发展了，泥路旁盖起了几栋楼房，但比她记忆中的楼小了很多，而且毫无色彩。当她还是个孩子时，到镇上去意味着会有糖果吃，能看见许许多多令人兴奋的东西。现在佩佩看到的情景和原来一样，满目尘土的村镇和破旧的房屋，依靠周围穷苦农民的有限交易而维持着。狗和家畜无目的地四处游荡，留下一地的粪便。佩佩尴尬地红着脸，转头看着阿琳。

“脏东西不是很多，对吧？”

“我觉得不多。”阿琳宽慰她说。

佩佩想起在去永吉和丝绸厂前，她的生活曾经多么不同。

村里的人用好奇的目光打量着她们。当佩佩和阿琳经过他们身边时，她们的交谈声变成了小声的低语。佩佩禁不住仔细地打量着他们每一个人，心里想说不定他们当中的某个人有可能是她姐姐丽丽，或是她妈妈，甚至是她爸爸。她微笑着，想着他们看到的这个景象：两个穿着一模一样白衣服的人在路上走着，两个轿夫抬着轿子在后面慢慢地跟着。

“你想去寺庙看看吗？”她问阿琳，想到村子里曾经有一个挺好的大楼，她放松了一些。

“我愿意去看看寺庙。”阿琳回道，直了直身子。

佩佩领着阿琳向寺庙走去，它坐落在村子的最里边。这么多年过去了，寺庙还是高大雄伟，精雕细刻的大门和又高又粗的柱子，都涂着闪着金光的红色。

“这座寺庙是由村里和农民一起集资修建的。”佩佩解释说。

“很漂亮。”阿琳说。

“我只进去过一次，还是在不应该进去的情况下进去的。我父母对我四处乱跑感到很生气。”

阿琳笑着：“你小时候一定很不听话吧。”

“我就是想要看看里面到底什么样。”

“看到了吗？”

“看是看到了，但是有后果，不过还是值得的。”佩佩笑着，“那之后的一个星期我被罚做家务，没完没了，我几乎都没时间坐下来了。”

佩佩第一次感到很骄傲。她告诉轿夫在外面等着她们。她们推开寺庙沉重的大门，一阵凉风和浓浓的熏香味将她们包围。走进带有高高祭坛的空荡荡的房间后，佩佩感到心跳加速，这座寺庙和她见过的其他寺庙很相似。但是佩佩能感到这里有什么东西是不一样的。那些童年时曾经的神秘和兴奋就这样突然重现于脑海。

从寺庙昏暗的前门出来后，她们来到屋外灿烂的阳光下。佩佩眨了眨眼睛。她没跟阿琳提过回家看看的事，不过她知道阿琳想知道她们会不会去。佩佩转向阿琳想说点什么，但又停住了，她微微张着嘴唇，用舌头舔着它们。

“你下一个想看什么？”佩佩终于问。

“你成长的地方。”阿琳说。

佩佩犹豫着。她在地上倒换着左右脚地站着，思考着，然后才说：“离这儿还挺远。”

阿琳指了指轿子。两个轿夫坐在那里，正用白铁水杯喝着水。

“所以我们才雇了他们。”

佩佩又陷入沉默，试图衡量一下可能性。她知道如果她选择回到船上，阿琳不会再坚持。过去几年，尽管痛苦与好奇依然在她心中燃烧着，但佩佩很少提及她的家人。

“你不用马上决定，我们先弄点东西喝吧。”阿琳说，“然后我们再决定到底去哪儿。”

她们转回身走到她们刚才经过的一家小茶馆里，佩佩和阿琳一出现，里面人的谈话马上就停止了。在凝重的沉默中，佩佩能感到人们好奇的目光一直在追逐着她们的身影。佩佩没有移开目光，而是看向那些饱经风霜的脸，他们斜视的目光似乎要将她洞穿。

茶馆很小，里面很多人。他们坐在木箱子上，那些木箱子在他们的重压下吱吱作响。屋里放着三张长桌子，已经显得很拥挤了，她们坐在其中的一张桌子旁。空气中茉莉花茶淡淡的清香混合着烟味。一个矮小、随和宽厚的人朝她们点着头，给她们倒了两杯茶。然后他拿着他的大银壶，又给别人续茶。阿琳要了一盘虾饺和一份糕点。佩佩慢慢地喝着茶。

“你是想回到船上吗？”阿琳问，“还是去另一座寺庙？”

佩佩没有马上回答。她们已经走了这么远，已经到了这里，她知道现在回去会很愚蠢。她夹起一个饺子慢慢地吃着。每咬一口都向她心中的答案靠近一点，这个答案从她的双脚刚一踏上这片红土地时就已经了然于胸了。当她抬头看向阿琳时，已经做好了决定。

“我想让你看一看我长大的地方。”佩佩说，把她的杯里又续满茶。

路还是像佩佩印象中一样曲曲弯弯。轿夫们在依然沉睡的土地上快步走着。佩佩有一种很奇妙的感觉，在孩童时就包围着她的这一大片土地，现在对她有着更多的意义，尽管隔开他们的已是悠悠长长的岁月。

"小时候，我基本上没注意这些土地。那时这些土地上到处都是深深浅浅的裂缝，我和丽丽经常在上面玩。"佩佩说。

"你们家的农田还有很远吗？"阿琳问。

"已经很近了。"

"你如果想回头，我们还来得及。"

佩佩摇着头。"我没事。我们下来走路过去，行吗？"

"行啊，当然行。"

佩佩马上告诉轿夫停下。他们把轿子放低，佩佩和阿琳走了出来。她们告诉轿夫在路旁的树荫下等她们。然后她们继续向前走去。

走了没一会儿，她们就到了一座小山坡，下面就是她爸爸的农场。佩佩感到很慌乱。这和她初到女工之家时那种迷失的感觉几乎一样。她感到阿琳挽起了她的胳膊。"如果他们已经不住在那里了怎么办？"佩佩喃喃说着，"如果他们不认识我了怎么办？"这些问题一个个从她唇间冒出，但她并不期待阿琳的回答。

相反，佩佩转过头，专注地看着下面纵横交错的水田。她的眼睛突然集中到远处一个孤单模糊的身影上。她迅速转向阿琳，指了指那个人。她感到血一下子冲上了脑门儿。"那是我爸爸。"她说。

"我在这儿等着。"

"不，我想让你跟我一起过去，好吗？"

"你确定吗？"

佩佩点点头。

她们走下那条脏兮兮的土路，谁都没再说话。她们走到最大的鱼塘旁，佩佩的爸爸正在那里干活。他正倾着身子往黑乎乎的水里洒什么东西，好像没有注意到她们。佩佩感到阿琳正在注视着她，但她无法回应。就好像她看见了一个幽灵。她目不转睛地盯着爸爸那高高瘦瘦的身影。

～ 拥抱大地 ～

从眼角的余光他能看到她们向他走来。当鲍钟第一次注意到她们时，他以为他是在做梦，是在梦中看见的这样与众不同的景象。然后他稍稍转了下身，转到刚好可以看到她们的角度，看到两个穿着白色衣服的年轻女人正走向他。有那么一会儿，他以为他的阳寿到了，这两个女人是来领他去往另一个世界的。“玉笙怎么办？”他自言自语，心跳加速。但是当他把拳头放到装鱼食的桶里，触到桶底的时候，他发现自己还是活得好好的。

通常情况下，连续好几个星期，除了玉笙，他看不见任何其他人。这种安静只有在他去市场的时候才会被打破。在市场上，他也会尽快把东西卖完，然后乘着小船沿着窄窄的河道回家。镇上的人以及他们废话连篇的交谈使他很不舒服。他总是喜欢与他的鱼塘和桑林独处。

然而，当这两个女人向他站着的地方走来的时候，他没有别的选择，只好站直身子，转过身来面对着她们。过了一会儿，他才敢抬头去看她们的脸、她们的眼睛，他一看向她们，马上就认出了其中的一个是他的三女儿佩佩，她现在正站在他面前。她长高了，也长漂亮了。她的颧骨和嘴跟他的一模一样，而眼睛却像玉笙。这么多年以后，她还能找到回家的路。鲍钟站在鱼塘边看着她，忽然觉得很窘迫，他在她的眼里一定是个年迈体衰的老人了吧。

但使鲍钟更吃惊的是他先听到的竟然是他自己的声音：“是佩佩吗？”他问。

“是我，爸爸。”

“你回来了？”

“只是回来看看，看看你和妈妈。”

佩佩的嗓音颤抖着。他看到她的眼睛搜索着桑树林，寻找玉笙。

“你妈妈看到你回来，一定会非常高兴。”

“她在哪儿？”佩佩问，又转向他。

“她病了挺长时间了。”鲍钟放下他手里的鱼食桶，把他的脏手在裤子上蹭了蹭。“她在家里。”

“丽丽呢？”

“她有自己的家了。”他很快地说。

他把目光从佩佩身上移开，看着房子的方向。他转过头来后，把目光停留在她女儿旁边的那个女人身上。一看她光滑的肌肤和她的容貌就知道她不是农民的女儿。

“这是阿琳，”佩佩说，“她是我在丝绸厂的朋友。”

阿琳微微低了下头，说：“很高兴见到您。”

鲍钟不自然地沉默了一会儿，然后笨拙地向阿琳点了下头。

他不再看她们，拎起剩下半桶鱼食的桶，然后把它们都洒进了水里。

“走吧。”他说，领着她们朝坡上的家走去。

老鲍推开他自己盖的房子的房门，忽然为他们居住的这个狭小而简陋的家感到羞愧。一股热乎乎的霉味扑鼻而来，他迈进房里，让眼睛慢慢适应屋里的黑暗。她们进来时，有些东西已经不一样了；在沉闷单调了很多年后，他的生活又被激起了涟漪。他转过头确认佩佩和阿琳都在，看到佩佩的眼睛慢慢地看着她童年时生活过的房间。她的目光停留在屋角那张她和丽丽曾经一起睡觉的床上，但她什么也没说。

老鲍走到桌子旁，点亮了油灯。没有看到玉笙的影子。她一般都在灶膛边做饭，有时他会发现她的眼睛出神地看着燃烧的火焰，但今天她没在那儿。鲍钟希望玉笙今天能够起床，能够精神好一点地迎接他们的女儿回家。他更希望佩佩的回家能让玉笙病情好转。

“你妈妈一定是在休息。”他说，同时感到了一丝恐慌。但还没等他再说什么，就听到另一个房间里有一点响动，玉笙突然从挂着的门帘后走了出来。

鲍钟依然沉默着。佩佩的声音轻声唤道：“妈妈。”

鲍钟转向玉笙。开始玉笙睁大了眼睛，像看见了鬼似的；然后慢慢地，老鲍看见他熟悉的精气神又从玉笙身上回来了。很多年来，由于三个女儿的死，他看着玉笙曾经年轻的心也在一点点死亡。他已经放弃了能重新看到她欢欣鼓舞的希望——直到现在。

玉笙慢慢地走向佩佩和阿琳，老鲍赶紧闪到一边给她让路。

“佩佩？”玉笙低声说，“真的是你吗？”

“是我，妈妈。”

“你还活着吗，佩佩？”

佩佩笑了。“是的，妈妈，我活得好好的。”

佩佩一点也没犹豫地张开双臂，抱住了妈妈那羸弱瘦削的身体，抚摸着她花白的头发。

“我跟老天爷祈祷着，让你还活着。有一阵子，你爸爸说你在新的环境里挺高兴，我不相信，可也已经太迟了，我们已经把你送给了丝绸厂。我祈祷着有一天你能回来，能原谅我们。”

“我已经不怪你们了，妈妈。”

玉笙往后退了退，长时间地仔细地看着她的女儿。“我就知道你会很高的。”她说，拉着佩佩的手，停了一会儿，又说：“小时候，你就比别人高。”

鲍钟沉默地站着，看着她的妻子和第三个女儿。和佩佩站在一起，玉笙显得那么瘦小、那么苍老。他想伸开胳膊把她们俩都拥抱在一起，可他不知道怎样做。当他感到双眼灼热、涌满泪水时，他快速地离开了家，又回到他的鱼塘去了。

第15章

玉笙

开始玉笙以为自己还是在睡梦中。她又一次拥抱着佩佩，抱了很长时间不肯松开。当最后松开她的女儿时，她感到一阵疼痛漫过她弱不禁风的身体。连续很多年的悲痛让她感到很沉重。玉笙一直都在想着她是否能再次见到她的三女儿。对佩佩她一直有一种犯罪感：佩佩没有被死神抓走，没有牺牲于婚姻，她是被送走、被卖掉的，而卖掉女儿的目的仅仅是为了保住农场。

过去的这些年里，随着身体的每况愈下，玉笙一直在请求宽恕。她害怕就这样死去，到了另一个世界，却不知道佩佩是否一直都在恨她。她从来也不敢想她们之间还会有温情。因为她们从来都没表现过，也从来不曾知道。

当玉笙终于松开手后，她感到很尴尬。她红着脸，把掉下来的一缕白发撩到后面。然后，下意识地，她开始用手去抚平粗布衣服上的褶皱。

“妈妈，我想让你认识一下我的朋友阿琳。”佩佩说，安静的房间里回响着她唱歌般的声音。

玉笙转过身，第一次意识到还有另一个人站在她身边。她的目光停留在那个个子稍矮一点，但却更漂亮的年轻女人身上，她的面容细腻光滑又可爱，玉笙马上点了下头表示欢迎。

“见到您我非常高兴。”阿琳说，向前走了一步。

玉笙往后退了一下，不好意思地把目光从两个年轻女人身上移开。她快速地走到水桶旁，往茶壶里舀了点水，然后把它放到火上。有点事情做让她马上觉得舒服自然了许多。从一个小罐里，她拿出一点茶叶，把它们放到壶里。她需要一点时间来消化发生的这一切。玉笙拨了拨炉火，又把目光投向她的三女儿。佩佩长大了，和她想象的不太一样了。她看起来还是那么像她爸爸，但玉笙从佩佩的眼睛里能看到自己的影子。佩佩长得那么高，那么自信，很明显，在她们分开的这些年里，她得到了很好的照顾。那么老鲍说的佩佩在丝绸厂会有更好的生活是真的了？从佩佩离开他们到丝绸厂的那天起，这些问题就一直在困扰着她。每当玉笙闭上眼睛，她那充满好奇心的女儿就在她眼前，而每天晚上，她的心都堵得满满的。

玉笙张开嘴，但嗓子里有什么东西在那堵着，说不出话来。她感到眼睛发热，却没有泪水。玉笙抬起手来挡着脸。当佩佩拥抱着她时，她感到一阵虚弱，她放松着自己，让自己靠着女儿，感受着女儿身上的温暖。这不是梦。老天爷没有遗弃她。佩佩真的回来原谅她了。

“请坐，请坐，茶马上就好了。”玉笙说，离开佩佩的怀抱，对阿琳不好意思地笑着。

“别太麻烦了。”阿琳说着，在粗糙的凳子上坐下了。

玉笙往壶里倒上热水，泡着茶。她从上面的柜子里找到一点她从镇子上买的饼干，把它们放到一只小盘子里。她用一根小细木棍搅动着茶水，然后把它们倒在三个茶杯里。此时，她才觉得自在了一些。她把茶水端到桌上，在她们对面坐了下来。玉笙端起一碗茶，慢慢地喝着，满足地轻轻叹了口气。

“你和爸爸一向都好吗？”佩佩打破沉默，问道。

玉笙惊喜地发现她女儿的声音那么平稳那么冷静。“和期望的一样好。”她慢慢地答道，“我们都老了。”

佩佩摇着头，笑着。

“要是你现在不来，我可能在这里待不了多长时间了。”

“我一直不明白为什么你们从没来……”佩佩开始说。

“你爸爸总是忙着鱼塘的事，我也忙得脱不开身，有时候再有点别的事。”玉笙还没等她女儿说完，就抢着说。

佩佩喝着茶，看着这所简陋的、始终也没有修整好的房子。玉笙知道，在佩佩离开的这些年里，这房子里的什么东西都没变。

然后，佩佩以关切和好奇的口气问道：“妈妈，丽丽在哪里？”

玉笙的眼睛一直也没离开过女儿，就像她小时候不断地问着稀奇古怪问题时一样。“她嫁给了山那边的一个农民。”

“她幸福吗？”

玉笙移开了目光。她喝了口茶，目光茫然无措。“她得照顾她丈夫和他的家庭。”她心不在焉地说，“不过至少她应该高兴她头上有一片屋顶。”

“丽丽结婚多长时间了？”佩佩继续问，急切地想知道关于她姐姐的一切细节。

“很早以前了，她刚刚过了十五岁生日就走了。”

玉笙看到了佩佩脸上惊讶的表情。她看到佩佩的嘴唇颤抖着，想不到她姐姐已经结婚十多年了。

"她有孩子了吗？"

玉笙摇着头。"我们好长时间没有她的消息了。那个农民的老婆死于难产，他结婚时有他自己的孩子。他在镇子上看见了丽丽，就派了媒婆过来找你爸爸，想要丽丽做他的老婆。"

"爸爸就这样让那个农民娶了丽丽？"

佩佩极快地问道，她感到很愤怒。阿琳伸出手，摸了下她的肩膀。

"不是你想的那样。"玉笙急促而大声地说，"你爸爸跟丽丽说了，让她自己拿主意。她选择了去当那个农民的老婆。那是她自己的决定。"

佩佩控制着自己，什么也没说。玉笙知道，相对于佩佩的被送走，丽丽有更多的选择。她扫了一眼阿琳，阿琳沉默地看着桌子。玉笙停了一会儿，但她并不想就这样沉默下去，她不会再向佩佩隐瞒任何东西。玉笙以平静的口气，告诉佩佩，按照习俗，丽丽在结婚的第三天，要回门，因此她回来了一次，从此再也没回来，那是她最后一次见她。

"你姐姐回门的第一天早上，你爸爸很早就去了鱼塘。我起床后看到丽丽还在睡觉。我轻轻地下了床，免得惊醒她。丽丽走了那么远的路回来，一定是累坏了，因为她一直也没动弹，就连我走到她床边，看着她，她也没动一下。就是在那时候，我注意到了什么，我到现在也不明白是什么让我轻轻地掀开了她的毯子，只是一角，但我却看见了她胳膊上的伤痕。丽丽动了一下，但没醒。我又慢慢地把毯子掀开一点，看到了她大腿和小腿上的淤血和抓痕。我发现即使在睡梦中，她也好像老了很多。我想把她唤醒，把她抱在怀里安抚她，可我仿佛僵硬了般，动弹不了。你知道丽丽在那一点上多么像你爸爸，她把一切都闷在心里。”

玉笙停住了，深深地叹了几口气。她抬起头看着佩佩，红红的眼圈有些泪水。佩佩张了张嘴，但什么也没说。

沉默中，玉笙的声音再次响起。

“丽丽没醒。如果不是那轻微的呼吸声，她就像死了一样。我站在那儿，看着我的大女儿，她的身上被打得青一块紫一块，那时我真希望她也像我的其他女儿一样死掉算了，免得再回到那个恶魔般的农民那里。我小心地给她把毯子盖好，就去忙了。等丽丽起了床，她就又帮我忙这忙那，好像她从未离开过家一样。”

“那你就什么都没说吗？”佩佩回避着玉笙的目光，问道。

玉笙等着佩佩看向她。一直等到佩佩真的转过头来看着她，她才说：“我们谁都没说一句话。当几天后她要回到她丈夫家的时候，我跟她说现在还不太晚。如果她决定不再回去，我们不会觉得是耻辱。但是她摇着头说：‘不，这是我自己选择的。’我想再说点别的，但还有什么用呢？她的生活和她丈夫连在一起，不论多么艰难，都得坚持，就像我和我的丈夫。”

“但既然已经知道了，你怎么还能让她回去……”佩佩感到阿琳向她靠近了些，就停住了。

“她能有什么选择——或者回到她丈夫身边，或者留在这里，让家人抬不起头来。”玉笙静静地说。她咳嗽着，房间里响起干干的刺耳的声音。手扶着破旧的桌子，玉笙慢慢地抬起身子。佩佩想帮她，她却示意佩佩回去坐下，自己慢慢地站稳了。

过了一会儿，她说：“给你朋友再添点茶，我一会儿就回来。”

就慢慢消失在那层门帘后面了。

佩佩和阿琳都沉默地坐着。

玉笙返回时，手里拿着一个卷起来的纸卷。她把它放到桌子上，又坐下来。

“我一直等着有机会把这幅画给你。我一直记得你小时候是多么喜欢它。”玉笙清了清嗓子说。

“我没给你带什么东西。”佩佩静静地说。

玉笙发现佩佩的眼睛热切地转向曾经挂着那幅画的那面墙。那里只剩下一点和别的地方颜色不太一样的模糊印记。玉笙什么也没说，只是抬起手，抚摸着佩佩的脸颊，替她擦去了脸上的泪水。

～ 明亮的光 ～

“趁着天还没太黑，快走吧。”她妈妈挣脱了佩佩紧紧的拥抱，说道。然后她转过身，拉着阿琳的衣袖，但什么也没说。阿琳心领神会地腼腆地笑了一下。

太阳已经落山了，落日的余晖斑驳地洒在下面的鱼塘上。佩佩退后几步，看着装满了她童年记忆的已经褪色的房子和它周围的土地。尽管岁月流逝，但这里几乎没有任何改变，以至于她幻想着记忆中年轻的丽丽会随时出现在她面前。她感到妈妈的手在拉着她的胳膊，就回过头看向妈妈。妈妈的脸上有一抹静静的微笑，已经没有了先前尴尬的痕迹。她拉着佩佩的手，很长时间以后才松开。

这么多年过去了，佩佩应该很了解她的父母，不过他们比她想象中更苍老更憔悴，行动也更迟缓。她爸爸的疏远与冷淡在她出生前就已经形成；但佩佩知道她妈妈不一样。她觉得她妈妈每次都是故意用严厉的话语把自己和她们分开。现在佩佩看到的是那份难以名状的思念，和妈妈那痛入骨髓的渴盼。所以佩佩毫不犹豫地走向妈妈，像她长久以来期待的那样紧紧地拥抱着妈妈瘦弱的身体，如果不是妈妈轻轻地推开她，她似乎永远也不会放开妈妈。只有在那个时候，她才真正发现，妈妈真的老了，她曾经黑缎子般的漂亮头发现在全都花白，没有了一点光泽，苍白松弛的皮肤上布满了皱纹。

曾经，佩佩最大的愿望就是能让妈妈高兴。小时候，她从来就没有做到。那个天赐的礼物是丽丽的，丽丽天性中的乖巧与听话自然地做着佩佩竭尽全力也没有做到的事情。丽丽需求的很少，最简单的东西都能让她满足。佩佩总是姐妹俩中比较强势又不安分的那一个。尽管她一直在努力，但她永远都是不听话的那一个。她想了很长很长时间，终于明白这就是为什么她被送到丝绸厂的原因。她总是要求一些父母无力满足她的东西。佩佩现在明白了被送到丝绸厂是她自己的命运。除了她，父母没有其他选择。由于性格的原因，丽丽有可能退缩；她却存活了下来。

在一片光影中，佩佩在鱼塘边搜寻着爸爸的身影，想再看他最后一眼，但没看到人影。周围是浓重的湿气。爸爸没回家给她们送行，但她知道他一定是躲在鱼塘。她永远也不会忘记她爸爸在认出她后脸上的表情。他在阳光下眯着眼睛，但即使那样她也看到了爸爸认出她时眼睛里发出的光彩。虽然默默无语，但他的眼睛睁大了，如果不是因为性格原因，他一定会惊喜地抓住她。相反，他只是定睛看着佩佩，喊着她的名字，好像她刚刚从隔壁的房间进来。她很想说："对，爸爸，我是你的女儿佩佩，我终于回来了。"但她和爸爸一样，什么也说不出来。只是多年后，像梦中期待的那样站在爸爸面前，却发现她记忆中的爸爸，现在看起来早已不像原来那样高大挺拔。

“替我跟爸爸说再见，好吗？”佩佩问。

她妈妈点点头。“他不愿离开他的鱼塘。”然后她用疲倦的声音跟阿琳低声说着什么。

“没事儿，妈妈，我会再回来的。”

玉笙又叹了口气：“走吧，快走吧。”

“照顾好自己，我不久就会再回来的。”

玉笙点点头，挥着手，看着她们走上那一段肮土坡。佩佩回过头，看着妈妈渐渐模糊的身影，那件粗布衣服在她已经瘦弱不堪的身体上，显得那么肥大。佩佩越走越远，妈妈一直挺直腰板地站在那里，直到最后从视线里消失。

佩佩和阿琳在山坡上消失很久后，玉笙才转过身。如果不是确定她是清醒地站在那里，她会觉得那是一个老妇人的幻想。佩佩回家了，原谅她了。漫长的生命中，玉笙第一次感到很无助，不知道自己接下来该干什么。突然一阵恐惧袭上心头，使她赶到关着的门旁，倚着门站立着。生命中她第一次感到如此的空虚。

玉笙往前走了一小步。她看着下面的鱼塘，知道老鲍可能就藏在桑树林的什么地方，看着她。在过去的一年里，他就一直密切地注视着她，好像她已经不能独自站立，随时都会倒下似的。如何才能让老鲍明白，她想要自己待着，她值得拥有不再辛苦劳作的日子？只有一种方式能让她承受这一事实：老天爷带走了她的孩子们，她需要为此付出一些代价。她能给予老鲍的很少，希望从他那里得到的更少，但最近他对她似乎像对他的田地一样上心了，而且还很执著。

玉笙叹着气，又向桑林看了一眼。有那么一会儿，她以为看见了桑树叶在无风的日子里的舞动。她直了直腰身，把头发往后抹了抹，然后慢慢地向着桑树林走去。

第16章

1936 / 佩佩

探访完父母回到姐妹之家后，一连几个星期，妈妈最后的身影一直萦绕在佩佩的心间。她不断地说着还要回去，要找到丽丽。

“丽丽不会离我父母太远的，”她说，“我妈妈说就在山的那边。”

佩佩坐在阿琳那小小的无窗的办公室里。几个月来她们第一次又开始忙着完成大订单。空气里是忙碌的机器的轰鸣声。过去几年，工厂经历了萧条时期。大萧条产生的经济低迷使好几家工厂都关门了。很多姐妹都被迫提前退休去了退休女工之家或到广州、香港等地做女佣谋生。钟老板还在坚持着，但看起来另谋出路也只是时间问题。

外面，陈玲大声地给大家说着事情，以便能在隆隆的机器声中让大家听到她说的话。“那边，那边，对，对，小心点！”她指挥着从其他工厂来拿成品丝的几个男人。

佩佩起身把门关上，这一片刻的宁静像是给她的礼物。她在等着阿琳的回应。

“你没事吧？”佩佩终于问。

“没事，到目前为止没事。”阿琳回答，“只是下周我们有很多事情要做，再然后，如果事情没有转机，我不知道我们会不会还在这里。”她抬起头，无助地看着佩佩。

“我们会没事的，”佩佩轻声说，“我们也可以像其他人那样去广州或者香港。而且，形势瞬息万变，谁知道明天会什么样。”

阿琳努力笑了一下。她茫然地点了下头。佩佩知道阿琳担心的不单单是丝绸厂的存亡。国内的战争离她们已不再遥远，日本鬼子正快速地向她们逼近。她们在观望等待，知道无论如何，她们都是要离开永吉的。

佩佩知道阿琳还在为其他一些事情烦恼着。

“到底怎么了？”她问。

“我不知道为什么我表现得这么傻，”阿琳说，“我也不知道我是怎么了，都是工作上和小日本的事。”

“我知道我没帮上什么忙。这些日子我光想着我家里的事了，没注意到其他事情。”佩佩道歉说。她看着阿琳，等待着。“到底怎么了？”她又一次问道，“我知道肯定有其他事。”

“确实有其他事，”阿琳说，努力想赶走心里的那份慌乱，“陈玲今天早上跟我说了梅姨的事。她可能不得不让她离开了。看起来好像是梅姨的一些举动让姑娘们害怕或受不了了。不仅仅是她说话时大声大气的；她还不让任何人进厨房，而且一旦有人接近叶姨的房间，她就尖叫着说有人要杀人了。”

“她能去哪儿啊？”佩佩问，“女工之家是她唯一的家。”

“陈玲知道这个。所以她才让我去跟梅姨谈，希望能找到一点解决的办法。不过她并没有说梅姨会一直得到很好的照顾。”

“她在女工之家度过了她的大半生，她不可能在其他地方生活的。”

佩佩开始来回踱步。梅姨已经是这个女工之家的一部分，就像叶姨一样。没有她，女工之家就会失去和以往的最后一点联系。

“别担心，我们今天晚上去看看梅姨，”阿琳宽慰她说，“会找到办法的。走吧，那个订单还要完成。”

“你会想出办法来的。”

阿琳苦笑了一下。

佩佩打开门，犹豫了一下。她想转回身去安慰安慰阿琳。但机器的轰鸣声传了进来，使整个房间开始震动。

～ 积少成多 ～

梅姨拖着病腿在厨房里快速走着，往一个瓶子里放了一把米。几天后这个瓶子就会满了，没人会注意每天的晚餐都少了一些米。尽管她知道这种抽取食物的方法很快就会结束，但她还是以同样的方法、相同的分量来收集着茶叶和面粉。现在每顿饭都没有足够的米下锅了，要剩一点就更难了。道路和港口都被蒋介石的军队把守着。

梅姨听到外面有什么响动，于是趋步上前，抬头看着。她仔细地听着，发现只是邻近的猫发出的声响。她转身继续干活。等梅姨再次抬起头来，看到叶姨正坐在她对面看着她干活，她笑了。

“另一瓶又快满了。”梅姨自豪地说，举起那个瓶子给叶姨看。

“你把它们藏好了吗？”叶姨问。

“按照你告诉我的方法，藏好了。”梅姨笑着，“没人敢进你的房间。”

叶姨点着头表示赞许，看着梅姨给另两个瓶里装满了干粮。装满后，梅姨盖好盖，把它们拿到她的床下，藏起来。她像母亲保护孩子一样地保护着这些东西，没有她的允许，谁都不能进厨房，包括陈玲。等到瓶子装满后，她会把它们拿到楼上叶姨曾经住过的房间里。

当梅姨重新回到桌子边时，叶姨正站着检查梅姨做的晚饭。

“姑娘们的东西够吃吗？”叶姨问。

“噢，够吃，我从来也不多拿。”

叶姨笑着：“好，好。”

梅姨犹豫了一会儿，说：“我觉得陈玲开始怀疑了。”

“噢，陈玲从来就不知道适可而止，哪怕是对她自己有利的事情。”

“那我应该怎么办？”

叶姨在厨房里踱着步。“继续做，但是如果陈玲坚持，那就停下，直到安全为止。”

“我们就不能告诉她吗？”

叶姨摇着头，往上翻了翻眼睛。“谁会相信你啊？陈玲不会，如果你告诉她是我在让你储存粮食好应付前面艰苦的日子，她肯定更不信。对她而言，我已经死掉了，被埋葬了。她们全都会以为你疯了——实际上她们已经认为你疯掉了。”

梅姨沉默地低下头。她知道叶姨是对的，她无话可说。她只是对叶姨能够回到厨房陪伴她感激不尽。梅姨不想惹恼她的灵魂，从而永远失去她。所以她没有争辩，只是抬头看着她的老朋友，点了点头。

那天晚上，梅姨听到敲门声，打开门，惊奇地发现是佩佩和阿琳站在那里等着进来。她已经有好几个月没有看到她们了，她们不像其他姑娘那样来来去去的，所以梅姨看到她们很高兴。

“你们过来找陈玲啊？”她充满期待地问。

“不是，我们想过来看看您。”阿琳说，在所有的这些姑娘们中，梅姨最喜欢的就是阿琳。

“看我？”梅姨羞怯地笑着。

她往后退了一步，让两个姑娘进来，把她们领到饭厅。她们坐下后，梅姨去了厨房，拿了两杯茶过来。

“你们想跟我说什么？”梅姨站在她们身边问。

“您先请坐，梅姨。”佩佩说，给她拖了一把椅子。

梅姨开始犹豫着，然后不太自在地在她们身边坐下。

阿琳清了清喉咙，然后说：“有一些姑娘让我们过来跟您谈谈。是关于您的一些行为……”

“是谁？”梅姨问。

“是谁并不重要，”阿琳接着说，“关键是您大喊大叫地不让她们进厨房，确实是吓坏了一些姑娘。”

梅姨从椅子上半站起来，她的手在空中挥舞着。“难道不是阿梅我天天晚上给她们做饭，然后又帮着她们收拾一切吗！她们可以在这房子里的其他房间随意进出，但厨房是我的。你们刚到这里的时候就都知道这一点的。”

“那叶姨的房间呢？”佩佩问道。

梅姨倔强地看着她们俩，保护着自己，她与叶姨争斗了这么些年，她有经验，知道怎么做。“那个房间是我的。阿叶把它留给了我，我需要时好用它。我不想让她的灵魂被打扰。另外，如果她们就待在属于她们自己的房间里，根本就不会有麻烦。”梅姨说。然后小声嘟囔着她脑子里想的其他想法。

“我们能不能找到一种简单的方法来处理这件事啊？”阿琳问。

梅姨挺直身子，生气地说：“解决这个问题只有一种方法：告诉她们都离我的厨房远点！”

然后梅姨把椅子放回，又回到了厨房里那个安全的天堂。黑暗中，她僵直地坐在床上，阿琳和佩佩央求她出来，她也不答应。她们俩谁都不敢进厨房，梅姨的脸上显出胜利者的笑容。她待在里面，直到确信她们俩已经放弃并离开，听到了前门咔嚓的关门声。然后她小心地用手摸了一下床下那三个装着食品的瓶子。确定它们都安然无恙后，她才放松地躺到床上，闭上了眼睛。

第17章

1938 / 佩佩

佩佩回家探访父母后的几年里，所有的事情都发生了很大的变化。战争的迹象越来越明显，使她们的生活充满恐惧。尽管战争在中国境内已经持续了很多年，但永吉依然没被侵扰，也没受太大的影响。她们的信息来源是那些经常往来于广州及大城市的人。佩佩还是生活在她自己的梦幻里，现在却被惊醒了，战争的风暴到底还是席卷过来了。像所有酝酿中的风暴一样，它聚集起所有的力量，向这个世界势如破竹地横扫而来。

从前人们可以轻而易举地到小镇旅行，现在却变得困难重重。几个刚设立的检查站搜寻着叛乱分子，也留心着日本人。随着战争向南方的日益逼近，能够得到允许从一个地方去往另一个地方的人越来越少。佩佩试图查找姐姐的信息，但都徒劳无获，她妈妈即使有信来，也是很慢。佩佩只从妈妈那里收到过几封信，然后就没消息了。她妈妈的字很大，颤抖而歪斜，只有寥寥几句，很少有佩佩渴望了解的丽丽的信息。她妈妈只是说，这么多年过去了，她也不能确定丽丽在哪里。她爸爸知道的就更少了。然而，不管这个过程有多漫长艰难，她也不会放弃，她要一直努力，直到找到丽丽为止。现在她只希望在动荡不安的环境下，她的家人都能够平安无事。

每天晚上，陈玲都会把还留在工厂的姑娘们召集起来开会。随着战争的来临，丝绸的生产被降到了历史的最低点，只有少数姑娘被留了下来。只有一间工厂的三栋大楼还在继续生产。陈玲负责帮大家做准备，准备着某一天她们不得不离开工厂。像往常一样，这件事情自然落在了陈玲肩上，佩佩总是很佩服陈玲与生俱来的那份天赋：能把最害羞最忸怩的人动员得听从她的号召站起来。

“咱们是最后一批了，”陈玲说，“咱们在这里的日子也是屈指可数了。咱们必须得像其他姐妹那样，为了保障自己的未来做点准备了。如果你还没有开始，那你就要赶紧想一想你未来的出路及计划了。”

像往常一样，她们都听陈玲的，陈玲说什么她们都服从。

有一天在会议上，大家同意都要待到工厂关门的那一天。佩佩和阿琳知道这也不过就是几周的事了，但是她们需要慢慢地适应将要面对的那个恐怖的环境。在会上很少发言的孔妈，在慢慢准备着到退休女工之家。陈玲和阿明谈及在乡村的素食庵堂，很多未婚妇女都到那里皈依佛教。阿琳开始说她们去香港的计划，知道日本鬼子一旦打过来，广州也会难逃劫难。肯定会被他们用作重要的港口。阿琳已经给家里写了信，正在焦急地等着他们的回信。不过大家都希望事情不会像表现出来的那样糟糕。

佩佩感到比较宽慰的是梅姨继续留在了女工之家，每一次开会她都给大家准备茶水，还是全力行使着她对厨房的控制权。她还是不允许任何人进入她的厨房或叶姨的房间。陈玲放弃了原来的打算，让梅姨自行其是。“她已经老了，有她自己独特的做事方式，”陈玲说，“让她自得其乐吧。”所以梅姨依然在房子里我行我素，像以往一样难以接近，不和任何人直接接触，她用这种方式保守着她的秘密。

一天晚上，佩佩和阿琳从女工之家开完会回来，佩佩收到了一封信，信是下午送来的。她拿起信，希望能得到点关于丽丽的信息。但是佩佩马上发现信封上不是妈妈颤抖的笔迹。她赶紧撕开信封，读着简短的几行字，感到难以相信。信是由一个陌生人写来的。寥寥几行字里，透着残酷，说她妈妈在睡梦中去世了，她爸爸把她埋在先人的墓地里。佩佩一遍遍地读着信，试图重新组织这些字词，以便能发现更多的信息。佩佩想象着她爸爸花钱找了一个毫不相干的人写了这封信，想到这里，她的心更痛了。她像木头一样呆坐着，眼里没有泪，只是发着呆，直到阿琳发现她时，那张皱皱巴巴的信纸还放在她的膝盖上。阿琳拿起信，读了一遍，轻声对她说：“对不起。”然后把她领到楼上，让她躺在床上。

那天晚上，佩佩的梦里聚集着很多影子和鬼魂，他们在她周围晃着，但她却无法看清他们的脸。佩佩一会儿睡一会儿醒地折腾着。屋子里一片黑暗，使她昏昏沉沉地又睡着了。然后，她妈妈清楚地出现在她的梦里，依旧沉默不语，但却年轻而美丽。她妈妈来到她的床头，低声跟她说她有多爱她，能和她死去的孩子团聚她是多么开心。其余的一切妈妈是用眼神传递的，常年的辛苦劳作与心情压抑导致的忧郁慢慢变成清澈平和的注视。当佩佩向上伸出手，试图要最后一次拉住妈妈时，她感到自己突然动了一下，醒了过来，只看到黎明柔和的光照进房间，她已经不见了。

佩佩毫无知觉地麻木着，好像空虚感把她全部吞没了。她听到阿琳从旁边的床上发出的轻轻的呼吸声，但这并没有使她感到安慰。她需要抱着点什么东西。于是她坐起来，用胳膊抱着膝盖。一阵寒意渐渐向她袭来，然后她禁不住全身颤抖。无法控制的颤抖使她流下了眼泪。佩佩哭了起来，开始还怕吵醒了阿琳，默默地哭着，后来就不管不顾地放声大哭。

不知道过了多长时间，佩佩发现油灯在她身边亮亮地燃烧着。她蜷缩在床的一角躺着。然后是阿琳的轻声呼唤把她拉回到现实中来，她感到阿琳的双臂紧紧拥抱着她。她的眼泪终于止住了。

妈妈死后，佩佩夜不能寐，总是有种说不出的恐惧伴随着她。关于战争和武装斗争的消息比比皆是。日本人处决平民的传言很快散布到天涯海角。那些从上海、南京等日本人占领区幸运逃出来的男人、女人和孩子们疯狂地逃往南方。沿途没有被饿死的人一路讲着他们亲眼所见的大屠杀。日军肆意强奸妇女，杀害了成千上万的中国人，在城市街道制造了一个个万人坑。街上到处是腐烂的尸体，发出一阵阵令人难以忍受的恶臭，直到全部被埋到万人坑。

每一天，佩佩都试图找到能联系上她爸爸的方法。她写了几封信回家，希望她爸爸能找一个镇里的写信人给她一点详细的信息，关于妈妈的死或者关于丽丽的下落，但是一天天过去，他还是那样地沉默着。

担心已久的关于丝绸厂关门的消息终于变成了事实，她们大家都没有觉得惊奇。那是一个多风干燥的午后，钟老板开着他的黑色轿车来到了工厂。工厂里只剩下了一小部分姑娘；其余的或者去了退休女工之家，或者海外谋生了。剩下的姑娘们被叫到院子里听钟老板讲话，她们都很清楚一定是关于丝绸厂关门的事情。陈玲和阿琳带着这几个人来到院子里，就像几年前隋英付出了生命代价换来的那次让人遗憾的胜利一样。

再次见到的钟老板，尽管已经垂头丧气并苍老了很多，但佩佩对他的仇恨一点也没减少。这次他没有了随身保镖，没有了武器，只是一个人站在那里，擦着额头上的灰尘和汗水。

“你们一定都知道，”钟老板开始说，“过去的几年一直都很艰难。所以尽管我已经尽了全力来使工厂继续运营，但再这样做已不是明智之举了，所以我很遗憾地告诉大家这条路我们已经走到头了。我想让你们大家知道，虽然我们之间曾经发生过不愉快，但我对你们任何人都没有恶意。”

钟老板讲完后，她们都保持着沉默。静默中，连最轻微的呼吸声都能听到。钟老板站着，等着大家的反应。他一遍遍地擦着额头，焦急地看着陈玲，希望她能到前面来，和他站在一起。没人动一下。她们平静地注视着他，清楚地知道她们的沉默集聚了多年的仇恨。钟老板又等了几分钟，但显然她们准备继续沉默下去。他的眼神变得愤怒，但没再说什么，只是扔下他的手帕，快步向他的车走去。直到扬起的灰尘不见了，那辆车也无影无踪了之后，姑娘们才挥起手臂，再次欢庆她们的最后一次胜利。

不久后，阿琳收到了她弟弟和琦的信，告诉她们尽快到达广州。他的朋友有办法帮她们去香港。

阿琳选择多留在丝绸厂几周，只是因为钟老板许诺会多给她和陈玲一个月的工资，做最后的清理和账目结算。开始，佩佩有点担心，她想尽早离开这里去香港，但阿琳看得更远。

“在香港找到工作之前，我们需要更多的钱。”阿琳说，“况且钟老板的那些经理们对整个生产过程都不太了解。”

“可陈玲会照应一切的。”佩佩说。

“我不能把所有的事情都推给陈玲。”

“日本人已经离广州越来越近了！”

“我知道，但我们还有时间。我只是想先把这里的事情安置好。”

佩佩不情愿地同意了。她知道相对而言，要阿琳离开这里比她困难得多。过去的十八年里，永吉就是阿琳的家，离开尘土飞扬的街道和拥挤的集市她一定会感到不舍。不过，阿琳已经开始清理多年积攒的东西，只留下她们旅途上需要的东西。

对佩佩而言，情况则完全不同。她急不可待地想早点看到香港。她读到过很多描写这座繁华大都市的文章，很多外国人都在那里做生意。但渐渐地，她的焦急悄悄地掺杂了担忧。她尽量不把自己这种心情表现出来。日本军队像蝗虫一样，快速地蚕食着一个又一个城市。她知道她们在这里等待的时间越久，离开这里的难度就会越大。每天，都有越来越多的人离开这里，希望能够去香港或者国外。和琦会带着他妈妈和太太先到香港，和永留在广州等着她俩。

工厂关门后，陈玲和阿琳去工厂的第一天，回来时她们就很疲倦，脸色苍白。

“今天过得怎么样？”佩佩问。

“工厂里好像到处都是幽灵，”阿琳以一种平淡的语气回答，“那些机器都那么安静地待着，感觉很怪异。我和陈玲在我的办公室弄账本，每隔一会儿，我们就能清楚地听到机器纺丝的嗡嗡声，但后来意识到这只是我们的幻觉在捉弄我们。我解释不清，可是总感觉像是有什么人或有什么东西在黑影里等着我们。”

佩佩笑着说："现在谁的想象力变得这么丰富了？"然后她换上严肃些的口气，问："我们为什么不干脆离开呢？"

阿琳慢慢地点着头："用不了多久，我们就会远离永吉和那些日本鬼子了。"

尽管如此，佩佩内心的恐惧还是与日俱增，她说不清这种恐惧到底是什么，也说不清缘由。

很多姐妹开始慢慢地离开姐妹之家，寻找以宗教的形式远离战争的途径，或者到退休女工之家。每次在有人要离开前的晚上，她们都会尽力从市场上少得可怜的食材中买一点东西回来庆祝一番。如果她们有幸买到一只鸡或一块猪肉，她们就会做蚝油盐水鸡或青菜炒肉；如果买不到这些，就只能用米饭和青菜来对付了。

孔妈离开姐妹之家前往退休女工之家的那一天是沉重的一天。孔妈把她那一点家当放进轿子的时候，阿琳和佩佩在外边站着。孔妈的手里拿着一个红黑相间的笔记本和一只白色的小盒子。

"那盒子里都是什么啊？"佩佩问。在姐妹之家的这些年里，佩佩从没见过孔妈手里的这两样东西。

孔妈脸红了。"那是我过去历史的一部分。"她说，把那些东西更紧地抱在胸前。

"我们会想您的。"阿琳说。

佩佩忧伤地笑着，什么也说不出来。孔妈的离去意味着姐妹之家的结束。这么多年来，她默默地管理着这个姐妹之家，现在她们不得不悲伤地看着她离去。

孔妈点着头，拥抱着每一个尚在的姐妹。"当所有这一切结束，生活又好起来以后。"她说着，爬进了轿子。"我们会再见的，我肯定。"孔妈转回身，最后一次长时间地注视着姐妹之家。"请你们尽可能久地守护这个老地方。”

她们目送着轿子快速地走下大道，孔妈又回过身来一次，朝她们挥着手，那个白色的小盒子还紧紧地抱在她的怀里。

八天后，佩佩和阿琳关上了姐妹之家的大门，搬到了女工之家，在那里她们将度过那个月的最后几天。由于粮食和油都短缺，留在姐妹之家那个空空的大房子里已经没有任何意义了。陈玲和阿明很高兴她们能回来。梅姨也一直替她们担忧，特意准备了一些好菜欢迎她们回来，没人敢问她是如何弄来那些原料的。

~ 北风 ~

那是一个雨夜，北风无情地吹着，纪申踉跄着来到了女工之家。大雨如注，让人难以看清前面的东西，但她隐隐约约地觉得这里好像是个能给她提供点吃的和短期休息的干爽地方。她感到全身都异常寒冷。她双脚酸疼，而且已经肿胀得比原来大了一倍，里面都是黄黄的脓水。来到女工之家时，纪申脚踝以下的部分已经失去了知觉，饥饿使她感到胃里灼烧般难受。

纪申发着高烧，用尽全身最后一点力气，爬到了女工之家的后面。为了让自己有继续爬下去的勇气，她幻想着她的家人都正在里面安全地等着她，她祈祷着大雨能将过去一个月的噩梦都冲走。她振作起来，来到后门，试图站起来，但她已经太虚弱，没能站起来，而是重重地倒了下去。

“可恶的猫去死吧！”梅姨说，挥舞着扫帚来到后门。一连几个星期，这些猫都跑到后门，叫喊着要吃的，梅姨对它们已经失去了耐心。她打开门，高高地举着扫帚，发誓要把它们彻底吓跑，永远不敢再回来。但是当梅姨打开门后，她看到的不是一群嗷嗷待哺的猫，而是一个奄奄一息的年轻姑娘。

“哎呀！”梅姨说，把姑娘拖拽到厨房，“老天爷给我送来的下一个东西会是什么啊？”

接着梅姨允许陈玲和其他姑娘来到厨房，把这个姑娘抬出去。她们把她抬上楼，放到其中的一张空床上。发现她肿胀的双脚和她发烧的情形后，陈玲让梅姨煮点苦茶给她退烧，阿琳和佩佩则小心地给她清洗着双脚，然后用布包扎好。

好几个月来，晚间的谈话内容第一次由战争转移到躺在楼上发烧的女孩身上。从她骨瘦如柴的身体和高高的颧骨上来看，她是从很远的地方来的，应该是来自北方的什么地方。接下来的几个夜晚，她们几个人轮流守候着她；当轮到佩佩时，姑娘还在昏睡着，佩佩热心地睡在紧靠姑娘床边的床上，她好像不断被噩梦惊扰着，睡得一点也不踏实。

在来到女工之家的第三天早上，纪申才睁开眼睛，想动一下。可是身上的每一块肌肉都疼，所以她只好继续躺着，只是让眼睛熟悉着她所在的这个狭长的房间。她旁边的床上睡着另一个女人，但是其他好多床都是空的。纪申努力想把身子抬高一些，却不小心碰着了她床边一个小桌上的茶杯。

“怎么了？”佩佩赶紧坐起来问道。

纪申想说点什么，但她口干舌燥，什么也说不出来。那时，佩佩已经站了起来，正微笑地看着纪申。

“哎，你总算醒过来了，”佩佩说，“我们都很担心你呢。”

她随后发现姑娘很渴，就从暖瓶里倒了些茶水，俯身帮着她喝了一点。干渴的情况得到缓解后，姑娘向后靠去，好像要再休息一下恢复点体力。

“你想再喝点吗？”佩佩问。

姑娘摇了摇头。

“你叫什么名字？”

“纪申。”姑娘小声说，带有很浓的北方口音。

“我叫佩佩。”

“我这是在哪里？”

“是在广东省的永吉镇。你从哪里来的啊？”

“从南京。”

“纪申，你多大了？”

“快到十四了。”

“你父母呢？”

纪申转过身，闭上了眼睛。

三天后，纪申恢复了体力，可以坐起来，接受女工之家这个大家庭里每个人，包括梅姨的问候了。她们很快接受纪申作为她们最小的妹妹。纪申惊奇地注视着她们每一个人。以前她从未见过这么多穿着一模一样衣服的女人。但没用多长时间，她就开始相信她们每一个人，也知道了她们每个人之间的区别。她特别喜欢佩佩，那个个头很高，第一个好心跟她打招呼的女孩。

“你们在这里做什么呢？”纪申问佩佩。

“我们是丝绸工人，在丝绸厂工作的人都住在这所房子里。”佩佩回答，从纪申手里接过装粥的空碗。

“那你们不在工厂干活了吗？”

“恐怕没有什么工作可做了。我们是最后一批工人了。”

纪申看起来很迷惑。“你们的家人呢？”

“很久以前他们就把我们送到这里来了，”佩佩笑着说，“我们可能得自己找出路了。”

“我没听明白。”纪申说。

佩佩摸着她的额头说：“你现在不用费心去想这些，你以后有的是时间搞明白这一切。现在赶快休息吧。”

纪申又躺回床上，觉得既温暖又安全。她看着佩佩抬头挺胸地在房间里走动，然后闭上眼睛，进入沉沉的梦乡。

脚上的酸痛好了些以后，纪申在阿明和阿琳的帮助下，开始慢慢地下楼。在阅览室，在新家庭里每个成员的面前，纪申跟她们讲了她的故事。

“我爸爸在南京有一家小商店，卖古董文物和一些干货。我妈妈空余时间给人缝衣服。虽然挣不了多少钱，但我们就住在商店后面，我和我妈、我姐生活得很快乐。很多朋友邻居警告我们要当心日本人，但我爸爸以为他们能到满洲里就不错了，不相信他们能跑得更远。所以他不愿意扔下他毕生的心血，不愿离开埋葬他祖先的地方，而是选择留在了南京。我和我姐姐菊玲在当地上学，我爸爸不想让我们半路退学。菊玲非常聪明，每天她都能轻松地完成作业，然后在晚间帮助我学习。在一个很平常的夜晚，他们忽然闯进我家，以日本兵的方式像魔鬼一样突然袭击我们。他们穿着黄褐色的军服，把自己装扮得像人一样，但他们和魔鬼没有任何区别。对他们而言，没有什么是神圣不可侵犯的。日本人刚到南京，就开始破坏一切，抢走所有他们想要的东西，烧毁他们想烧毁的一切，包括人。我们想尽一切办法躲避着他们，不让他们看见我们。然后那天晚上，他们来到我爸爸的商店，把我们拉下床，带到外面，强迫我们跪在小店前面。他们说我爸爸是叛徒，使劲打他。当我们想要阻止他们时，他们连我们也一起打。我哭喊着救命，但没有人出现，他们继续打我爸爸，而另一些人则把我、我妈和我姐带回商店里，把我们并排放到地上躺着，然后一次次地蹂躏我们。为了安抚我的恐惧，菊玲转向我，给我唱我们小时候经常唱的儿歌。完事后，他们朝我妈头上开了枪，另一个人拿出了刺刀……然后……”

“不用再说了。”阿琳说着，轻抚着纪申的后背。

纪申含着泪抬起头来，继续说：“可能是因为歌声的缘故吧，他想要折磨菊玲，这个魔鬼拿出刺刀，刺进她的身体，就像刚才他自己进入她身体一样。我永远也忘不了菊玲痛苦的尖叫。我抓起我能找到的东西，砸向看着我的那个士兵的头，撒腿就跑。我一直跑啊跑啊，一直跑到天亮。我不知道为什么他们没来追我，或许因为我不值得他们花那个时间吧。他们已经得到了他们想得到的东西。”

纪申停下来，深吸了一口气。她看到佩佩站在房子另一端的窗前。

“我东躲西藏，然后赶上了往南边跑的其他人。他们带着我走了一阵子，后来他们觉得再多一张嘴成了他们很大的一个负担。我不知道我自己后来是怎么活过来的。我不停地走啊走啊，每当我累得想要躺倒，就那样死去时，我就会看到菊玲，我就有了继续跑的勇气。其余的就像是一场梦，我只能模模糊糊地记得，一直到我醒过来看到了佩佩。”

听到她的名字后，佩佩朝这边看了看，然后走回到纪申身边，拉起她的手。外面雨停了，风歇了，屋子里显得异常安静。阳光透过薄薄的窗帘照进来，她们能听到小鸟在远处树林里歌唱。

渐渐地，纪申可以通宵睡眠了。她的噩梦还会出现，但慢慢地，它们开始以另一种形式出现，不再是那些恶魔士兵令人恐惧的面孔。有一天晚上，她梦见了她父母，第二天，她又梦到了她姐姐菊玲。她又看到了他们的面容，从他们的脸上她找到了安慰。日子一天天过去，纪申变得越来越坚强。

第18章

1938 / 佩佩

纪申跌跌撞撞地来到女工之家后，佩佩照顾着她让她恢复了健康，而且把她当作一个从未谋面的小妹妹一样保护着。纪申的到来，给女工之家注入了一点新的活力。但成千上万的中国人被杀害，一个又一个城市落入日本鬼子手中的消息使大家十分消沉沮丧。日本人控制了很多主要港口和铁路，严重毁坏了大半个中国。经过笼罩在她们头上的层层乌云，纪申历尽艰险地来到了女工之家，简直是个奇迹。

梅姨也被纪申的故事震悚了。她整天给纪申熬固元汤、草药茶，让她趁热喝掉以保持药性。梅姨还给纪申提供足够的食物，这些食物都来自于她的秘密渠道。梅姨每天晚上都能煮出很多的米饭或者面条，让佩佩和阿琳既惊又喜。当别人为了一点点粮食而互不相让时，她的大米来源成了她的一个秘密。当陈玲问她这个问题时，梅姨摇摇头，什么也不说。

纪申身体完全复原后，她开始承担起自己的那份工作，从来也不抱怨。她掩藏起过去的伤痛，仿佛只是生活在眼下。她没再提起她的父母和姐姐，也没有再流过眼泪。但即使她沉默不语，她从北方一路逃过来的经历却一遍遍在佩佩的脑海里浮现。有时佩佩看着纪申，观察着她的面孔，试图找到纪申该有的惊惧的迹象。亲眼目睹了全家人被杀害的恐怖场面，她带着一颗受伤的心，几乎水米未进地挣扎着走完了这次的死亡之旅，总算是活着从南京逃到了永吉。这是一个让人难以置信的壮举，但对于路上所经历的一切，纪申还是想不起来。佩佩想纪申是不是只有在黎明时分才会想起曾经的恐惧，因为那时她可能一觉醒来，发现自己是在一个陌生的新房间里，不知所措，寂寞孤单。但佩佩发现，每天早上纪申脸上都洋溢着被大家接受的热情。只有当佩佩偶尔提及她的过去时，她才会目光呆滞地看着远处。

尽管纪申走路还有点一瘸一拐，但她的身体已经基本康复了。她很快适应了女工之家特殊时期的紧急情况，忙着完成梅姨交给她的杂活。白天，当阿琳和陈玲去工厂的时候，纪申干完杂货后，就会陪着佩佩。有时候，她们跟梅姨一起去市场看着女人们为了摆在几乎空荡荡的摊位上的一点水果和蔬菜讨价还价，或者到下面的小河边，藏在暗处，看着士兵们无所事事地赌博。

由于有纪申的陪伴，时间过得很快。佩佩继续给她爸爸写信，祈祷着能在她们离开永吉前得到爸爸的回应，但每封信都石沉大海。到这个周末，阿琳和陈玲就会处理完丝绸厂最后的事情。佩佩不断地跟自己说，再有几天她们就会安全地踏上去往广州之旅了。但在期待着新生活的同时，佩佩也担心着尚在的几个姐妹的命运，特别是最新的妹妹纪申。

佩佩一直想跟阿琳说说纪申的事情，但每天晚上都匆匆而过，她却什么也没说。佩佩担心船上没有纪申的座位，她害怕从阿琳嘴里听到这种回答。不过她也知道她的担心似乎没有道理。阿琳像她一样喜欢纪申，而且事情明摆着纪申不可能和梅姨一起留在永吉，这里不安全，也不能同陈玲和阿明一起藏到乡村的素食庵堂。所以有一天晚饭后，佩佩只是随意地问："如果纪申和咱们一起离开你会介意吗？"

阿琳抬起头，笑着："当然不介意啊。"

"嗯，你知道，她真的没有别的亲人了，既然她跟我们相处得这么好，我觉得她最好能跟我们一起走。"

"我知道，"阿琳说，"我已经给和永写信了，让他想办法在船上给纪申找一个地方。我们随时都可以得到他的回信的。"

佩佩听到梅姨在厨房里低声自语着，说着别人听不到的话语。

"你怎么一点都没说啊？"她问。

"我想当然地认为，你知道她会跟我们一起走。不然她还能去哪儿啊？"

佩佩笑了。她走过去，快速地拥抱了阿琳一下。

佩佩马上过去问纪申，是否愿意跟她们一起去广州和香港。开始，纪申说不出话来，然后，点着头说："愿意。"最后又大声说："我想去。"

佩佩知道纪申刚刚熟悉女工之家的生活，对马上要开始的一种全新生活，她可能很难适应。但她也知道这个女孩来说，这里的安全感也只是短暂的。日本鬼子正快速向南方行进。

佩佩笑着拥抱了纪申。"到了香港一切都会好起来的。我们会在那里找工作，看一看我们以前只能在梦里见过的新东西。”

“都是些什么东西啊？”纪申问。

“所有的东西！比你想象的还要高的大楼，在那里做生意的来自世界各地的外国人。”

“我们会做什么样的工作呢？”她问，仍然心有余悸。

“我们将做一切我们能做的，学习我们必须掌握的技能——那将是一种全新的生活！”

“那陈玲和阿明呢？”纪申突然问，“还有梅姨呢？”

佩佩变得严肃起来。“她们更愿意留在这里。陈玲和阿明很有可能会到乡下的一个素食庵堂去。”

“梅姨呢？”

佩佩犹豫着。“梅姨很固执，”她叹着气说，“她认为只要她留在女工之家，就没人敢碰她。我们大家都试着劝过她了。”

纪申深为关切地说：“她不能一个人留下来。”

“梅姨有自己的主意，别人说什么都没有用的。女工之家就是她的生命；没有了它，她可能也就活不了啦。”

纪申坐在那里沉思着。她抬起头，颤抖着嘴唇问：“我们在香港会安全吗？”

佩佩回答说：“会的，我保证。”

佩佩满头大汗地醒过来，她的棉布衣服全湿透了。她不明白这是怎么了，与几个月前工作时相比，这点热量根本不算什么。可能是个噩梦吧，也可能是渴望着早一天离开这里。但是当她看着阳光慢慢地照进房间时，其他东西似乎都变得很遥远了。她转向阿琳，阿琳睡得正香。几周来，阿琳第一次睡得这么好，而且好像很开心。只剩下最后一天了，阿琳马上就可以完成厂子的工作，她们就要去广州了。

梅姨要在她们走之前，给她们准备一顿特殊的饭菜，为此她几乎忙碌了一天一夜，一整天在厨房进进出出，嘴里不停地叨叨着。不论梅姨的秘密是什么，都依然藏在她的厨房和叶姨的房间里。陈玲不再在意，而且还对大家说，那些地方都是梅姨的地盘，让她随心所欲吧。但即使大家发现梅姨偷偷摸摸地从一个房间到另一个房间，也没人敢惹她，不过佩佩还是希望能在离开前揭开这个秘密。

那天早上吃过早饭后，阿琳和陈玲就去了丝绸厂，去完成最后一天的工作去了。梅姨突然冲出去，在她们身后喊："你们不要回来晚了。"她大声喊着。"阿梅要给你们一个惊喜。你们要早点回来啊。"

梅姨走了回来，依然自言自语着，回到她的厨房时，她没有注意到佩佩和纪申。佩佩觉得这是她最后的机会，看看梅姨在两个房间里到底藏了什么东西。她们一起藏在梅姨看不见的地方，纪申憋住笑，等着梅姨走出厨房到楼上叶姨的房间去，那个房间总是被她紧紧地锁着。

梅姨始终也没从厨房出来，佩佩几乎要放弃了。就在这时，厨房的门开了，梅姨悄无声息地出现了。她看了看四周，确信周围没人，才从她厨房的安全领地走出来。在她怀里，她小心地抱着两个大瓶子。她快速向楼上走去。等她们确认她已经走出视线后，她们就在后面跟着。她们在墙角等着，这样梅姨出来时也看不到她们。通常梅姨总要在楼梯上上下下地走几遍，才会再把叶姨的房间重新锁上。当梅姨出现时，她们耐心地等着，直到她走回楼下，她们听到厨房的门咣的一声关上了，她们才敢走出来。然后，纪申在那看着，免得梅姨突然返回，佩佩快速地偷偷溜进了叶姨的房间。

梅姨的厨房味道在黑暗中浓浓地散发着。由于梅姨用一个厚厚的深色门帘挡在门边，所以开始的时候，佩佩什么也看不清。她等了几分钟，眼睛慢慢地适应了黑暗。她感到了一种神秘怪诞的感觉，但已经无法回头了。况且，纪申在把风，如果梅姨回来，她会给她发信号的。

所有的东西都井然有序地放着。佩佩慢慢地在屋里转着，注意着那些熟悉的或可疑的东西，希望能找出让梅姨在过去一年里不让她们靠近这间屋子的理由。佩佩走到叶姨的床边，在暗影中，这张床似乎是屋子里唯一大一些的实体物品。然后她的脚碰到了一些硬东西，在光秃秃的地面响了一下。她刚想转过身，又碰到了另外一样东西，这样东西又撞上了别的东西。佩佩觉得有点害怕了，怕梅姨会拿着刀跑上楼来。一阵轻轻的碰门锁的声音从门外传来。她听到纪申小声问怎么样了，但当佩佩在半明半暗中低下头看到地上放满了瓶子时，她感到口干舌燥，什么也说不出来了。她俯下身，把倒了的瓶子扶正，看到里面装的是大米、白糖和干草药。佩佩摆正了她碰倒的所有瓶子，却发现有一个瓶子已经碎了，里面的东西洒到了木地板上。没时间清理了。佩佩只是简单地收拾了一下就赶紧逃了出来。

“梅姨在那屋里放了些什么？”当她们走过大厅，安全地回到佩佩房间时，纪申问。

“瓶子。”佩佩说，不过没告诉她里面装的都是干粮。

“可为什么呀？”

佩佩耸了耸肩膀。“谁知道老女人都有些什么怪癖。”她回答道，替梅姨守着她的秘密。

“都是些空瓶子吗？”纪申问。

“我看到的都是空的。”尽管佩佩确定所有的瓶子里装的都是大米和白糖，她还是说了假话。

“幸好她没有抓到我们，不然她会活剥了我们的皮！”纪申笑着说，“可是梅姨到底为什么要攒那些瓶子呢？”

“不知道。”佩佩说。

但实际上她是知道的。当佩佩站在那一大堆瓶子中间时，她就明白了梅姨有多在意她们。她以她特有的也是她唯一能做的方式保护着她们。不论战争有多残酷，有多长久，她永远也不会让她们饿着。梅姨在为以后的困境储存食品，为前边漫长的冬季做着准备。

发现了这些以后，佩佩看梅姨的眼神变了。梅姨回到楼下后，佩佩对那些瓶子及里面装的东西都只字未提，不过她觉得反正她知道。她想跟梅姨说一说楼上的那些瓶子，但她保持着沉默。她们现在分享着这个秘密，梅姨可以把这个秘密交给她保管着。佩佩尽可能地帮着她。在梅姨戒备的目光下，佩佩整理着桌子，像准备宴会一样给桌子铺上带蕾丝的桌布，摆上叶姨最好的盘碗。这些都做完了，再没其他事可做了，佩佩坐下来等着阿琳回来，强烈的饭菜味道从梅姨的厨房里传出来，笼罩着她。

～ 月火 ～

当阿琳终于合上账本后，她仰靠到椅子里，深深地舒了口气。她的思绪已经漫游到外面温暖的夜空和照着黑色天空的近乎满月的月亮下了。几个月来她感到从未如此愉快过，工厂里的工作终于完成了，她感到了解脱。尽管拖了很久，但她们终于可以离开这里去广州了。很久以来关于离开的不安也消失了，取而代之的是越来越多的兴奋。她看了一遍她小小的简陋的办公室，为她再也不用回到这里而感到欣慰。她很小心地把钟老板的账本放到抽屉里锁好。她得赶紧回到女工之家了，梅姨特地为她们准备了一桌丰盛的晚餐。阿琳不想因为自己回去晚了惹梅姨不高兴，不过她感到很宽慰的是她让陈玲提前走了，因为没必要让两个人都拖得那么晚。

一只手放在办公桌粗糙的桌面上，阿琳站起身来。她用另一只手摸了摸脸；长时间在刺眼的灯光下工作，她的皮肤变得很干燥很憔悴。等她们到了广州后，她要好好善待自己。她和佩佩要把一部分辛苦挣来的钱花在一些比较奢侈的事情上，比如一套银质的刷子和梳子、一些新翻译的书籍等。她现在和佩佩一样非常热切地想了解外面的世界，它五光十色的生活和它不同的语言。佩佩如饥似渴地读了很多书，有时在她们交谈时，她会不时地蹦出几个听起来很陌生的地名，比如纽约和泰姬陵等。想起这些，阿琳情不自禁地笑了起来。

有一点异样的东西让阿琳抬起头来。隐隐约约地有一股什么东西被烧糊了的味道，还有一种像是击掌的声音。阿琳赶快走到门边，仔细倾听着。击掌声继续着，但声音不大，像是挺遥远。她慢慢打开门，小心地走出办公室，走向那些机器。当她来到外边的一间屋时，一股升起的浓烟猛地向她的脸上扑来，紧接着，一股火苗蹿起来，吞没了缫丝机和目光所及的一切。一道火墙迅即向她扑来，电灯灭了，工厂关门时留下的唯一一个紧急出口也被火舌封锁了。阿琳转过身，快速地想着主意，她的心也剧烈地跳着。她抬起头，看着那个在月光下隐约可现的肮脏的天窗。那是整栋楼里唯一的窗户，她却根本够不着。她赶快跑回干燥间，那里曾经悬挂着已经纺好的像金发般的长丝。那个通向胡同的门是她出去的唯一希望。阿琳使劲地推着门，但因为门从外面锁着，她根本推不动。阿琳发狂地拿起一根木棒，使出全身力气打着门，厚重的木门几乎岿然不动。她转过身来，看到火舌和浓烟迅速向她这里蔓延。大火烧毁了支撑屋顶的两根主梁之一，天窗也烧坏了。她最后又使出吃奶的劲，一遍遍地撞着门，直到最后她呼吸困难，眼睛也睁不开了。她捂着脸摸索着返回了办公室，关上门，无力地靠着门倒下了。

此时，阿琳知道她的生命已经走到了尽头。在这个燃烧的工厂里，找不到一个出口。就在她这样想着的时候，她感到火蛇已经逼近门边。几分钟之内，浓烟将完全笼罩这个小房间，毫不客气地吞噬掉她的生命。"不能现在就放弃，"阿琳大声说，"还没到时候！"然后，在黑暗中，她摸索着找到椅子，蜷缩着贴近地板，等待着。阿琳闭上眼睛。她能听到火中的爆裂声，感到令人窒息的烟雾正慢慢向她袭来。她一遍遍地低语着："佩佩，佩佩，噢，亲爱的佩佩，我不得不离你而去了。"

阿琳没有如期回来，佩佩开始着急。只要有一点声响，她就赶紧朝大门看，希望看到阿琳打开门，容光焕发地跟大家说抱歉。一切都准备好了，梅姨在厨房走来走去，每次都端上来一盘诱人的菜，等着大家吃。

"阿琳说她只需要一小会儿。"当她们围着桌子坐下时，佩佩看着陈玲说道。

陈玲抬起头，十分确定地说："只剩下最后一些数字要抄下来；然后就完事了。别担心，不过，你知道阿琳的，也许她发现了一些错误，想要更正过来，所以可能时间会长一些。”

佩佩努力挤出一丝微笑，但她禁不住觉得心里有种很不踏实的感觉。

“快过来看！”纪申喊道，她正站在窗前，等着阿琳。

永吉镇的树上和楼房上空聚集着大片的黑色烟雾，它们正一点点扩大蔓延成深黑色，笼罩着暮色苍茫的天空。

“快走！”陈玲首先行动起来，跑出房门来到大街上。她停下了，因为她知道大火燃烧的方向正是她们的丝绸厂。

走到半路，佩佩就意识到是丝绸厂着了火。烟雾翻卷着像巨浪一样从那个方向而来，她们呼吸的空气越来越沉重。眼睛被呛得流泪，灰烬散落到她们身上头上。等她们赶到工厂时，主楼的大部分都已在熊熊火焰中了。士兵们在发号施令，而有些男人、女人还有孩子提来一桶桶水，开始对付地狱之火。佩佩发疯一样在越聚越多的人群中寻找着，问那些她认识的人有没有见过阿琳。

得到否定的回答后，佩佩转向纪申，大声地叫着：“阿琳可能早就出来了，也可能是去买什么东西了——有这种可能的，对不对？”

“告诉我！告诉我阿琳还活着！”佩佩嘶哑地哭叫着。

“是的，是的，她还活着。”纪申说。

佩佩转向大火，大火现在已经转成闷烧的黑烟弥漫着整个天空，然后她又转向纪申和阿明，她们都过来安慰她。陈玲跑去探听消息了，比如大火是怎么烧起来的、有没有人受伤等。她们在等待着，心急火燎地等待着，每一分钟都像几个小时那么长，她们不知道阿琳到底是死是活。佩佩看着火焰，感到心里一片空虚。陈玲回来了，脸色很难看。

“没人见过阿琳，也好像没人知道火是怎么烧起来的。他们得需要一点时间才能知道里面还有没有人。我们也只能返回女工之家等着了。”陈玲说，她的眼睛看着大火后的残垣断壁。

“不！”佩佩疯狂地说，“我不能走。如果阿琳需要我怎么办？”

“他们可能得需要几个小时才能查清情况。”陈玲恳求她说。

“我就要留在这儿。”佩佩低声说。

佩佩不再争辩，坐了下来，眼泪开始静静地流淌着。然后她感到纪申也靠近她身边坐了下来，她们一起开始了漫长而又痛苦的等待。

到了黎明时分，大火自己慢慢熄灭了；残留的烟雾开始慢慢消散，正在这时，一个士兵的喊声从模模糊糊的光影中传来。“这边，这边！有一具尸体！”

正在工厂残垣断壁间慢慢穿行的佩佩和纪申，听到喊叫声马上朝声音跑去。佩佩的心狂跳着，害怕那具尸体是阿琳的，但是还没等到达出事地点，她就知道了答案。阿琳死了。出乎意料的是那间小办公室和大楼的后半部分还在，尽管已经被烟火熏得黑乎乎的，但并没有损坏。在蹲着的士兵旁边的是阿琳苗条的已被烧焦的尸体。

佩佩一看到她就停下了。一阵憋闷的声音从她胸腔里传出，但却是纪申的哭声在空中回荡。佩佩无声地走到阿琳身边，在她旁边跪了下来。她小心仔细地把阿琳抱在了她的怀里，继续跪在坚硬的还在熏烧着的地上摇着她。

坐在她和阿琳共享的房间里，佩佩吃不下饭，睡不着觉。有时候她哽咽着任泪水流淌，有时又一滴泪也没有。其他人轮流看护着她。连梅姨也自告奋勇地来帮她，想给她喂一些萝卜汤，但佩佩不吃。任何一点响动都让她心惊胆战。佩佩几个小时一动不动地盯着门口，希望阿琳能够从外面进来。她闭上眼睛，希望能得到一点力量，不被这种悲伤的情绪击倒。佩佩像是被禁锢在了自己的身体里，完全失去了活动能力。没有了阿琳，她也失去了继续生活下去的愿望，她再也听不到阿琳平静的声音，感觉不到她在她身边的温暖了。佩佩静静地坐在她们的房间里，回忆着，感到心里一阵阵的钝痛。

最后是陈玲走过来，把手轻轻地放在她的肩头："我们给阿琳清洗过了，她现在在楼下躺着，等着你。"

佩佩点点头，但没看陈玲。

"我给阿琳在广州的家人发了电报。"陈玲说，她跪在佩佩的旁边，握着她的手。然后轻声说："我认识阿琳这么长时间了，我真的很难过。"

陈玲没有松开握着佩佩的手，佩佩转向她。陈玲哭了。泪水使她看起来严肃的脸柔和了一些。在她们认识的这么多年里，佩佩从未见陈玲哭过，就连叶姨去世时，她也没哭。房间里充满了她平静的悲痛。随后，佩佩缓慢地抬起胳膊，抱住了陈玲。

第19章

1938 / 佩佩

自从阿琳死后，佩佩就说不出话来了。在那些深色的高墙包围下，她感到任何语言都苍白无力。因为担心佩佩会伤害自己，纪申一直和她在一起。纪申说的宽慰话语在她周围也了无生气。纪申不可能明白佩佩那种痛彻心扉的感觉，这种疼痛耗尽了佩佩所有的力气。阿琳死了。佩佩被一种她从童年起就没再有的感觉麻痹了，这种感觉就是孤独。

当佩佩终于睡下后，她被一个个的噩梦惊扰着。她宁愿自己死去，也不愿去想阿琳在临死前，在热浪与浓烟中经受了怎样的折磨。睡眠并没有使她平静下来。佩佩发现自己在浓浓的黑色的烟雾中几乎窒息，她喘息着，竭尽全力地要把阿琳拉到安全的地方，但每次都够不着她。"阿琳！阿琳！"她哭喊着，但是阿琳没有回答。然后就什么都不见了，只剩下一片黑暗。

佩佩尖叫着醒来。

“佩佩，没事的啊，只是一个梦。”她听到纪申对她说，纪申抱着她的肩膀把她摇醒。

佩佩静静地一动不动地坐了一会儿，然后，随着一声极度痛苦的哭喊，她说：“我应该能做点什么的，我应该能救阿琳的！”

“不能，你救不了她，没人能救得了。”

“你不会知道的。你怎么知道？”

“你救不了阿琳，就像我救不了我姐姐！我就在那儿，你不记得了吗，我就在我姐姐身旁，但我却毫无办法！”纪申停住了，她的脸涨得通红。当她再说起话来时，她的声音很低，很平静。“我刚到这里来的时候，你跟我说我必须得继续活下去，因为那是我父母和我姐姐所希望的。我想我知道这也是阿琳所希望的。”

佩佩看着纪申，看了很长时间。她说的话像个大人，似乎不再是那个小姑娘了。佩佩松开了握着纪申的手，慢慢地又躺倒到床上。她一遍遍地问着自己，阿琳怎么能扔下她就走了。为什么老天爷要和她作对？这不应该是真的。佩佩咬着嘴唇，直到咬出血来，然后她又哭了。

得到他姐姐去世的消息后，和永马上从广州赶了过来。他是在第二天的晚饭后到达女工之家的。当佩佩得知他在阅览室等待时，就赶紧换上衣服，没顾得上看看她的面容怎样，就急忙冲下楼，去见阿琳最喜欢的弟弟。佩佩进去时，和永背对着她，当和永听到声音转过身来时，佩佩感到心口一阵剧痛，她觉得自己要晕过去了。他们俩在身形上如此相像，使她有一种被击中的感觉。尽管和永穿着西装，她还是觉得仿佛是阿琳的一部分回来了。当她穿过房间走向他时，那双同样热情同样黑亮的眼睛注视着她。

和永看起来很疲倦很焦虑。“我收到电报就赶来了。”他直截了当地说，没有客套。他拿着一顶帽子，一遍遍地在手里翻转着。“你知道大火是怎么烧起来的吗？”

佩佩使劲地咽了口唾沫。“有很多种说法。”她答道，开始她的声音软弱无力，后来她积聚起一些力量，“有人说是钟老板，另一些人说是电线的问题。没有一个统一的答案。”

和永低下头。他看起来比她上次在广州见到的那个无忧无虑的和永长大了许多。“我告诉过阿琳立即回广州。她没理由继续待在这儿的。”

“她觉得我们需要更多的钱。”

“我可以给她提供一些的嘛，”和永生气地说，“她没必要这样毫无意义地死掉！那个钟老板在哪里？我要找他谈谈！”

佩佩能感到他话语里的那份刺痛，但什么都没说。她感到眼睛一阵灼热，随即转过身去。当和永看到佩佩对他愤怒的反应后，立即缓和了语气。“对不起，我知道你和阿琳有多亲近。她经常在信里提起你。有你和她在一起，她觉得在这里很快乐。”

佩佩低下头。眼泪慢慢地流了下来，还没等她反应过来，和永已经站在了她旁边，用胳膊围住了她，并扶着她坐下。他们长时间地沉默着，直到佩佩离开他的怀抱，佩佩尴尬地意识到她以前从未被男人拥抱过。他的双手坚强有力。

和永松开手，清了清嗓子。“我收到了我妈从香港的来信。她让我把阿琳带回广州，这样就可以把她埋在我爸爸身边了。”

佩佩点了点头。她不敢想起王太太。

“如果你能和我们一起回广州，我会感到很荣幸。然后你可以从那里去香港，这样就容易多了。”

佩佩抬起头，吃惊地看着和永。“香港？”

“都已经安排好了。你没有理由不去的。你不能留在这里——日本人一天天在靠近。尽早离开是最明智的。”

“那纪申呢？”佩佩突然想起来。

“别担心，阿琳给我写信时说了纪申的事。有足够的地方容纳你们俩的。”

佩佩努力咽回涌上的泪水。阿琳把一切都安排好了。她犹豫着，用手梳理了一下凌乱的头发，然后说：“我不知道香港现在怎么样。”

“我恐怕必须得坚持让你去香港。日本人现在离我们只有一步之遥了。他们绝不仅仅是面相凶残，他们还大肆滥杀无辜。”和永说。然后他又轻声说：“这是阿琳想要给你的。”

佩佩点点头，不知道该说什么。她不能看和永，一看他就想起阿琳。

和永慢慢站起来。“我可以再看阿琳一眼吗？”

阿琳的遗体放在阅览室旁边的一个小黑屋里。佩佩把和永领进去，然后出来轻轻地关上了门。自从阿琳的尸体被运回女工之家，她始终也没有勇气去看，现在还是没有勇气。

佩佩回到阅览室等着。她又开始默默地哭泣。没有了阿琳，她真的能离开永吉吗？这一想法使佩佩感到空虚，她觉得自己已经消失了。佩佩环顾了一下阅览室，努力记住这里细微的一切。落日的最后一抹余晖使一切都染上了一层金黄，好像一旦太阳落下，变成阴影，它就会马上消失。在那一刻，佩佩知道，不论她离永吉有多远，她永远也不会忘记它经年累月的亲切友好。这么多年来，阿琳和姐妹之家一直是她的生命。它们都已深深地烙印于她的心中。

和永马上离开了，去安排运送阿琳的遗体回广州的事宜。然后他会在早上返回来带佩佩和纪申离开。当和永离开后，佩佩关上大门，她感到一阵恐惧掠过全身。

佩佩先去告诉了陈玲。陈玲对此并不感到惊奇。即使对她们这么快就要离开的消息，她也还是和往常一样，一副不苟言笑、公事公办的姿态。她把头转向一边，听着佩佩说完，然后让佩佩跟着她到楼上她的房间。佩佩以前只来过陈玲的房间几次。在这栋房子里，这个房间似乎总是像梅姨的厨房一样，有着某种限制，使人不能随便进入。但是站在屋子中间，佩佩感到很舒服，它的干净整洁让人想起叶姨。陈玲从她桌子最上边的抽屉里，拿出一个黄色的信封，递给佩佩。

"这是你的。"她说。

"什么东西啊？"

"阿琳最后几个月的工资。我在等着合适的机会再交给你。"

佩佩紧握着信封。信封外面的纸很光滑，但里面的东西却让她感到寒冷与质疑。如果不是为了这些钱，阿琳就可能不会丧命。她的死那么没有意义。佩佩想大声喊叫。她想：到了最后，这些钱一点用处都没有，它们买不回阿琳的生命。佩佩把信封翻过来，把它折成一半。抬起头，她看到陈玲的目光跟随着她的每个动作。

"谢谢。"佩佩说。

陈玲换了下姿势，移开了目光。"它是属于你的。"

佩佩清了清嗓子。"你和阿明会很快离开这里到乡下去吗？"

"很快。"

“梅姨呢？”

“她拒绝离开这里。她跟我说她宁可死在女工之家也不愿离开。”

“那咱们该做点什么？”

陈玲慢慢转过身，把她结实的胖胖的身体倚在桌子上。“什么也做不了。”她说，“咱们只能让梅姨独自作战了，就和她以往所做的一样。”

“可是她如果输了呢？”

陈玲笑了。“她还没有输过。”

佩佩和纪申紧张地把她们有限的几样东西归拢到一起。佩佩在乎的只有两样东西。在她生命的早期，在她还小的时候，它们来到她身边，一直是非常有价值的东西。她极为小心地先把她妈妈给她的那幅画，然后是阿琳的那套刷子和梳子放进包里。其他东西都是可有可无。经过一段时间之后，一切可能都会像纪申说的那样简单：在她以后的生命历程中，即使没有阿琳的陪伴，她也必须得一直活下去，继续朝前走。

佩佩能听到楼下的说话声。开始是梅姨的，然后是陈玲的，再然后是陌生人低沉的咕噜声。她离开房间来到最上层楼梯，听到陈玲叫她的名字。她的第一个想法是和永回来了，但当她走下楼梯时，她看到两个苦力和一个男人在门边等着。

“什么事啊？”佩佩问。

“这些人来拉阿琳的遗体，”陈玲说，“是她弟弟派来的。”

佩佩努力控制着自己。她曾希望能和阿琳在女工之家再待一个晚上的。

和苦力站在一起的那个个头不高，戴着眼镜的男人走上来说，“请原谅，但是王先生安排我们要把他姐姐的遗体装上船，今晚运走。”

这一切都发生得这么快，让佩佩始料不及。她已经把明早离开女工之家前要做的事情在脑子里列好了一个清单。自从阿琳死后，她睡得很少。她想利用夜晚安静的时间跟阿琳做最后的告别。

“好吧，”佩佩犹豫着说，“但我可以先跟她待一会儿吗？”

“当然可以。”那个人说，轻轻地弓了下身子。

佩佩轻轻地溜进那个小房间。她的心跳得那么快，她以为自己没有办法做到。房间里闪着微弱的烛光，浓重的香味弥漫着。和美丽死的时候一样，阿琳身上裹着一张白色的布单。当佩佩移到近前，看到阿琳棱角分明的苍白面容时，立即像一个刚从睡眠中醒来的孩子一样，开始了轻声的哭泣。她抚摸着阿琳的头，感受着她身体的冰冷，但她一点也没害怕。佩佩又靠近了一些，轻声喊着：“阿琳。”她只喊了这一次。但是这一声呼唤充盈了整个房间，似乎让她感到了一种慰藉。已经没有时间了，但她却有太多的话要说。所以她什么也没再说。她只是俯下身去，把她的嘴唇温柔地贴在了阿琳的嘴唇上。

第二天早晨，在等着和永返回时，纪申留在行李边，坐立不安地一次次地问着：“我们真的要去香港吗？”

离开这里让佩佩感到一种钝钝的难以治愈的疼痛，她强作笑颜地说：“是，我们真的要去了。”

陈玲和阿明和她们一起不安地等着，每当路边有什么声响，她们都要看看是不是和永来了。梅姨不管佩佩和纪申马上要离开的消息，依旧藏在她的厨房里。不时地她们会听到从厨房传出的自言自语，但那和平时没什么两样。

和永终于来了，带来了两抬轿子，可以把她们抬到船上。他给她们安排好了一切，看起来疲倦不堪。佩佩怀疑他头天晚上可能一宿也没睡。他面带倦容地笑着，耐心地等在门口，等着佩佩和纪申跟大家告别。佩佩已经不再有泪水。她拥抱着陈玲和阿明，体会着失去两个最亲密的朋友的感觉。“等这一切都结束以后，”陈玲轻声说，“我们会再见的。”

然后，就在她们上面，佩佩捕捉到楼梯顶上一个小小的移动的光影。她什么都没说，返回了楼里，看到梅姨正站在前门那里。

“我知道你会回来的。”梅姨说，从大门处退回去。

“我想跟你说再见，”佩佩说，“我们会想你的。我会想念你做的所有好吃的饭菜。”

梅姨移开了目光，不好意思地笑着。从她身边的地上，她拿起一个布包，递给佩佩。包裹很沉很大，像是些玻璃砖在一起相互碰撞。“给你和纪申的。”她说。

“谢谢你。”佩佩说。她低头看着梅姨，对这个腿有残疾、固执倔强却这么多年关心她们、保证她们都能吃饱的女人充满了不舍。随后，用一种近乎绝望和恳求的声音，佩佩说：“你能不能跟陈玲和阿明去乡下啊？那里会好一点。你可以等安全了以后再回到女工之家。”

梅姨轻轻地摇着头。“不行，不行，我要在这和阿叶待在一起。”

“但是……”

梅姨指着门外。“你要照顾好这个小的，她会好好地陪着你的。”

佩佩想再说点什么，但她知道再说也是徒劳的。她想透过任何细小的举动来让梅姨知道她的感受。有一会儿，似乎有一些不确定的东西使她们站在那里轻轻摇摆着。当佩佩伸出手时，梅姨犹豫着，然后用双手把它紧紧地握住。

去往广州的船上既拥挤又烦躁。空气中弥漫着咸咸的味道。到处都是士兵，堵着每一个人查看证件，耽搁了很长时间。佩佩感觉心里很不舒服。只有纪申对任何东西都感到兴奋。当他们最终找到几个座位的时候，佩佩与和永好像都陷入了自己的沉思。只有当船靠近广州港时，和永才恢复了活力，领着她们来到船的前部，指给她们看那些有趣的地方。佩佩几乎没有注意他说的是什么，他的话像落下的一颗颗石子，在她的心里荡起阵阵涟漪。在她第一次来广州的时候，阿琳就跟她说过这些话。现在她内心里只是感到沉重，这份沉重使她觉得由于她的重量，这艘船随时都有沉下去的可能。

当他们穿过广州的街道时，同样的感觉伴随着佩佩。当和永去安排把阿琳的遗体运回家时，佩佩和纪申在一边等着。几辆大轿车鸣着喇叭前行。穿着灰绿色军装的军人们三五成群地聚在一起，怀疑地盯着他们，他们的手按在已经上了子弹的枪上。在佩佩眼里曾经宏伟神奇的城市现在变得黑暗又肮脏。忧心焦虑、动荡不安的情绪笼罩在空气中。衣衫褴褛的乞丐在街上排着队乞讨，他们有老人，还有带着小孩的母亲。他们中的很多人从北边来，挣扎着在这里生存下去，这里的人们还没有看到日本人曾经施加给其他同胞的恐怖与残暴。佩佩挽起纪申的胳膊，紧紧地挽着。

突然一个乞丐站到他们面前，他在战争中变成了残废，双目失明。“行行好，小姐，给一点小钱买点吃的吧！”他乞求着，把没有手指的手掌伸到他们面前，他跟着他们来到了轿子前。他的身上散发着一种腥味和臭味。和永的轿子在她们的轿子前面，在进入轿子前，和永终于转过身来，扔出一把硬币，那些硬币叮当响着滚到地上分散开来。佩佩看着那个乞丐跪下来，用他的两只胳膊在地上扫着。很快，其他乞丐拥了过来，为这些硬币彼此推搡着、争打着。

当佩佩转回身时，她才发现纪申紧贴着轿子的后面角落，浑身都在颤抖。佩佩伸出手，温柔地拉起纪申的手让她从恐惧中冷静下来。“好了，没事了，他们走了。”她安抚她说。沉默中，轿子慢慢地朝前走着，渐渐地加快了速度，把那些贪婪的人群甩在了后面。

“就是这儿。”转过街角时，他听到和永对轿夫说。

很多同样深色的大房子映入眼帘。当轿子停下后，佩佩停了一会儿才走出来，来到空气中充满了桉树味道的大街上。这种味道充斥着她的脑海，她满脑子都是阿琳的影子，让她晕眩。她感到物是人非，命运把她所爱的人一个个带走了。最初是她的父母和丽丽，然后是美丽和叶姨，而现在是阿琳，是她心爱的阿琳。佩佩努力让自己冷静，但是当阿琳的老用人穆妈打开大门，佩佩看到她脸上跟她一样的悲伤时，她就像个孩子一样，倒在了穆妈的怀里。

第二天一大早，佩佩和穆妈一起去买花，如果不是因为拿不了，她们恨不能把所有的花都买回来。她们把鲜花一束束地放在阿琳安息的棺材上，直到把所有的木头覆盖。在灰色的晨曦中，她们把她埋在她爸爸坟边。仪式很简单，和永简单地说了几句悼词。佩佩站在纪申和穆妈中间，手里握着一束黄色的花。当鲜花覆盖的阿琳的棺材慢慢放入墓穴时，佩佩站在那里鞠了三个躬。然后，随着一声痛苦的叹息，她把花放了下去。

那天晚上，穆妈做了一点简单的饭菜，即便这样大家也都没吃几口。佩佩和纪申在第二天一大早就要动身前往香港。尽管她和纪申睡得是和琦的房间，而不是阿琳的，但夜里佩佩还是有一半的时间是醒着的，她怎么也睡不着。佩佩不敢进阿琳的房间，但黑暗里，有什么东西召唤着她。她确定纪申睡着了以后，便轻轻地下了床，走下走廊，来到阿琳的房间。

佩佩站在月光下的黑影里，站在阿琳童年时的玩具中。封闭的、停滞的空气环绕着她，包容着她。这个房间还是整洁有序，一切如故。佩佩走到房间中央，等待着。黑暗中，她开始看见一些模糊的轮廓，等她的眼睛渐渐适应后，它们变得明显清晰。在佩佩面前的是阿琳的布娃娃。它们白色的脸正在看着她。佩佩轻声地跟它们说着话，询问着方向。她在那里站了很长时间等着。然后突然传来了老房子的咯吱咯吱声，打断了她的思绪。当佩佩转身看向那些僵硬的面孔时，她发现那些娃娃只是阿琳留下来的一些遗物。佩佩知道她也不得不离开它们了，就像阿琳一样。记忆如潮水般袭来，像是一些低语着的小小的秘密。而她在黑暗中又找到了一些新的勇气和力量。

“没什么事吧？”佩佩刚刚走出房间，来到走廊，差点被这声音吓死。在越来越近的光亮中，她看出是和永。

“哦，没事。我睡不着。我只是想再看看阿琳的房间，希望你不要介意。”

“白天会看得清楚些。”和永友好地说。

“那些回应似乎只在黑夜里才来找我。”

"是吗？"

"我想是的。"

和永微笑着。"你饿不饿？"

几天来佩佩第一次意识到，她真的饿了。"是，我饿了。"她说。

"那就过来啊。"

她跟着和永来到楼下。他把她留在餐厅，自己跑到厨房看看能找到点什么吃的。佩佩在等待时，回想起上次她在这个餐厅吃饭时，曾经感到多么坐立不安。和永返回时，手里拿着一只托盘，里面放着豆沙包和椰丝挞。

"茶一会儿就来了。"他说，把托盘放了下来。

他们默默地吃着东西，佩佩感到很舒服。吃完后，和永往后坐了坐，问："你到香港后准备做什么？"

"我现在还不知道，"佩佩说，她知道她很多姐妹都做了家政工作，"我还有一些积蓄。"

"无论什么时候如果你需要任何东西，我都会非常乐意帮你，不论用什么方式。"和永说，目光从她身上移开。

"谢谢你，"佩佩有些难为情地说，"我们会照顾好自己的。"

和永看着她，没再说什么。想到自己刚才说的话有可能得罪了他，佩佩问道："你什么时候会到香港？"

"几天之内吧，等到这边的事情都处理完，我把房子封好以后就过去。"

她只是点了点头，在他的注视下觉得很不自在。

然后，没等和永再说什么，佩佩就站起来，谢了他的食物，快速地返回楼上了。

第二天早上，在等船时，佩佩看到有一群人在抢着船上剩下的几个座位。很多轿车一点点穿过拥挤的人群，往码头挪着，往下卸家具等物品。士兵们在这里巡逻，注意着那些已被拒绝但发誓说第二天早上就会回来的人。离开广州变得一天比一天困难。日本人已经进驻的传言使那些想要离开广州的人更加惶恐与失控。

和永忧心忡忡地看着，递给佩佩一张卡片，上面写着他在香港的地址。“如果任何时候你需要任何……”他说。

佩佩努力微笑着。“我会打电话的。”

“你自己多保重！”他有些不自在地说。然后，他突然向前倾着身子，在佩佩的额头快速地吻了一下。

佩佩往后退了一步，感到脸上直发烧，随即浮上一片红晕。纪申拉着她的胳膊离开了。

“谢谢你！”是她在离开和永时唯一能表达的语言。

登上船后，佩佩知道她把自己很大一部分的生活留在了身后。姐妹之家已经解散，但她将永远都记得它。她祈祷着陈玲和阿明能够安全地到达乡下，而乡下还有她的爸爸，孤独又艰难地守候着鱼塘。那里的某一个地方，还有她的姐姐丽丽。佩佩曾发誓永远都不会放弃寻找她姐姐的努力，直到找到她为止。她知道日本人一定会抓紧时间对广州和永吉进行突然袭击。他们会像蝗虫一样，所到之处会被洗劫一空。她希望所有她爱的人都能安全无恙。不过她也知道，她自己最惧怕的日子还在香港等着她。她只能向前看。

当船慢慢驶离码头时，纪申很快就兴奋地跑到了佩佩前面，在船的前头找到了两个座位。佩佩有一次停下身子转过头，越过栏杆她看到和永还在码头上看着。他用手遮挡着太阳朝上看着，但在拥挤的人群中，他可能看不到她。从他身上，她再一次看到了阿琳的影子，使她感到温暖。佩佩对阿琳的思念远远超出了她自己的想象。她站在那里看着，积聚着勇气带着阿琳最后的影像和她一起完成这次旅程。然后，在脚下客船的颠簸摇晃中，佩佩不情愿地转过身来，朝船头走去，纪申正在那里等着她。

在长时间的令人难受的航行后，香港终于进入了视线。几个小时来，船在平稳的水面上航行，神奇地避开着其他的船只。只有在这时佩佩才想起在她们离开永吉时梅姨给她的那个布包。她忠诚地带着它，不知不觉地走了一路，在船的上下颠簸中，它在她座位底下的包里滚来滚去。她伸下手去，把布包拿上来。纪申蹦蹦跳跳地跑上去看越来越近的港口了。佩佩解开布包的绳子，朝包里看去，她看到是几个装满了草药和水果干的瓶子，佩佩禁不住笑了。

"快过来看！"纪申朝她喊着。

佩佩把布包包好，又把它放回到座位下，然后才来到栏杆旁，站到纪申身边。这就是香港，它在她们面前矗立着，向她们展示着它所有的壮美与辉煌。佩佩以前从没见过如此壮观的景象，这样呈现在温暖的水雾中。在光影中隐约可见的高楼大厦像成百上千艘舢板来回地移动着。天空高远而晴朗，像黑色神灵一样冷峻巍峨的山峰，直插云霄，一丝兴奋的情绪融到咸咸的空气中。"香港真是太大了！"纪申喊道。此时此刻，她们真的安全了。佩佩深深地舒了一口气，当客船在水面上舞动着靠近香港时，她感到阿琳就在她的身边，微笑地看着她。